白話詩經（三）

吳宏一　著

目次

唐風

唐風，就是晉風。古人往往唐、晉並稱。

唐，原為地名，即今山西太原，以其在晉水之北，故亦稱晉陽。相傳陶唐帝堯起先建都於此，後來才遷到河東平陽。根據《左傳》、《國語》、《呂氏春秋》、《史記》等書記載，周成王封其弟叔虞於此，以其為帝堯之故墟，故稱唐侯。叔虞子燮，改稱晉侯。其封地包括山西太原附近，汾水一帶的曲沃（今山西聞喜縣）、絳（今山西絳縣）、翼（今山西翼城東南）等地，所謂太行、恆山之西，太原、太岳之野。其後晉國雖迭經內亂，卻疆土益大，至晉文公而終成春秋五霸之一。

〈唐風〉所收詩篇，共十二首，著成時代大約在東周惠王之前。其中不乏「思深憂遠」或消極惆悵之作，論者多以為與晉昭侯分封曲沃後，晉國的內亂有關。至於為什麼不稱晉風而稱為唐風，歷來論者亦多以爲：「蓋仍其始封之舊號」，而有取乎其陶唐之遺風。換句話說，本來應該稱爲晉風，因爲追慕帝堯的遺風，所以就襲用其始封之舊號，而稱爲唐風了。

蟋蟀

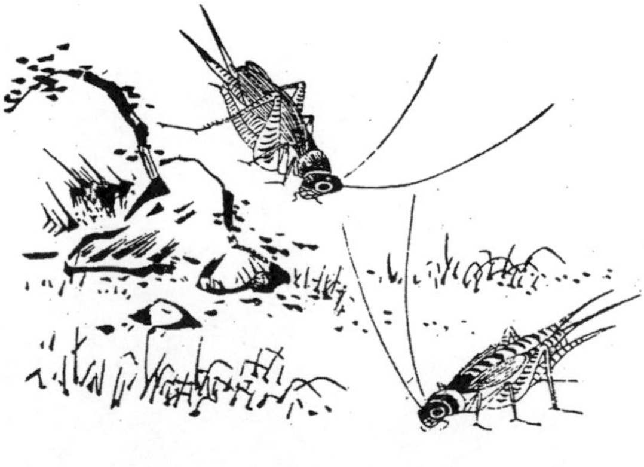

蟋蟀

蟋蟀在堂，
歲聿其莫。
今我不樂，
日月其除。
無已大康，
職思其居。
好樂無荒，
良士瞿瞿。

蟋蟀在堂，
歲聿其逝。
今我不樂，
日月其邁。
無已大康，
職思其外。
好樂無荒，

蟋蟀鳴叫在堂戶，
一年即將到歲暮。
現在我們不行樂，
光陰將會永消除。
不要過度太安逸，
常想份內的職務。
喜歡娛樂莫荒唐，
賢人警惕左右顧。

蟋蟀鳴叫在堂戶，
一年即將要結束。
現在我們不行樂，
光陰將會長流度。
不要過度太安逸，
常想份外的事故。
喜歡娛樂莫荒唐，

良士蹶蹶。　賢人警惕須勤苦。

蟋蟀在堂，　蟋蟀鳴叫在堂戶，
役車其休。　差旅車兒將停駛。
今我不樂，　現在我們不行樂，
日月其慆。　光陰將會長消失。
無已大康，　不要過度太安逸，
職思其憂。　常想值得憂慮事。
好樂無荒，　喜歡娛樂莫荒唐，
良士休休。　賢人安詳又樸實。

〈蟋蟀〉這首詩，〈毛詩序〉如此解題：

刺晉僖公也。儉不中禮，故作是詩以閔之，欲其及時以禮自虞樂也。此晉也，而謂之唐。本其風俗，憂深思遠，儉而用禮，乃有堯之遺風焉。

這首詩是不是「刺晉僖公」，不能確定，但就產生地區來推定此詩有唐堯之遺風，「憂深思遠，儉而用禮」，則有其道理。

相傳帝堯末年，洪水氾濫成災，達九年之久，五穀不登，百姓不堪其苦，因此帝堯「殺禮以救艱危」，舉行各種典禮時，即使過於儉嗇而不成禮數，也在所不計。這種崇尚儉樸的風氣，一直留傳下來，特別是做爲帝堯故都的山西太原附近地區，自古土地貧瘠，物產匱乏，所以後人常常把這種「陶唐之遺風」，與該地所產生的詩篇聯想在一起，認爲詩中必然有其美刺的作用。〈蟋蟀〉這首詩，三章之中，每一章的前四句，說的都是及時當行樂，後四句說的則都是「無已大康」、「好樂無荒」，說不能過份追求安樂，而每一章的末句，又都以做個良士賢人來互相勉勵作結，這與〈毛詩序〉所說的「憂深思遠，儉而用禮，乃有堯之遺風焉」，當然有密切的關係。不過，這中間有兩個問題，需要進一步說明：一是每一章前四句說的及時行樂，與後四句說的「好樂無荒」，究竟有無矛盾；二是這首詩是否像〈毛詩序〉所說，與「刺晉僖公」有關。

這首詩共三章，每一章的句型大致相同。前四句一組，後四句一組。前四句之中，開頭兩句三章都以「蟋蟀在堂」起筆。蟋蟀這種候蟲，本來是在野外的，但會隨著氣候寒暑的變化，移動棲身的處所。《詩經・豳風・七月》說的：「七月在野，八月在宇，九月在戶，十月蟋蟀入我床下」，就是指此而言。其中「九月在戶」一句，和唐風此詩的「蟋蟀在堂」，說的是一件事。到了農曆九月，蟋蟀已由野外移到堂戶了。此詩第一句既然說蟋蟀在農曆九月移到了堂戶之下，那第二句爲什麼接著說是「歲聿其莫」、「歲聿其逝」、「役車其休」呢？這與古代所謂「三正」的曆法習俗有關。周朝的曆法，以冬至所在的建子之月(夏曆十一月)爲歲首，這與殷曆以建丑之月(夏曆十二月)爲歲首、夏曆以建寅之月(即後世所謂陰曆正月)爲歲首，是不相同的。在《詩經》中，有的詩篇用夏曆，有的詩篇用周曆，像上述的〈豳風・七月〉則是夏曆周曆並用。凡篇中提到「七月」的地方是夏曆，提到「一之日」的地方是周曆。唐風(晉國)究竟是用周曆或用夏曆，歷來說法不同。胡承珙《毛詩後箋》引述了顧炎武《日知錄》以及何焯《義門讀書記》等等的說法，基本上肯定晉用周正之後，加了案語，這樣說：

> 莫者，晚也。九月以後，自秋徂冬，歲事已晚，不必定謂歲終事，可無泥於周正、夏正之異。即以晉詩而論，〈綢繆〉之「三星在天」，毛以「三星」爲「參」，「在天」爲始見東方，謂秋冬爲婚姻正時。此亦據夏正言之。蓋三正通於民俗，十五〈國風〉皆然，非必由莊伯改用夏正之故也。

意思是說：不管依周曆或夏曆，「蟋蟀在堂」的時節，已是歲暮天寒，因此詩篇第二句才接著說「歲聿其莫」、「歲聿其逝」。「聿」同「曰」，有即、就之意。「其」，將然之辭。「莫」，就是「暮」的本字。第二章第二句的「逝」，是時光一去永不回的意思。至於第三章第二句的「役車其休」，則是「歲聿其莫」的另一種說法。役車，指出差的車輛。《周禮·春官·巾車》鄭玄注云：「役車，方箱，可載任器以供役。」知其可供收納禾稼、農事載物之用，也可用之於戰爭。不管用在何處，到了歲暮年終的時節，按照古代的習俗，出差的人都要回家過年休息。因此，《詩經》的〈小雅·采薇〉篇才會說：「曰歸曰歸，歲亦陽止」，〈杕杜〉篇才會說：「日月陽止，女心傷止，征夫遑止」。「歲亦陽止」、「日月陽止」二句，都是說已到十月小陽春的時節，這和本詩所說的「歲聿其莫」，意思當然一樣。因此，「役車其休」事實上是歲暮天寒的另一種說法，但它也同時點出了詩人的身分，是「士」的階層，而且與詩中下文的「職思其居」、「職思其外」、「職思其憂」，也有關係。

三章的第三四句，句型完全一致。第三句「今我不樂」，是一種假設的語氣，說假設現在我們不及時行樂，那麼就會如第四句所說的那樣「日月其除」。第二章「日月其邁」、第三章「日月其慆」的「慆」(這裡是「滔」的假借字)，和「日月其除」的「除」一樣，都有遠逝之意，表示時光一去將永不返。因此，前四句歸結起來，是說到了歲暮天寒的時節，和家人親朋相聚時，要懂得及時行樂，否則時光一去永不回頭，後悔就來不及了。

三章的後四句，句型不但相同，而且字句更趨一致。第五句「無已大康」，是說不要過分追求安樂，以免灰心喪志。三章的第六句，分別是「職思其居」、「職思其外」、「職思其憂」，代表三個不同的層次。「其居」是指詩人份內的或家居的事情；「其外」是指詩人份外的或家居以外的事情；「其憂」則是指前二者以外值得憂慮之事。鄭玄《詩箋》說：「憂者，謂鄰國侵伐之事」，應該是恰當的解釋。關心家庭內內外外的事情，是人之常情，憂心國事，則是「士」的職責。這與上文所說的「役車」之人，以及下文所說的「良士」，都可以前後呼應。做為一個良士賢人，本來就應該關心家事國事。

最後的兩句，不但承接上文，而且歸結全篇。「好樂無荒」，是說雖然宴言及時行樂，卻不荒廢正事。「好樂」呼應前四句，「無荒」呼應第五六兩句。二者合則雙美，二者合而意始全。否則，只貪求安樂、荒廢正業而流於腐化，這跟過度工作不講娛樂而流於儉嗇，都是偏頗的。因此，二者之間並無矛盾可言。最後一句，是詩人以「良士」自許，也用來與其他士人互相勉勵。「瞿瞿」，是左右驚顧的樣子，「蹶蹶」，是驚起勤敏的樣子，「休休」則是安閒的意思。能夠時時自我警惕，才會好樂而「無荒」，也才會達到最後安閒自得的休休的境地。這跟上引〈毛詩序〉所說的「憂深思遠，儉而用禮」，可謂契合無間。而所謂陶唐帝堯之遺風，亦可於此見之。

至於說此詩乃「刺晉僖公」之作，則無實據。晉僖公，即晉釐侯。據《史記・晉世家》，唐叔虞經晉侯、武侯、成侯、厲侯，至靖侯五世，釐侯即靖侯之子，西元前八四一年立，西元前八二三年卒。時當周厲王出奔至周宣王初立之時。鄭玄《詩譜》云：「成侯曾孫僖侯，甚嗇愛物，儉不中禮」，這跟〈毛詩序〉的說法一樣，不知何據。朱鶴齡《詩經通義》說：

〈序〉說無可疑者，特所云刺晉僖公，不知何據。

朱子謂特以謚得之。考《謚法》，小心畏忌曰僖，非惡謚也。

這是說有關晉僖公「儉不中禮」的說法，是從其謚號推究而得的，事實上還是「不知何據」。就因爲如此，所以後來的說詩者，往往從詩的本文去推求其旨趣。例如朱熹的《詩集傳》就如此說：

唐俗勤儉，故其民間終歲勞苦，不敢少休，及其歲晚務閒之時，乃敢相與燕飲爲樂。……

顯然不以爲是刺晉僖公之作，而是士大夫歲暮感時惜物，欲相宴樂而又深自戒惕之詩。姚際恆《詩經通論》說得更清楚：

〈小序〉謂刺晉僖公，《集傳》謂民間終歲勞苦之詩。觀詩中「良士」二字，既非君上，亦不必盡是細民，乃士大夫之詩也。

我想這樣的看法，核對詩中「役車其休」以及「職思其居」、「職思其外」、「職思其憂」等等的句子，應該比較可以採信。

山有樞

樞

山有樞，
隰有榆。
子有衣裳，
弗曳弗婁。
子有車馬，
弗馳弗驅。
宛其死矣，
他人是愉。

山有栲，
隰有杻。
子有廷內，
弗洒弗埽。
子有鐘鼓，
弗鼓弗考。
宛其死矣，

山上生有刺榆樹，
濕地生有白榆木。
您有上衣和下裳，
卻不拖牽不摟著。
您有車子和馬匹，
卻不奔馳不鞭策。
果眞萎然死去了，
別人用這些享樂。

山上生有山樗木，
濕地生有大檍樹。
您有中庭和堂室，
卻不澆水不掃除。
您有鐘呀又有鼓，
卻不擊打不敲叩。
果眞萎然死去了，

他人是保。　別人把這些佔有。

山有漆，　山上有樹叫做漆，
隰有栗。　濕地有樹叫做栗。
子有酒食，　您有好酒和美食，
何不日鼓瑟？　何不天天彈樂器？
且以喜樂，　姑且用它尋歡樂，
且以永日。　姑且藉它度長日。
宛其死矣，　果眞萎然死去了，
他人入室。　別人搬進您屋子。

〈毛詩序〉如此解題：

〈山有樞〉，刺晉昭公也。不能脩道以正其國，有財不能用，有鐘鼓不能以自樂，有朝廷不能灑掃。政荒民散，將以危亡。四鄰謀取其國家而不知，國人作詩以刺之也。

根據《史記・晉世家》的記載，晉國從始封的唐叔到最後的晉獻公共十九個國君，依序是：唐叔虞、晉侯燮、武侯、成侯、厲侯、靖侯、僖侯、獻侯、穆侯、殤侯、文侯、昭侯、孝侯、鄂侯、哀侯、小子侯、晉侯緡、武公、獻公。昭侯就是〈毛詩序〉所說的晉昭公。他是文侯之子，西元七四六年立，西元前七三九年被大臣殺死。在位雖然只有六七年，但〈毛詩序〉卻說此詩及以下的〈揚之水〉、〈椒聊〉、〈綢繆〉、〈杕杜〉、〈羔裘〉、〈鴇羽〉等七篇，都作於他執政之時。不過，王先謙的《詩三家義集疏》，引述魯詩、齊詩，說法卻有不同。此詩首章末句「他人是愉」，魯詩齊詩「愉」皆作「婾」，而張衡〈西京賦〉有云：「鑒戒唐詩，他人是婾」，薛綜注：「唐詩，刺晉僖公不能及時以自娛樂。」可見今文學派的三家詩，仍然以爲此詩和上篇〈蟋蟀〉一樣，都是刺晉僖公那個時代的作品。何者爲是？因爲文獻資料不足，現在已難以斷定了。好在晉僖公「儉不中禮」，晉昭公也「不能脩道以正其國，有財不能用，有鐘鼓不能以自娛，有朝廷不能灑掃」，畢竟有相似之處。我們目前沒有其他明確的佐證，只好存疑。

宋代朱熹可能因爲如此，所以將此詩與上篇〈蟋蟀〉都不指明是刺何人何時，但他卻認爲這兩首詩詞意相關，好像是問答之作。他在《詩集傳》中這樣說：

> 此詩蓋亦答前篇之意，而解其憂。故言山則有樞矣，隰則有榆矣，子有衣裳車馬而不服不乘，則一旦宛然以死，而他人取之以爲己樂矣。蓋言不可不及時爲樂，然其憂愈深而意愈

蹙矣。

把上篇〈蟋蟀〉的重點定在「今我不樂」、「無已大康」等句，把此篇〈山有樞〉的重點定在「子有衣裳」、「他人是愉」等句，乍看之下，似有道理，但這仍是推測之辭而已，並沒有確證。

這首詩共三章，每章八句，形式結構前後一致。每章開頭二句，都是說「山」有什麼樹木，「隰」有什麼樹木。山和隰對舉成文，一指山上高處，一指低窪地區。第一章說「山有樞，隰有榆」，一般的注釋翻譯，都只是說明「樞」、「榆」是什麼樣的樹木，詩人怎麼稱呼它，能夠像朱熹《朱子語類》那樣說：「山有樞，隰有榆，別無意義，只是興起下面有衣裳、子有車馬耳」，這種能注意前後文字呼應的說法，已經不多見了；能夠像陳子展《詩經直解》及其《詩三百解題》，引用樂天宇〈森林在發展農業中的重大作用〉來說明：

「要山上有樞樹，平地有榆樹，才能有樞榆的葉子飼蠶繅絲，製作衣裳。」

更是不多見。事實上，注釋歸注釋，翻譯歸翻譯，那是逐字逐句的工作，自有其一定的體例。若就修辭的技巧而言，那麼，「山有樞，隰有榆」這樣的句型，在注譯爲山上有刺榆、濕地有白榆之外，還有另一種讀法，那就是「互文見義」。換言之，這兩句不是分開看的，而是要合在一起看，意義才完整。因而這兩句，並不是說山上才有樞，隰地才有榆，而是說山上和隰地都長了樞和榆。我們查查有關植物的書籍，可以得到印證。胡淼的《詩經的科學解讀》一書，也正可提供我們這方面的資料。據胡淼該書說，樞和榆都屬於榆科Ulmaceae落葉喬木，都生於山區和路旁，其生態是樞多生於山坡，榆則多生於河川山谷，但田邊路邊二者都有。而且，二者樹材都較堅實，可作車馬家具之用，葉皮還可作人造棉之用，換句話說，可以用來製作衣裳。因此，「山有樞，隰有榆」，對下文的「子有衣裳」、「子有車馬」才起了興的作用。第二章的「山有栲，隰有杻」，皆建造房屋的棟樑之材，第三章的「山有漆，隰有栗」，兩種樹木的種子皆可磨麵造酒，都應該作如是觀。

每章的第三四兩句及第五六兩句，說的是有關衣食住行、執禮行樂之事。總括其言，都有責其吝嗇成性，「儉不中禮」之意。第一章的「子有衣裳，弗曳弗婁」，是說您有好的衣裳，卻不穿用。曳，拖牽的意思。婁，同摟。衣裳長可及地，才需要拖曳或摟著。這當然非一般貧賤之人的穿著。「子有車馬，弗馳弗驅」，按照孔穎達的解釋，「走馬謂之馳，策馬謂之驅」，並且說：「馳、驅俱乘車之事，則曳、婁俱著衣之事」。就古人而言，有馬代行或不稀奇，但有車有馬則非一般人所能擁有。這跟上文的「子有衣裳，弗曳弗婁」一樣，言下之意，皆有暗示其人必爲貴族無疑。徐文靖《管城碩記》卷六有云：「蓋有車馬，有鐘鼓，必非民間終歲勞苦者所能有也。」旨哉斯言！

第二章的「子有廷內，弗灑弗埽」，一樣是貴族的象徵。王引之《經義述聞》卷五：「廷與庭通。庭謂中庭，內謂堂與室也。」可見廷內是謂庭與堂室，非謂庭之內也。照一般人的解釋，廷，通「庭」，就是現在所說的院子；內，指堂室。這當然是大戶人家才有的格局。但王引之又引〈毛詩序〉的「有朝廷不能洒掃」，說：「朝謂路寢，廷謂路寢之庭也。」筆者以爲這裡的庭，應即指寢廟的堂下，這才與下文「子有鍾鼓，弗鼓弗考」，可相呼應。有鐘有鼓，執禮行樂，更非諸侯大夫以上的貴族莫辦。至於所描寫的對象，是不是晉昭公或晉僖公，並不太重要。有庭院堂室，卻不肯好好灑水打掃；有鐘鼓禮器，卻不知好好敲擊演奏，眞是有辱家族聲譽。即使有人以爲這樣是節儉不奢華，但總不免有「儉不中禮」之譏。

第三章的中間四句，寫飲食閒居之事。這跟第一章側重寫衣、行，第二章側重寫住，合之而爲生活風貌的全部。古人閒居無事，琴瑟不離於側。因此詩人說：您既有酒食可以享用，爲什麼不彈琴鼓瑟，以消長日呢？進一步說，就統治者而言，如有嘉賓，爲什麼不「鼓瑟鼓琴」，與嘉賓「和樂且湛」呢？〈鄭風・女曰雞鳴〉有云：「宜言飲酒，與子偕老。琴瑟在御，莫不靜好。」〈小雅・鹿鳴〉有云：「我有嘉賓，鼓瑟鼓琴。」「和樂且湛」、「以燕樂嘉賓之心」，移此正有合觀之妙。

每章的最後兩句，句意相同。「宛其死矣」的「宛」字，是「菀」的假借字，意思是枯萎的樣子。一個人如果有好衣裳不穿，好車馬不乘；有庭院堂室不清掃，有鐘鼓禮器不敲叩；有醇酒美食不享用，有清閒福氣不享受，那活著又有什麼趣味呢？一旦自己形銷骨毀，萎然死去，這些美好的事物，會全都落入他人之手。因此，詩人勸人要及時行樂，「領取而今現在」，不要過於儉嗇。

鄭方坤《經稗》卷五引《硯溪詩說》有云：

敬爾威儀，所以昭其文也，「弗曳弗婁」，則下民易之矣；修爾戎兵，所以詰其武也，「弗馳弗驅」，則四鄰侮之矣；夙興夜寐，灑掃庭內，所以無廢事也，「弗灑弗埽」，則門庭皆旹窳矣；琴瑟酒食，燕樂嘉賓，所以無遺賢也，「弗飲弗鼓」，則在位皆解體矣。

這些話都很有參考的價值，值得我們拿來和舊說比較。另外余培林《詩經正詁》有云：

三章首二句山有樞、栲、漆，隰有榆、杻、栗，皆天地之材，象徵衣裳、車馬、廷內、鐘鼓、酒食、琴瑟，乃人之財。夫才也、材也、財也，其所貴者在乎用，有才、材、財而不能用，是暴殄天物，其罪尤大於無才、材、財也。明乎此，則知此二句興詩，實有深義存焉。

亦可備一說。並錄於此，供讀者參考。

揚之水

揚之水，
白石鑿鑿。
素衣朱襮，
從子于沃。
既見君子，
云何不樂？

揚之水，
白石皓皓。
素衣朱繡，
從子于鵠。
既見君子，
云何其憂？

揚之水，
白石粼粼。

激揚流動的河水，
白色石頭多崢嶸。
素白衣衫紅衣領，
跟您齊往曲沃城。
已經見到君子了，
還說什麼不高興？

激揚流動的河水，
白色石頭多潔淨。
素白衣衫紅繡領，
跟您齊往那鵠鎮。
已經見到君子了，
還說什麼會擔心？

激揚流動的河水，
白色石頭多清淨。

我聞有命，不敢以告人。

我聽說有新命令，不敢把它告訴人。

對於這首詩，〈毛詩序〉如此解題：

〈揚之水〉，刺晉昭公也。昭公分國以封沃，沃盛強，昭公微弱，國人將叛而歸沃焉。

根據《左傳・桓公二年》及《史記・晉世家》等書的記載，晉昭公是晉文侯的兒子，西元前七四五年（周平王二十六年），他即位之後，即封其叔父成師於曲沃（今山西聞喜縣），號為桓叔。桓叔是時年已五十八，因好德行仁，因此得到晉國百姓的擁護。當時就有人（師服）以為，晉昭公都邑在翼（今山西翼城東南），地方比曲沃小，而昭公又太小氣，過於儉嗇，不如桓叔能得民心，這就是所謂「末大於本」，因而推測「不亂何待」？果然昭侯七年（西元前七三八），晉大臣潘父就弒了晉昭公，而迎曲沃桓叔。桓公雖欲入晉，卻受到晉人的抵抗，只好還歸曲沃。後來晉人立昭公之子平為君，是為孝侯，誅潘父；而桓叔死後，也由其子莊伯及其孫武公先後繼位。曲沃武公奮發有為，最後伐翼，滅了晉侯緡。周釐王受賂，命曲沃武公為晉君，列為諸侯，盡併晉地。從晉昭公初封桓叔於曲沃，到晉武公滅晉，前後有六七十年之久。這就是晉昭公以後一段晉國內亂的歷史。

〈揚之水〉這首詩，依照〈毛詩序〉的說法，是發生在晉昭公即位後六、七年間。當時曲沃桓叔日益強盛，而昭公則日見微弱，因此有些「國人將叛而歸沃焉。」這種說法，後來的說詩者大致沒有異議，像王先謙《詩三家義集疏》所錄今文學派的資料，即是如此。朱熹《詩集傳》說：「沃盛強而晉微弱，國人將叛而歸之，故作此詩。」顯然亦承前說，所以他的《詩序辨說》說得更明白：「詩文明白，〈序〉說不誤。」

這首詩共三章，前二章每章六句，句型相似。第一章開頭的兩句：「揚之水，白石鑿鑿」，是就眼前景物起興。「揚之水」的「揚」，《毛傳》、《鄭箋》說是「激揚也」，〈王風・揚之水〉用的就是這個意思；朱熹《詩集傳》則解釋爲「悠揚，水緩流之貌。」我以爲「激揚」之說比較可取，因爲下句「白石鑿鑿」的「鑿鑿」，比較容易引起「亂石崩雲，驚濤裂岸，捲起千堆雪」的聯想。激揚的流水，沖擊著白石，激起了雪一般的浪花漩渦。這就有如下文所謂「既見君子」的君子，其好德行仁，得到了眾多人民的共鳴。第二章的「白石皓皓」，第三章的「白石粼粼」，也都應該有這樣的含意。「鑿鑿」、「皓皓」、「粼粼」，一則形容「白石」的色彩，一則形容激揚流水沖擊厓石時的樣子。

第一章和第二章的第三、四兩句，「素衣朱襮，從子于沃」，和「素衣朱繡，從子于鵠」正式寫到正題。這些穿著「素衣朱襮」、「素衣朱繡」的人民，正紛紛走向「沃」「鵠」，要去歸順桓叔。他們覺得桓叔好德行仁，值得依賴。

「素衣朱襮」的「素衣」，自指素白的衣裳而言，而「朱襮」的「襮」，據《毛傳》云：「襮，領也。諸侯繡黼，丹朱中衣。」古人衣裳相連，穿在裡面，外有上衣，亦稱裼衣。陳奐《毛詩傳疏》：「古者裘葛皆有裼衣。裼衣，又謂中衣。其上有上衣，裼以見美爲敬。裼衣者，對免上衣而言也。」可知中衣又叫裼衣，指古人一種裡面有襯衣的禮服，它通常在衣領上繡有彩色的圖案花紋，「以見美爲敬」。

因此，朱襮即指繡有大紅圖紋的裼衣。

《易林．否之師》有言：「揚水潛鑿，使石潔白。衣素表朱，游戲皋沃。」王引之《經義述聞》卷五就說：「其文皆出《唐風．揚之水》篇。衣素表朱，襮之爲言表也。」按古代的禮制，衣裳相連其色素純者，叫做長衣，有「表」者才叫做中衣。表，就是指暴露在外的彩繡衣領。素白的衣裳上，還有朱紅緣邊彩繡衣領的上衣，這種引人注目的服裝，不是一般人的穿著。所以上文引的《毛傳》才會說：「諸侯繡黼，丹朱中衣。」它告訴我們，衣上繡有斧形的圖紋，中衣上有朱紅的緣邊，這是諸侯的服飾，不但不是一般人穿的，也不是大夫階級所能穿的。假使大夫穿上這樣的衣服，那就是僭越身分了。也因此，《禮記．郊特牲》說：「繡黼丹朱中衣，大夫之僭禮也。」意思就是說：禮服襯衣衣領上，繡著斧形的圖紋，或鑲上紅邊，都是大夫僭用了諸侯的禮儀。是不合禮制的。第二章的「素衣朱繡」，當然亦同此義。不過，嚴格來說，上引《禮記．郊特牲》的「繡黼」二字，在色彩上還是有差別的。《周禮．考工記》即云：「青與赤謂之文，赤與白謂之章，白與黑謂之黼，黑與青謂之黻，五采備謂之繡。」可見在色彩組合上，古人稱黑白相間爲黼，稱五采齊備爲繡，二者有所不同。此詩既云「朱襮」、「朱繡」，當然是專指有朱紅鑲邊的中衣而言。這種易字以示程度不同的用法，在《詩經》篇章結構上，是常見的一種寫作技巧，這裡也就不必多費筆墨說明了。

明白以上所說的道理，回來看此詩的「從子於沃」、「從子于鵠」，也就比較容易理解了。上文說過，晉昭公即位之後，封桓叔於曲沃。按當時的階級論，晉昭公事實上是諸侯，桓叔事實上是大夫。以桓叔的身分，他是不可以「丹朱中衣」的，但何以此詩卻說是「素衣朱襮，從子于沃」呢？這必須注意到詩中的「子」、「君子」等字眼的不同，它們指的是不同的對象。余培林《詩經正詁》於此有一段客觀的分析：

> 詩中有三位人物，了解此三人之關係，則詩義自然顯現。一爲「我聞有命」之我，二爲「從子于沃」之子，三爲「既見君子」之君子。「我」爲見君子之人，亦爲此詩之作者。「君子」爲曲沃桓叔，而「子」則爲「我」與「君子」之中介。作者因「子」而見君子，既見君子之後，乃作此詩以告「子」也。

我同意這樣的分析，但我要進一步指出來，此詩中的「子」與「素衣朱襮」的關係。余培林先生以爲：「此素衣朱襮當是詩人所著以見君子者」，這一點我以爲値得商榷。從下句「從子于沃」看，素衣朱襮也可以視爲「子」之所穿著。〈國風〉原是反映民間的歌謠，詩中的「我」應指一般老百姓而言，而詩中的「子」，配合上述晉昭公時的歷史看，「國人將叛而歸沃焉」，應指晉昭公的臣子如潘父之流，有心棄昭公而迎桓叔的貴族。至少，詩中的「子」地位階級在「我」之上，是可以斷言的。「素衣朱襮」既是諸侯之服，這裡借指有心「歸沃」的晉昭公臣子，是可以理解的。這樣的人，名義上是晉昭公的臣子，卻是前導人們「歸沃」，去投靠曲沃的桓叔，所以說是「素衣朱襮，從子于沃」。後世稱爲長官做前導的臣子爲「朱衣吏」，不知道與此有沒有關係。第二章的「素衣朱繡，從子于鵠」，重章複句，旨意相同，無庸贅言。需要補充說明的是，「鵠」此一地名，有的以爲是曲沃的邑名，有的則從聲韻的觀點，以爲鵠即皋，或是曲沃的合音，非必有二地。實際上，二說並無牴觸。曲沃的邑名，可以分別稱之，也可以合而稱之。

前兩章的最後兩句，重複說「既見君子，云何不樂」、「云何其憂」，都是寫「歸沃」之人，見到桓叔時的心情。桓叔爲人好德行仁，所以令人有此行不虛之感。他們覺得應該同心協力，幫助桓叔完成大業。

第一、二兩章，每章六句，形式字句複疊，第三章卻只有四句，在〈國風〉的篇章結構中，顯得比較特殊。前二句上文已經解釋了，不再重複。後二句「我聞有命，不敢以告人」，是全詩關鍵，與上文的「從子于沃」、「既見君子」等句，前後呼應，說明作詩者的用意。歷來說詩者對此紛紛提出不同的推測，甚至有人以爲是揭發告密晉大夫潘父和曲沃桓叔勾結陰謀之作，像嚴粲《詩緝》、郝懿行《詩問》以及程俊英《詩經注析》等等皆是。我以爲根據〈毛詩序〉「國人將叛而歸沃焉」的說法，已經講得通，也就不必曲加旁解。上文說：「既見君子，云何不樂」，「云何其憂」，這裡說：「我聞有命，不敢以告人」，都是說明棄昭公而歸桓叔的人，見桓叔時的歡樂心情，而他們所做的事情，本來就不可以隨便告訴其他不同道的人。朱熹《詩集傳》說：「聞其命不敢以告人者，爲之隱也。桓叔將欲傾晉，而民爲之隱，蓋欲其成矣。」我同意這樣的觀點。

椒聊

椒聊

椒聊之實，
蕃衍盈升。
彼其之子，
碩大無朋。
椒聊且！
遠條且！

椒聊之實，
蕃衍盈匊。
彼其之子，
碩大且篤。
椒聊且！
遠條且！

花椒纍纍的果實，
蔓延繁盛滿升器。
他們那樣的子孫，
壯健高大沒得比。
花椒纍纍成串哩！
枝條遠遠伸延哩！

花椒纍纍的果實，
蔓延繁盛滿手捧。
他們那樣的子孫，
壯健高大又厚重。
花椒纍纍成串哩！
香氣遠達播傳哩！

〈毛詩序〉如此解題：

〈椒聊〉，刺晉昭公也。君子見沃之盛強，能脩其政，知其蕃衍盛大，子孫將有晉國焉。

這種說法，據王先謙的《詩三家義集疏》可知三家並無異義。孔穎達《毛詩正義》則推闡得更為清楚：

作〈椒聊〉詩者，刺晉昭公也。君子之人見沃國之盛強，桓叔能修其政教，知其後世稍復蕃衍盛大，子孫將并有晉國焉。昭公不知，故刺之。此序其見刺之由，經二章皆陳桓椒有美德、子孫蕃衍之事。

表面上歌頌桓叔有美德、子孫蕃衍，實際上是諷刺晉昭公的器量窄小、不得民心。這是一體的兩面，所以李黼平《毛詩紬義》說：「經二章，皆陳沃之蕃衍，即所以刺昭公之微弱，亦猶陳古所以刺今也。」歷來反對〈毛詩序〉說詩的人，多數不明白箇中道理，只從經文表面上看，以為盡是稱美之辭，哪有刺晉昭公的字眼。朱熹有疑於其間，但他只是存疑，並沒有全盤否定。他的《詩集傳》說：「此不知其所指」，《詩序辨說》說：「此詩未見其必為沃而作也。」都是這個意思。可是，民國以來，頗有些學者喜據經文而另立新義，提出很多奇怪的所謂新說法。像鄧荃的《詩經譯注》竟然說這是「一首讚美莊稼漢的小詩」，「把那位可敬而可愛的莊稼漢的性格寫得十分突出」。跟朱熹比起來，眞有天壤之別。

陳子展《詩經直解》、《詩三百解題》等書中，討論這首詩的題旨時，一再引用吳闓生《詩義會通》的下引一段文字：

> 案、此詩刺昭絕無可疑。〈序〉末三語尤能闡發詩人言外之意。朱子譏之，過也。章末二句詠嘆淫溢，含意無窮。憂深思遠之旨，一於絃外寄之。三代之高文，大率如此。此等詩若不得〈序〉，則直不知其命意所在，薶卻多少高文矣。

吳闓生的這段話，陳子展頗爲推崇，我也完全同意。站在這個觀點上，則何楷《詩經世本古義》所謂「晉人美當時忠臣不入沃黨者，然終有寡不敵眾之慮，所以深危昭公也」，魏源《詩古微》所謂「美晉之忠臣不黨於沃也」，皆與上述所謂「刺昭公」、「憂深思遠之旨」沒有牴觸。當時歸順讚美桓叔的人固然不少，但仍然有不少「九宗五正之徒，不入沃黨」的，這種人「刺昭公」，希望昭公醒悟，是可以理解的。否則西元前七三八年，晉大臣潘父弒昭公，迎桓叔入晉時，爲什麼會受到晉人的抵抗，又回到曲沃呢？

這首詩前後二章，重章複句，只有第二句與第四句各易一二字，由「蕃衍盈升」變爲「蕃衍盈匊」，由「碩大無朋」變爲「碩大且篤」。其他都一字不改。

「椒聊之實」的「椒」，指花椒而言。這是一種落葉灌木或小喬木，枝幹上有尖銳的皮刺，葉互生，四五月間開花，八九月間結果，成熟時果皮赤紅色，每個果實裡面有一粒又圓又大的黑色種籽。因爲枝葉和果實都有香氣，所以古人喜歡佩在身上，或置之室內。應劭《風俗通》：「漢官儀，皇后稱椒房，取其蕃實之意也。」可見漢朝人稱皇后的住所爲椒房，即取其多子吉祥之意。「椒聊之實」的「聊」，《毛傳》云：「椒聊，椒也。」有人以爲這是把「聊」當成語辭了。後來頗有些人不同意，根據《爾雅・釋木》「椒、樧、醜、荥」以及「科者聊」等等的記載，認爲此「聊」與「樛」、「梂」、「荥」同義，都是同科樹木之名。可見《毛傳》所謂「椒聊，椒也」還有另一種讀法，就是把「聊」也視爲「椒」的一種。郭璞《爾雅注》解釋「荥」字時說：「荥，萸。子聚生成房貌。」還有人以爲萸就是越椒。據此可知，這類樹木的種籽多數聚生成房，也就是繁多蔓延，纍纍成串的樣子。

「椒聊之實」這一句，在詩中是做爲起興之用。《鄭箋》云：

椒之性芬香而少實，今一梂之實，蕃衍滿升，非其常也。興者，喻桓叔晉君之支別耳。今其子孫眾多，將日以盛也。

桓叔被昭公封於曲沃時，年已五十八，對追求家益昌而族益肥的古人而言，其有多子多孫自是不必爭辯的事情，不只其子莊伯、其孫武公特別傑出而已。因此，「蕃衍盈升」、「蕃衍盈匊」，不但藉種籽聚生成房的「椒聊之實」，來歌頌其多子多孫的福氣，而且還藉「椒聊之實」的「一梂之實」，一個果實裡面才有一粒又圓又大的黑色種籽，來說明其聚生成房、「盈升」「盈匊」的可貴。這跟下文的「碩大無朋」等句相呼應。升，和斗一樣，都是古代量物的容器。匊，同掬，是雙手合捧的意思。「盈升」、「盈匊」，這樣的形容，讓讀者對「椒聊之實」的蔓延繁多，有比較具體的感受。李樗、黃櫄《毛詩集解》引陸佃(農師)云：「兩手為匊，兩匊為升。」先說「升」，再說「匊」，和其他篇章逐步累增的寫法不同，頗值得留意。

「彼其之子」這一句，在此之前，早就出現在〈王風．揚之水〉、〈鄭風．羔裘〉、〈魏風．汾沮洳〉等篇中，我都把它們譯解成「他們那樣的人兒」，大致是兼採宋人以前的說法。最近看了龍宇純先生〈詩彼其之子及於焉嘉客釋義〉一文，覺得他檢討古今學者的意見，很有參考價值。他特別提到林慶彰、余培林和季旭昇等人的新說，對「彼其之子」的「其」字，以為可以有三種不同的解釋：第一種解釋是以「其」為虛辭無義；第二種解釋，是以「其」為指稱詞；第三種解釋，是以為「其」乃姓氏之稱，此又有二說，一稱「其」為「姬」姓，一稱為「己」氏。龍先生逐一檢討，反復推求，最後認為把「其」解作「姬」姓的說法最為可取。我覺得他所論詳確可採，所以我現在把「彼其之子」，譯為「他們(姬姓)那樣的子孫」，如果有人採取古人「之子，是子也」的說法，把這一句譯作「他們(姬姓)這樣的子孫」，我也不反對。

「碩大無朋」和「碩大且篤」，呼應上文「椒聊之實」的「實」字，稱讚桓叔的子孫壯健高大，就像椒聊的果實又圓又大。「無朋」是說他人子孫無法相比，而「且篤」的「篤」字，不僅有「厚重」之義，而且據我個人的彙整分析，《詩經》中的「篤」字，多用於能承天命的子孫而言，例如〈大雅・大明〉的「長子維行，篤生武王」、〈大雅・公劉〉的「篤公劉，匪居匪康」、〈大雅・皇矣〉的「則友其兄，則篤其慶」、〈周頌・維天之命〉的「駿惠我文王，曾孫篤之」等等皆是。有的雖從字面上看不出來，但稍加查檢，即可證實。例如上引〈大雅・皇矣〉的「篤其慶」，稍加查檢，即可看到《毛詩傳疏》早就說過：「篤其慶，猶云篤於親也」。

前後兩章的最後兩句「椒聊且」、「遠條且」，「且」是語助詞，不必贅說，需要略加解釋的是「遠條」。第一章末句足利古本作「遠脩且」，「脩」同「修」，與第二章末句「遠條且」的「條」，意義不盡相同。阮元校本引段玉裁之言，以為「修」者，指枝條之長；「條」者，芬香條鬯之謂。這種見解，極有參考價值。我的白話譯文，就採用了他的說法。

綢繆

綢繆束薪，
三星在天。
今夕何夕，
見此良人。
子兮子兮，
如此良人何！

綢繆束芻，
三星在隅。
今夕何夕，
見此邂逅。
子兮子兮，
如此邂逅何！

綢繆束楚，

纏繞的捆捆柴薪，
參宿三星在天邊。
今夜是什麼夜晚，
遇見這美好的人。
唉呀呀您呵您呵，
對這好人可奈何！

纏繞的捆捆柴草，
三星照在東南角。
今夜是什麼夜晚，
遇見這投緣的人。
唉呀呀您呵您呵，
對這良緣可奈何！

纏繞的捆捆柴荊，

三星在戶。　　三星照在窗戶前。
今夕何夕，　　今夜是什麼夜晚，
見此粲者。　　遇見這漂亮的人。
子兮子兮，　　唉呀呀您呵您呵，
如此粲者何！　對這美人可奈何！

〈毛詩序〉對這首詩如此解題：

〈綢繆〉，刺晉亂也。國亂則昏姻不得其時焉。

這種說法，據王先謙《詩三家義集疏》說：「三家無異義」。可是，後世說詩者，卻有不少人對此說法抱持懷疑的態度。像宋代的朱熹，在他的《詩集傳》中就這樣說：

國亂民貧，男女有失其時，而後得遂其婚姻之禮者。詩人敘其婦語夫之辭曰：方綢繆以束薪也，而仰見三星之在天。今夕不知其何夕也，而忽見良人之在此。既又自謂曰：子兮子兮，其將奈此良人何哉！喜之甚而自慶之辭也。

顯然可見他是根據〈毛詩序〉「國亂則昏姻不得其時焉」一語，配合經文來闡述詩旨的，可是他卻未道及此詩是否「刺晉亂」。另外，他在《詩序辨說》中則說得很清楚：「此但爲昏姻者相得而喜之詞，未必爲刺晉國之亂也。」說「未必」當然沒有全盤否定，但他不很同意「刺晉亂」之說，顯而易見。在他看來，這只是一首描寫新婚夫婦相得而喜之詞而已。

不管認爲此詩是寫「昏姻不得其時」或「昏姻者相得而喜之詞」，主要是依據詩中每一章的首句：「綢繆束薪」、「綢繆束芻」、「綢繆束楚」。《詩經》中描寫愛情生活題材的詩篇很多，尤其是〈國風〉，而這些篇中，寫到與婚姻有關的題材，常常用薪柴來起興。例如〈周南・漢廣〉的「翹翹錯薪，言刈其楚」、〈王風・揚之水〉和〈鄭風・揚之水〉的「不流束薪」、〈齊風・南山〉的「析薪如之何」，都是明顯的例子。「綢繆」，本來就有纏綿、纏繞之意。薪柴之類在婚禮上有其象徵意義，寫它們糾結錯雜，寫它們成束成捆，用來比喻男女的聚首，夫婦的結合，也是順理成章之事。因而宋代朱熹以後，主張詩寫新婚之樂者不在少數。不過，在同樣的主張之下，有些細節各人的看法仍不一樣。例如方玉潤《詩經原始》云：

此賀新昏詩耳。「今夕何夕」等詩，男女初昏之夕，自有此惝怳情形景象。不必添出「國亂民貧，男女失時」之言，始見其爲欣慶詞也。

這與朱子說法並不盡同，而民初以來的學者，如陳子展《詩經直解》、《詩三百解題》認爲此詩「蓋戲弄新夫婦通用之歌」、「此後世鬧新房歌曲之祖」，又與姚際恆《詩經通論》所謂「詩人見人成婚而作」、馬瑞辰《毛詩傳箋通釋》所謂「此詩設爲旁觀見人嫁娶之辭」等等，不盡相同。這是歷來詩經學常見的現象，也就不必一一引述了。

至於在結構方面，全詩三章，每章六句，字句複疊，都顯而易見，不用贅述。但對於各章之間的關係，則歷來也多各有己見。朱熹《詩集傳》認爲第一章是「婦語夫之詞」，第二章是「夫婦相語之詞」，第三章是「夫語婦之詞」。後人多承其說。錢鍾書《管錐編》云：「首章託爲女之詞，稱男『良人』；次章託爲男女和聲合賦之詞，故曰『邂逅』，義兼彼此；末章託爲男之詞，稱女『粲者』。」而且認爲「譬之歌曲之三章法；女先獨唱，繼以男女合唱，終以男獨唱，似不必認定全詩出一人之口而斡旋『良人』之稱也。」或可解作仍爲推衍朱子之說。但像余培林《詩經正詁》則獨排眾議，斷然以爲「此女子一見男子而鍾情之詩。」他的主要意見如下：

> 且詩之三章，僅因「良人」、「邂逅」、「粲者」三詞之不同，即分屬三人，既無脈絡可尋，全部《詩經》亦無此例。如此解詩，無怪乎紛紜其說也。……
>
> 三章皆一人之辭，所寫者亦一人。舊謂此三人之辭，或分寫三人，皆以一己之意說之，非詩義也。

這種說法，配合經文來看，言之成理，而且也極有興味。

前後三章之中，字句多複疊，或易一二字而已。每章的前二句，都寫眼前景物以作起興之用。「束薪」、「束芻」、「束楚」的「束」，是成束成捆的意思，與「綢繆」相呼應。纏繞成束的柴薪草荊，不僅爲古代婚禮燭照常見之物，而且亦可象徵男女雙方兩情之纏綿繾綣。「三星在天」、「三星在隅」、「三星在戶」，是藉星辰的運轉，來寫時間的推移。「三星」據《毛傳》云，即指參宿三星。「三星在天」是說參宿三星出現在東方的夜空，時當傍晚黃昏之際；「三星在隅」是說參宿三星已經移轉到東南隅，表示夜色已深；「三星在戶」是說參宿三星已經照在南方的室戶窗前，至此，則已夜分矣。以上是根據胡淼《詩經的科學解讀》一書的考證。陳子展《詩經直解》等書曾經引用金天翮及朱文鑫等人的說法，以爲「三星」並非專指參宿三星，而是分別指參宿三星、心宿三星、河鼓三星以及不同季節而言。胡淼以爲其說不可取。筆者也以爲詩中所寫，應指同一夜晚同一星辰，從傍晚到深夜依次出現「在天」、「在隅」、「在戶」，既寫時間的推移，亦寫兩情之轉濃，因而採用了胡淼之說。

各章的第三四兩句，寫男女雙方不期而遇的驚喜之感，因而有今夕不知何夕之歎。「今夕何夕」承上文「三星」而言，不是說眞的不知今夕是什麼樣的夜晚，而是讚歎今夕如此美好，如此令人喜出望外，與平常夜晚大不相同，因而有此忘情眞切之言。「見此良人」、「見此邂逅」、「見此粲者」，頗有一些說詩者以爲分指三人，已見上述，我個人同意余培林所說「皆一人之辭，所寫亦一人」。「良人」標其品德，「粲者」標其容貌，「邂逅」則誌其緣份。古人婚姻大事，多非個人所能決定，每每出於父母之命，媒妁之言，因而新婚之夜，才能眞正端詳對方的容貌及爲人。如果自己覺得稱心滿意，那眞是有不期而遇的驚喜之感了。有人從「良人」一詞去推究此爲何人之辭，有人從「邂逅」一詞去推測詩中男女乃偶然相遇，未必爲夫婦；有人從「粲者」一詞，去印證「三女爲粲，大夫一妻二妾」的舊說，或許都各有其道理，但都未免推求太過了。

各章的最後兩句，承上文「良人」、「邂逅」、「粲者」而來，是對所歡的呼告之辭，極寫其喜不自禁之情。「子兮子兮」一句，從《毛傳》解作「子兮者，嗟茲也」開始，一直到王引之《經義述聞》卷五引用《說文》等書，都是在說明「子兮」即「嗟嗞」之嘆辭。這在訓詁上當然持之有故，但從經文字面上看，「子兮子兮」本來也就可以解作讚歎對方的「您呵您呵」，這一樣是「嗟茲」或「嗟嗞」之嘆辭。因此，我在譯文中並採兼取，不覺得二者之間，有何捍格之處。

「如此良人何」等句，其實即「奈此人何」等等之意。用白話直譯，應說譯爲「對這個好人兒該怎麼辦才好呢！」爲了句式整齊及與上句協韻，所以譯如前文。幸讀者有以教之。

杕杜

杕杜

有杕之杜，
其葉湑湑。
獨行踽踽，
豈無他人？
不如我同父。
嗟行之人，
胡不比焉？
人無兄弟，
胡不佽焉？

有孤挺挺的杜梨，
它的葉兒多茂密。
獨自行路無憑依，
難道沒有其他人？
不如我同宗兄弟。
嗟嘆路上的行人，
爲何不相照顧呢？
人家沒有親兄弟，
爲何不相幫助呢？

有杕之杜，
其葉菁菁。
獨行睘睘，
豈無他人？
不如我同姓。
嗟行之人，

有孤特特的杜梨，
它的葉兒多茂盛。
獨自行路眞冷清，
難道沒有其他人？
不如我同族弟兄。
嗟嘆路上的行人，

胡不比焉？　　為何不相照顧呢？
人無兄弟，　　人家沒有親兄弟，
胡不佽焉？　　為何不相幫助呢？

對於此詩，〈毛詩序〉如此解題：

〈杕杜〉，刺時也。君不能親其宗族，骨肉離散，獨居而無兄弟，將為沃所并爾。

上文〈山有樞〉篇中已經說過，〈唐風〉自〈揚之水〉至〈鴇羽〉等七篇，相傳都是作於晉昭公執政之時。晉昭公「不能脩道以正其國」，因而「政荒民散，將以危亡」。這一篇因為詩中有「人無兄弟」、「不如我同父」、「不如我同姓」諸語，〈毛詩序〉的作者因此以為是刺晉昭公「不能親其宗族」、「獨居而無兄弟」的作品。此一說法，「三家無異義」。可是，朱熹《詩集傳》之解題，仍然跟上面幾篇一樣，不確認為刺晉昭公之作，而是「此無兄弟者自傷其孤特而求助於人之辭」，《詩序辨說》中說得更清楚：「此乃人無兄弟而自歎之詞，未必如《序》之說也。況曲沃實晉之同姓，其服屬又未遠乎？」

除此之外，還有一些別的說法。例如何楷《詩經世本古義》說是：「刺晉惠公也。不納群公子，又欲殺其兄重耳，將亡其國焉。」爲什麼知道是刺晉惠公呢？何楷解釋：因爲此詩前言「不如我同父」，是刺其「殺重耳之事」；後言「不如我同姓」，是刺其「不納群公子之事」，「是以知爲刺惠公也」。這眞是所謂穿鑿附會了。又如陳子展《詩經直解》等書，一再認爲這是「乞食者之歌」，「猶之後世乞食者之蓮花落、順口溜、唱快板、告地狀」。這種說法更是望文生義，憑空杜撰。《詩經》中的每一篇，幾乎都有這種情形，既不能因人廢言，又不能一概芟刪，需要分別觀察，個別檢討，實在令讀者增加很多困擾。

這一首詩共二章，每章九句，除了第二、三、五這三句各易一二字之外，其餘各句，前後完全相同。這種複疊的形式，容易產生詠歎的效果，上述陳子展會說此詩「猶之後世乞食者之蓮花落、順口溜、唱快板、告地狀」，可能也是因爲這個緣故。

首句「有杕之杜」的「有杕」，即杕然之意。《毛傳》：「杕，特生貌。」所以「有杕」就是很孤挺的樣子。在《詩經》中，這種例子頗不少見。上文也一再說過，此不贅。事實上，在今日方言中，如閩南語還有「有水(漂亮)」、「有好」、「有特別」這類的句型。白話譯文中保留「有」的原意固然可以，把它譯爲「夠」、「很」等等，也未嘗不可以。杜，《毛傳》注爲「赤棠」。在〈召南・甘棠〉一詩中，我們已經介紹過了。「有杕之杜」，有人以爲這裡的「之」，是「者」的意思，也可以講得通。詩人先寫眼前的景物，藉此以起興。

「其葉湑湑」的「湑湑」，和「其葉菁菁」的「菁菁」，都是茂盛的意思。菁菁，《毛傳》

云：「葉盛也」，自是不成問題，可是《毛傳》卻說；「湑湑，枝葉不相比也」，歷來就引起不少爭論。尤其是《鄭箋》曾云：「菁菁，稀少之貌」，更使二句的解釋互生矛盾。例如焦循《毛詩補疏》就主張「湑湑」、「菁菁」均爲稀疏之意：

> 《毛》讀「湑」爲「疏」，故爲「不相比」。「湑」之爲「疏」，猶〈巾車〉注讀「疏」爲「揟」也。《鄭》讀「菁菁」爲「精精」，故爲「稀少」。《廣雅》以「精」爲「小」。李善注《文選・風賦》云：「精」與「菁」古字通。

實際上，《毛傳》解釋「湑湑」爲「枝葉不相比」，是說葉太茂密，與枝條不相比附，而不是說葉兒稀疏。楊賡元《讀毛詩日記》即云：

> 案、焦說非也。破字說經，不若依字解經之直截，況其說有可訾病者乎？〈小雅・裳裳者華〉篇「其葉湑兮」，《傳》云：「湑，盛貌。」此詩云「湑湑」，《傳》之意本亦訓爲盛，故下章云：「菁菁，葉盛也」，二章互文以見義也。其所以云枝葉不相比者，枝衰葉盛，故不相比，正與曲沃盛強、晉侯微弱之意吻合。果如焦說，毛公讀「湑」爲「疏」，則下章何以又云「菁菁，葉盛」乎？且《箋》所云：「稀少之貌」，正以申《傳》所云

「菁菁，葉盛」四字未盡之義也。曾氏釗《毛鄭異同辨》云：「詩人欲以葉之茂盛顯幹之稀少，故鄭申毛云希少貌，此說詩不以辭害意之例也。」此說最爲切當。(雷浚、汪之昌選《學古堂日記》第六冊)

楊賡元申論曾釗之說，極爲切當，可以採信。上述二句，詩人藉此起興，誠如馬瑞辰《毛詩傳箋通釋》所說「興今之獨行無親，爲杕杜不若也。」

前後二章的第三至第五句爲一組，正寫踽踽獨行，沒有親人爲伴。「踽踽」、「睘睘」都是獨行無依的樣子。睘睘，魯詩作「煢煢」，有人以爲是「瞏瞏」的借字，意爲驚視之貌。一個人在路上獨自行走，環顧左右，「豈無他人」，不是說眞的沒有其他的行人，而是自己驚覺沒有同宗同姓的兄弟親人。這些行人再怎麼說，畢竟不如同宗同姓的兄弟親人那樣可以親近，値得信賴。陳奐《詩毛氏傳疏》說：「父爲考，父之考爲王父，王父之考爲曾祖王父，曾祖王父之考爲高祖王父。是祖、曾、高皆父也」，又說：「我之同父於高祖者也，皆可謂之我同父」。程瑤田〈宗法小記〉也說：「孫以祖之字爲姓，故同祖昆弟謂之同姓。」因此，詩中的「同父」、「同姓」，是泛指同宗同祖同姓同族的親人，而所謂「他人」，進一步說，則是泛指異姓之人。古代宗法觀念特別強烈，同宗同姓的人，沒有不相扶持幫助的道理，因而詩人有此感歎。如果有同宗同姓的人，卻不肯互相扶持幫助，那就更令人慨歎了！

以下四句爲一組，承接上文，爲自己的獨行無依作進一步之描述。詩人慨歎自己既無同宗同姓的兄弟親人相扶持幫助，也得不到異姓之人的親近照顧，其孤獨無依之感，不言而喻。

「嗟行之人」的「行」，據《爾雅・釋宮》云：「行，道也。」就是路途、道路的意思。「行之人」，就是路上的行人。《鄭箋》云：「君所與行之人，謂異姓卿大夫也。」套在晉昭公的身上，這些異姓之人當然指的是支持曲沃桓叔之輩。如果採用朱熹等人的說法，那麼這些「行之人」，又眞的是指舉目無親的詩人，在路上所遇見的行人。「胡不比焉」的「比」，「胡不佽焉」的「佽」，依照《傳》、《箋》的解釋，都有「輔」「助」之意，換句話說，就是扶持照顧。獨行而無依，不直接正面說，卻用反問來提問，更能予人孤苦無助的感覺。俞樾《群經平議》卷九對此詩「胡不比焉」、「胡不佽焉」這兩句，舉〈車攻〉篇的「徒御不驚，大庖不盈」、〈文王〉篇的「有周不顯，帝命不時」、〈生民〉篇的「上帝不寧，不康禋祀」等等爲證，以爲這些句子中的「不」字都是語詞，所以他這樣說：

> 「胡不比焉」、「胡不佽焉」，猶曰「胡比焉」、「胡佽焉」。蓋言彼途之人胡親比之有？人無兄弟，胡佽助之有？

雖然也講得通，但「胡不比焉」、「胡不佽焉」本來就是疑問句，並非肯定的說詞，實在說，這樣解經，是有點求之過深了。

羔裘

羔

羔裘豹袪，　羔羊皮袍豹皮袖，
自我人居居。　對於我們太苛求。
豈無他人？　難道沒有別的人？
維子之故。　只因您是老朋友。

羔裘豹褎，　羔羊皮袍豹皮袖，
自我人究究。　對於我們太倨傲。
豈無他人？　難道沒有別的人？
維子之好。　只因您是老相好。

〈毛詩序〉對於這首詩如此解題：

〈羔裘〉，刺時也。晉人刺其在位，不恤其民也。

意思是說：這是一首諷刺晉國在上位者不知憐恤人民的作品。從《毛傳》、《鄭箋》的詁訓注解，到王先謙的《詩三家義集疏》，皆無異義。陳子展《詩三百解題》於此有感而發，先是說：

就詩論詩，詩旨和《詩序》、《毛傳》、《鄭箋》、今文三家四者無不相合。這首詩就該如此作爲定解。

可是他後來卻又說：

這詩毛、鄭解釋明確，朱子卻故作非難。……

朱子既於《詩序(辨說)》說「詩中未見此意」，又在《詩集傳》裡說：「居居未詳。」「究究亦未詳。」「此詩不知所謂，不敢強解。」本來闕疑是可以的，這卻像故意闕疑。他對於《毛傳》、《鄭箋》乃至《雅訓》都視若無睹。

陳子展前頭的說法，我個人是贊成的，但他對朱熹的批評，我則以爲尚可商榷。

我們知道，朱熹的《詩集傳》之作，兩易其稿，初稿依從〈毛詩序〉，後來才改而贊同鄭樵攻〈序〉的主張，刪訂舊稿，並作《詩序辨說》一卷，批評〈詩序〉的各篇題解，說有妄生美刺、隨文生義以及穿鑿附會三大弊病。與他同時的呂祖謙(西元1137-1181，朱熹1130-1200），是遵〈序〉派的道學家，他的《呂氏家塾讀詩記》，引述朱子之說，即以《詩集傳》的初稿爲藍本。《呂氏家塾讀詩記》談論此詩時，引述的朱熹之言是：「在位者不恤其民，故在下者謂之曰，彼服是羔裘豹袪之人」云云，可見朱子原先是採用〈毛詩序〉之說的。後來他改變了看法，說「詩中未見此意」、「此詩不知所謂，不敢強解」，一定有他的道理在。我們不應該說他「故作非難」。

我再三推求朱熹改變說法的原因，以爲與詩中的某些詞句該怎麼解釋有關。《詩集傳》中說「居居」、「究究」未詳何意，固然是影響他不作判斷的原因之一，但事實上，題目「羔裘」該作何解，更可能是他「不敢強解」此詩的原因。因爲在〈國風〉中以「羔裘」名篇的，除此之外，還有〈鄭風〉和〈檜風〉。

〈鄭風・羔裘〉篇用「羔裘如濡」、「羔裘豹飾」、「羔裘晏兮」來起興，說「洵直且侯」、「孔武有力」、「三英粲兮」的「彼其之子」，是「舍命不渝」的「邦之司直」、「邦之彥兮」。全篇充滿讚美之情，簡言之，似美而非刺。〈毛詩序〉說是：「刺朝也。言古之君子，以風其朝焉。」意思是說該篇字面上是讚美古代的君子，實際上是藉以諷刺當時在鄭國朝廷爲官者。簡言之，是陳古以刺今。值得注意的是，經文描寫的穿著「羔裘豹飾」之人，《鄭箋》說是「諸侯之朝服」，這應該是君子之所服，而不是說穿這衣著之人，一定是或一定不是有德行的君子。

〈檜風・羔裘〉篇也用「羔裘如膏」來寫羔裘的光鮮亮麗，也用「豈不爾思，勞心忉忉」等句來寫對服羔裘者的想念和憂慮，可是「羔裘逍遙」、「羔裘翱翔」這樣的句子，卻和〈毛詩序〉所言「好絜其衣服，逍遙遊燕，而不能自彊於政治」頗相契合，因此〈檜風〉的這首〈羔裘〉篇，比較明顯有「刺」的含義。

這樣說來，在〈國風〉三篇以「羔裘」爲題的作品中，「羔裘」一詞，如上述《鄭箋》所言，是諸侯朝服，《禮記．玉藻》也說：「錦衣狐裘，諸侯之服也」，而「羔裘豹飾」則如《禮記．玉藻》所言「君子狐青裘豹褎」、「羔裘豹飾」，應是所謂「君子」的卿大夫之所服。所以，朱熹《詩集傳》注文中說：「羔裘，君純羔，大夫以豹飾袪」，是正確的，意即諸侯所穿的羊裘，純是羊皮，卿大夫所穿的羊毛皮裘，則用豹皮來鑲袖口。二者蓋有不同。但這樣的描寫衣飾，究竟是美是刺，其實還是難以斷定，還是要看下文怎樣描述，才可以定其言外之意。也因此，朱熹對於〈唐風．羔裘〉這首詩，說「居居」、「究究」其義未詳，因而不下斷語，僅說「此詩不知所謂，不敢強解」，其實是一種審慎客觀的態度。

就因爲此詩難以確解，所以歷來說詩不乏據經文而自尋其義者。例如宋代王質《詩總聞》云：「此朋友切責之辭。切責之中，忠厚所寓，此風亦可嘉也。」清代牟庭《詩切》所謂「刺大官不念貧賤交也」，其意略似；例如元代朱公遷《詩經疏義會通》云此詩「疑亦喜其大夫之詞」，清代毛西河《毛詩寫官記》之說相同，傅恆等人所纂的《詩義折中》，更進一步推闡道：

> 〈羔裘〉，美大夫也。潘父之弒昭侯也，晉人立孝侯。莊伯之弒孝侯也，晉人立鄂侯。武公之弒哀侯也，晉人立小子侯。以曲沃之強暴，而晉屢世立君者，此必有大夫焉，能撫其民而用之，其民不散，故其國猶存也。

比附歷史，不可說無其事，但也無從證實此詩必然與此有關。此外，宋元之際的金履祥，他又認爲此詩乃「婦人留所愛之詞」。因爲他是王柏的高足，許謙的老師，是著名的道學家，所以後來頗有些人很驚奇於他何以有此「怪論」。清人黃中松《詩疑辨證》即駁之云：「以魏、晉之俗等於鄭、衛，尤可發粲。」上引的陳子展更直斥之曰：「不懂道學先生們解《詩》爲什麼偏愛胡扯到男女關係上去！」其實，金履祥的說法固然是「以意爲斷」，但民國以來解說《詩經》的學者，比他更「厲害」的還多的是呢！

這首詩很短，只有二章，每章也僅四句。前二句寫「羔裘豹袪」之人，後二句則是告訴對方的話語。前二句之中，第一句寫其人之服飾。他所穿的羔羊皮袍上，袖口用豹皮來飾邊，這是古代卿大夫的服裝，間接說明了他的身分。第二句「自我人居居」、「自我人究究」，歷來解說頗爲紛歧。「自我人」三字，有人斷成「自、我人」，也有人斷成「自我、人」。自《毛傳》以下，採前者爲多，但對於「自」字的解釋，仍有「用」、「於」、「從」等等的不同。「我人」一詞，有人解作我們，指人民而言；也有人以爲是指「羔裘豹袪」的卿大夫。「居居」、「究究」二詞，據《詩經》的習慣用法，應該是同義詞。《毛傳》云：「居居，懷惡不相親比之貌」，又云：「究究，猶居居也」。王先謙《詩三家義集疏》引「魯說」云：「居居、究究，惡也」。《爾雅・釋訓》的說法正同。因此，後人多解「居」爲「倨」，解「究」爲「宄」，皆倨傲之意。不過，也有人不採這樣的說法，像馬瑞辰《毛詩傳箋通釋》就引用《荀子・子道》篇「子路盛服見孔子」一段文字的楊倞注：「裾裾，衣服盛貌」，以及《說文解字》的「裾，讀與居同」，而加按語說：

此詩「居居」承上「羔裘豹袪」，正當讀爲裾裾，言其徒有此盛服也。我，詩人我在位者。謂自我在位之人，皆徒有居居之盛。而不恤其民之意，自可於言外得之。究究猶居居，蓋窮極奢侈之意，亦盛服貌。

此說自亦可通。把「居居」、「究究」解爲「盛服貌」，若從稱美的立場來看，與上述朱公遷、毛西河、傅恆等人將此詩解作喜美其在位者的說法，正可互參。

後面的兩句，「豈無他人」不成問題，「維子之故」與「維子之好」複疊，「故」與「好」應屬同義之詞，都有故舊、友好之意。有人把「故」解作「緣故」、「原因」，卻又訓「好」爲「情好」或「喜好」，再強調二者爲互文，似乎推究太過，茲不取。

鴇羽

鴇

肅肅鴇羽，
集于苞栩，
王事靡盬，
不能蓺稷黍。
父母何怙？
悠悠蒼天，
曷其有所？

颼颼響野雁白羽，
群棲於叢生櫟樹。
王家差事還沒完，
不能抽空種稷黍。
父母有什麼依恃？
悠悠青天大老爺，
何時他們有居處？

肅肅鴇翼，
集于苞棘。
王事靡盬，
不能蓺黍稷。
父母何食？
悠悠蒼天，
曷其有極？

颼颼響野雁展翅，
群棲於叢生棗樹。
王家差事還沒完，
不能抽空種稷黍。
父母有什麼飲食？
悠悠青天大老爺，
何時他們能安適？

肅肅鴇行，	颼颼響野雁成行，
集于苞桑。	群棲於叢生蒙桑。
王事靡盬，	王家差事還沒完，
不能蓺稻粱。	不能抽空種稻粱。
父母何嘗？	父母有什麼品嘗？
悠悠蒼天，	悠悠青天大老爺，
曷其有常？	何時他們得安康？

〈毛詩序〉對這首詩如此解題：

〈鴇羽〉，刺時也。昭公之後，大亂五世。君子下從征役，不得養其父母，而作是詩也。

據王先謙《詩三家義集疏》說，「三家無異義」，可知漢儒以前，都一致認爲這是晉人的刺時之作。不過，對於〈毛詩序〉的話，後人有兩個疑問，一是「昭公之後，大亂五世」，所謂「五世」，究竟包不包括昭公那一代；二是「君子下從征役」的「君子」，應該怎麼解釋。

先說第一個問題。《鄭箋》有云：「大亂五世者，昭公、孝侯、鄂侯、哀侯、小子侯。」顯然

「大亂五世」是包括昭公在內。孔穎達《毛詩正義》說得更清楚：「此言大亂五世，則亂後始作，但亂從昭起，追刺昭公，故為昭公詩也。」不但說是包括昭公，而且還以為這是「追刺昭公」之作。易言之，即周平王之時。對於這種說法，從宋代以後，就不斷有人提出質疑。朱熹的《詩序辨說》云：「〈序〉意得之，但其時世則未可知也。」說得慎重，只表示懷疑。到了何楷的《詩經世本古義》，則已斷然否定了「追刺昭公」的說法。何楷是這樣說的：

是詩之作，其在桓王十四年，王命立緡之時乎？故《毛傳》次序，〈鴇羽〉下篇以〈無衣〉接焉。

陳啓源的《毛詩稽古編》、胡承珙的《毛詩後箋》以及魏源的《詩古微》，大致也都主張此詩應作於小子侯、晉侯緡之時，易言之，即桓王之世。事實上，這兩種一前一後的說法，與〈毛詩序〉所謂「昭公之後，大亂五世」並無多大的牴觸，問題在於「大亂五世」的「五世」，是不是從昭公算起而已。比附史實或自行臆測，都不過是可備一說而已。

第二個問題是作詩之人，究竟是「君子」或是平民。〈毛詩序〉說是「君子」，《毛詩正義》說得更清楚：「《經》三章皆上二句言君子從征役之苦，下五句恨不得供養父母之辭。」但從宋代以後，就有不少說詩者以為作詩之人應是「民」，而非「君子」。像王質《詩總聞》即云：「詩以種藝爲辭，當是農民。」朱熹《詩集傳》也加以申述道：「民從征役而不得養其父母，故作此詩。」這牽涉到〈國風〉是不是全是民間歌謠，以及〈國風〉是不是民間歌謠的原始面目等等問題，不能光憑一句「不能蓺稷黍」就可斷定詩人的身分。要不然，姚際恆的《詩經通論》採信〈毛詩序〉，理由是：「今以詩中『王事』二字而信其說。」一定也會有人不同意。

關於這首詩的結構，上引《毛詩正義》的上二句言「從征役之苦」、下五句「恨不得供養父母之辭」的說法，非常簡要切當。上二句都是藉鴇起興造端。鴇，是一種比雁體型大的鳥，由於長期生活於草原，後趾退化消失了，只剩下三個前趾，適合在地面奔跑，卻不便高踞樹上。秋季遷飛南方過冬，遷飛時群集飛翔，雖然不似雁鵝那樣整齊，但常有一定的隊形，有人以爲《說文解字》云：「𠦒，相次也。從匕，從十。鴇從此。」就是指此而言。《鄭箋》說此二句「興者，喻君子當居安平之處，今下從征役，其爲危苦如鴇之樹止然。」意思是說下從征役的君子，他們遷徙無定，危苦的情形，有如暫時棲止樹上的群鴇。「肅肅」，形容群鴇振動翅膀的聲音。「集」原作「雧」，形容群鳥並棲的樣子。「苞」有茂密、叢生之意。三章的上二句，寫肅肅振動翅膀的群鴇，由「羽」而「翼」而「行」，群棲在叢生茂密的樹上；樹由「栩」而「棘」而「桑」，不但是爲了前後各自協韻，而且栩、棘、桑都是葉緣或枝幹上有鋸齒尖刺的灌木。不能樹棲的大鴇，想棲止在滿樹芒刺的樹叢裡，其危苦的情狀，眞的可想而知。羽、翼、行，雖同義而依次漸進，因而有人訓「行」爲「翮」或「⿰革羽」，自有其道理。但因鴇遷飛時，常有一定的隊形，讀「行」（音杭）

又可與下面的「桑」「粱」「嘗」「常」押韻，所以筆者以爲仍以讀行列的「行」爲是。

各章的後面五句，前人說是「恨不得奉養父母之辭」，一點也沒說錯。「王事靡盬」和「不能蓺稷黍」這兩句，是關涉作者身分的字眼，歷來說詩者往往就此立論。有的從「王事」一詞去推測作者應是在上位的「君子」，或者推測「大亂五世」的晉國，應該在什麼時候有勤於王事的史實，有的從「不能蓺稷黍」等句，去推敲苦於征役而無暇種植稷黍稻果等農作物的人，「似與君子不類」，必爲農夫無疑。事實上，「王事」一詞有時是泛用，不可拘泥。嚴粲《詩緝》就說：「諸侯爲天子牧民，公家之事皆王事也。或謂哀侯與緡之立有王命，故稱王事，狹矣。」顧廣譽《學詩詳說》也說：「王事，下從上役，本於王朝之定制者即是，非必勤王而後爲王事也。」因此，詩的寫作時代，不一定非在桓王之世不可，不一定要與「哀侯與緡之立」必然有關。而古代以農立國，農桑之事與人人生活息息相關，奉養父母又爲古人信守不渝之觀念，也因此，作詩之人可以是農民，也可以是「下從征役」的「君子」。〈豳風·七月〉首章有云：「三之日于耜，四之日舉趾，同我婦子，饁彼南畝，田畯至喜。」寫農民春耕之時，「田畯至喜」。田畯，就是「農大夫」或「農正」，是教田之官。這種人就是所謂「君子」。他們在「王事靡盬」必須「下從征役」的時候，當然也要與農民一起去出公差，去參加征役。所以，爭論作詩之人必爲農民的話題，可以休矣。古代的農民不識字者居多，他們痛苦的心聲，由同情他們或與他們產生共鳴的「君子」代筆寫出，或譜成歌曲，是不必爭辯的事情。

「王事靡盬」一詞，《詩經》中常常出現，通常用於征役之事。從〈小雅〉的〈四牡〉、〈采薇〉等篇看來，它除了令「我心傷悲」、「不遑啓處」之外，還與「不遑將父」、「不遑將母」等等連寫在一起，換句話說，它與不能過平常日子、不能奉養父母緊密相關。〈鴇羽〉這一篇也一樣。「王事靡盬」的「盬」，有人訓爲「不攻緻」，有人訓爲「不堅固」，都令讀者不能了解其眞義。清代王引之在《經義述聞》卷五先是彙解眾說，然後加了按語，說：

盬者，息也。王事靡盬者，王事靡有止息也。王事靡息，故不能蓺稷黍也。王事靡息，故不遑啓處，不遑將父母也。王事靡息，故我心傷悲也。王事靡息，故繼嗣我日也。《爾雅》曰：「棲遲、憩、休、苦，息也。」「苦」讀與「靡盬」之「盬」同。

把「盬」解爲「息」，「止息」之意，這才解決了問題。回頭來看〈鴇羽〉這首詩，首二句以不能樹棲的大鴇，如今卻棲息在有尖刺的栩棘等樹上，來起興發端，描寫「下從征役」的君子在王事還未止息的時候，到處奔波，遷徙無定，比大鴇還不如。這樣前後對照，似乎更能體會詩中悲涼的情味。

「父母何怙」等句的「怙」、「食」、「嘗」，都是就供養父母而言。「食」、「嘗」即飲食品嚐之事，這是最起碼的生活要求。因此，有人把「怙」也解釋爲「餬」的借字（見俞樾《群經平議》卷九）。這跟各章末句「曷其有所」等句的「有所」、「有極」、「有常」，是要連在一起看的。「有所」指有安居之所，「有極」指受苦有了結之時，「有常」指可過如前平常的生活。這些都是「王事靡盬」、到處遷徙、不能回家種植農作物以奉養父母的君子，最起碼最熱切的盼望。至於「悠悠蒼天」，是呼告之辭。人在痛苦莫名之時，往往嗆天喚地。這是受苦的人最眞實也是最急切的心聲。

無衣

豈曰無衣，　　怎麼說沒有衣服，
七兮！　　有七個圖案的啊！
不如子之衣，　　都不如您的衣服，
安且吉兮。　　舒適而且吉祥啊！

豈曰無衣，　　怎麼說沒有衣服，
六兮！　　有六個圖案的啊！
不如子之衣，　　都不如您的衣服，
安且燠兮。　　舒適而且溫暖啊！

對於〈唐風・無衣〉，〈毛詩序〉如此解題：

〈無衣〉，美晉武公也。武公始并晉國，其大夫爲之請命乎天子之使，而作是詩也。

根據《左傳・莊公十六年》所說的「王使虢公命曲沃伯以一軍爲晉侯」，以及《史記・晉世家》以下的記載：

晉侯二十八年，齊桓公始霸。曲沃武公伐晉侯緡，滅之。盡以其寶器賂獻於周釐(僖)王。釐王命曲沃武公爲晉君，列爲諸侯。於是盡并晉地而有之。

晉武公就是曲沃桓叔的孫子，曲沃莊伯的兒子。他繼位爲曲沃伯，號曲沃武公。他一直與晉侯爭正統，在即位三十六、七年之後，終於滅了晉侯緡，兼併了晉國的土地，並以其寶器去賄賂當時的諸侯共主周釐(僖)王，做爲取代晉君，列爲諸侯的交換條件。周釐(僖)王竟然不顧王綱人紀接受了。核對資料，這一年是周僖王四年，即西元前六七八年。

〈毛詩序〉以爲〈無衣〉這首詩，就是晉武公剛兼併晉國，派人去賄賂周天子，請命封爲諸侯時的作品。〈序〉中所謂「其大夫爲之請命乎天子之使」，似乎天子有意派人來交涉之意，後人頗有置疑者。雖然孔穎達《毛詩正義》解作「其大夫爲之請王賜命於天子之使」，但仍然不能令人釋疑。像陳奐《詩毛氏傳疏》即云：

禮，爲人臣者無外交，雖容或有周使適晉，晉大夫不得與天子之使交通，且命出自天子，又不得私相干請。蓋〈序〉中「使」字必「吏」字之誤。天子之吏，謂三公也。列國大夫入天子之國，稱士，士不得上通天子，故屬於天子之吏。

下面陳奐即以《左傳．成公二年》「晉侯使鞏朔獻齊捷於周」的故事爲例，說明此事必是晉武公派大夫至周交涉天子之吏無疑。陳奐接著這樣說：

晉武公克曲沃，以寶器賂僖王，必有大夫至周，其大夫亦但能屬乎天子之吏，爲君請命。僖王得賂，遂以武公爲晉侯，是請命在周，斷不在晉，由轉寫者「吏」誤作「使」，遂多謬說。此詩即其大夫所作，故爲美而不爲刺。

陳奐所說，頭頭是道，應可採信。

據王先謙《詩三家義集疏》，〈毛詩序〉之說，「三家無異義」，則此說自可採信，但晉武公行賄請命，而周僖王竟然接受一事，實在過於離譜，因而自宋代以後，常有人對此表示貶斥之意。也因此，有人以爲此詩於晉武公，應是「刺」而非「美」。像朱熹《詩集傳》說的還有保留：「蓋當是時，周室雖衰，典刑猶在，武公既負弒君篡國之罪，則人得討之，而無以自立於天地之間，故賂王請命而爲說如此」，在《詩序辨說》中則毫不保留，痛斥其非：

此詩若非武公自作，以述其賂王請命之意，則詩人所作，以著其事而陰刺之耳。〈序〉乃以爲美之，失其旨矣。

> 且武公弒君簒國，大逆不道，乃王法之所必誅而不赦者，雖曰尚知王命之重，而能請之以自安，是亦御人於白晝大都之中，而自知其罪之甚重，則分薄贓，餌貪吏，以求私有其重寶，而免於刑戮，是乃猾賊之尤耳。以是爲美，吾恐其獎奸誨盜，而非所以爲教也。〈小序〉之陋固多，然其顛倒順逆，亂倫悖理，未有如此之甚者。故予特深辨之，以正人心，以誅賊黨。意庶幾乎〈大序〉所謂「正得失」者，而因以自附於《春秋》之義云。

朱熹說《詩》，秉承孔子以詩爲教的垂戒之意，主張存天理，去人欲，以涵泳道德、修身齊家爲終極目標，完全具現於上引的話中。他對後來的說詩者影響很大，所以此詩究竟是美是刺，眾說紛紜。像上引的陳奐《詩毛氏傳疏》，在申述〈毛詩序〉之說時，雖然說：「此詩即其大夫所作，故爲美而不爲刺。」但隨即又作補充道：「至武公并晉，天子不正簒國之罪，而反許受命之請，編詩者隱喻刺意爾。」這跟姚際恆在《詩經通論》中所說的：「〈小序〉謂美晉武公，是美者其詩人美之；傳之於世，人則以爲刺耳。正不相妨。」或者與俞德鄰《佩韋齋輯聞》所說的：「由大夫言之，則美武公；由聖人言之，武公之罪大矣。」看法都大致相同。晉武公派去賂王請命的大夫，自然要讚美晉武公，這何用爭辯？晉武公這種被古人視爲違禮悖理的行爲，一定會被後人所刺譏貶斥，又何須爭論？在這個問題上，我是同意姚際恆、陳奐說法的。

除了上述與晉武公美刺有關的說法之外，從清代開始，已經有人拋棄舊說而另立新義。例如牟庭《詩切》說此詩是「刺重衣也。」說：「富人之衣多」、「行吉禮者，衣服鮮盛。」民國以來，據詩直尋本義的人，更是各自爲說。有的說是小吏不滿奴隸主，想棄官而去；有的說是感謝別人贈衣之答謝詞；有的說是青年男女戀愛時的親昵之詞，或讚美情人服飾的一首小詩。其中常被人引用的是聞一多《風詩類鈔》所說的「此感舊或傷逝之作」。各種說法眞是紛紛擾擾，莫衷一是。當然，這種現象幾乎每一首風詩都有，不獨此篇爲然。這裡也就不必一一評述了。

《詩經》中以「無衣」名篇的，除此之外，還有〈秦風〉中的一首。〈毛詩序〉說〈秦風・無衣〉那一首是「刺用兵」，和此詩所謂「美晉武公」一刺一美，顯有不同。但從作詩的背景去看，事實上都與征戰有關。「美晉武公」的另一面，可以是刺晉武公的弑君篡國。關於這些，上文已多引述，茲不贅言。倒是從篇幅的長短去看，〈唐風〉中的這首〈無衣〉，字數特別少，篇幅特別短，前人說是「二章，章三句」，是全書中最短的一篇。

此詩兩章，前後形式複疊，第一句「豈曰無衣七兮」、「豈曰無衣六兮」的「七」「六」二字，關係全篇的題旨，最須注意。另外，傳統的斷句，「豈曰無衣七兮」這樣的句子實在不像句子，比對〈秦風・無衣〉，我以爲應該把它斷成「豈曰無衣？七兮！」如此也才能與下文「不如子之衣，安且吉兮」相對應。第二章仿此。希望讀者能夠接受。

不同的時代，有不同的典章制度。關於《詩經》的名物訓詁，應該盡量考慮到這一點。此詩第一章開頭的「豈曰無衣？七兮！」《毛傳》云：「侯伯之禮七命，冕服七章。」《鄭箋》云：「我豈無是七章之衣乎？晉舊有之，非新命之服。」這都是扣緊〈毛詩序〉的話來說的。晉武公初併晉國，知道自己如果不請命於周天子，就名不正，言不順，不成爲君，不能列爲諸侯，所以派大夫以晉之重寶到王邦賄賂天子，辦理此事。派去的大夫在交涉周朝執事大臣的時候，當然要讚美晉武公，同時也要讚美周朝的君臣。《毛傳》所說的「侯伯之禮七命」等語，是有依據的。《周禮・春官》說執掌國家禮儀制度的大宗伯，「以九儀之命，正邦國之位。一命受職，再命受服，三命受位，四命受器，五命賜則，六命賜官，七命賜國」，可見所謂「七命」，就是大宗伯代表天子賜以國君的禮儀。晉武公請命受封，必然要經過這個程序。《周禮・春官》又說大宗伯的下屬典命「掌諸侯之五儀，諸臣之五等之命。上公九命爲伯，其國家、宮室、車旗、衣服、禮儀，皆以九爲節；侯伯七命，其國家、宮室、車旗、衣服、禮儀，皆以七爲節。」可見典命所掌管的，是公侯伯子男五等爵位的儀制，包括土地、城池、宮室、車旗以及衣服等等，都有一定的規定。晉國是侯爵，一切自以「七」爲節。《周禮・秋官》又說：大行人「掌大賓（指諸侯）之禮及大客（指諸侯來訪使者）之儀，以親諸侯」，「以九儀辨諸侯之命，等諸臣之爵，以同邦國之禮，而待其賓客」，並且說「諸侯之禮，執信圭七寸，繅藉七寸，冕服七章……」，這些文字與此詩最有關係。以上是說：大行人按照禮儀不同的規定，來接待諸侯的來賓。諸侯的禮儀是：行禮時手執信圭，圭長七寸，圭的襯托也是七寸，而且所穿的禮服，所謂袞冕上要有七章，即七種圖案。按鄭玄的注解，這七章的圖案是指雉、火、宗彝等所謂畫衣三章，以及藻、粉米、黼、黻等所謂繡裳四章。

由此可見，此詩中的「七兮」，係指侯伯之爵的上大夫，自己或派使者到王邦朝見天子時，請命受封時，包括車旗衣服等等，都必須以「七」爲節。而替天子執掌這些儀制的官吏，有主官大宗伯(官階爲卿，在三公之下，大夫之上)、典命、司服(皆中士)等人。這也就是上文所說的「天子之使(吏)」。晉武公原爲曲沃伯，滅了晉侯緡之後，擁有晉國宮室、車旗、衣服等等，當然如《鄭箋》所云：「我豈無是七章之衣乎，晉舊有之，非新命之服。」但是恰如《毛傳》所言「諸侯不命於天子，則不成爲君。」晉武公怕人批評他弒君篡國，所以仍以得王之新命爲安。也因此，此詩二章可謂皆請王命之語，爲首章幾句旨在表明：我們晉武公並不是沒有七章之衣，這種禮服是有的，屬於侯伯之爵的七種圖案也是有的，但總不如您所頒授的新命之服，令人覺得「安且吉兮」。「子之衣」的「子」，指的是主持禮制的大宗伯等人，而實際上，他所代表的是周天子的身分。

第二章複沓，只有「六兮」的「六」，需要補充說明。《毛傳》云：「天子之卿六命，車旗衣服以六爲節。」這和《周禮．春官》典命一節所記「王之三公八命，其卿六命，其大夫四命。凡其出封，皆加一等。」是一致的。上文說過，大宗伯是掌管相關禮儀的大臣，他的官階就是卿。「天子之卿六命」，其車旗衣服禮儀等等，以六爲節。「凡其出封，皆加一等」，那就是比照侯伯之爵，以七爲節了。反言之，侯伯之爵的諸侯賓客，到王邦與大宗伯等「天子之吏」接觸時，自降一等，列於天子之卿，其車旗衣服等等，以六爲節，也是合乎儀制的。因此，陳奐《詩毛氏傳疏》說：「天子之卿六命，出封侯伯加一等，則七命。晉爲侯伯之國，實七命，其在王朝，則亦就六命之數。詩人以七、六分章，實一意。」王先謙《詩三家義集疏》引述此段文字之後，補充說：「侯伯就封之後，亦入王朝爲卿士，如衛武公、鄭莊公父子皆是。故可言七，亦可言六。」這些話都信而有徵，可以採信。這樣說來，舊說以爲此詩二章，皆晉武公大夫的請命之辭，也就無庸置疑了。

有杕之杜

杕杜

有杕之杜，　有孤挺挺的杜梨，
生于道左。　生長在大路左邊。
彼君子兮，　那位君子大人啊，
噬肯適我？　是否肯到我面前？
中心好之，　內心既然喜愛他，
曷飲食之！　何不飲食款待他！

有杕之杜，　有孤挺挺的杜梨，
生于道周。　生長在大路拐角。
彼君子兮，　那位君子大人啊，
噬肯來遊？　是否肯來同遊遨？
中心好之，　內心既然喜愛他，
曷飲食之！　何不飲食款待他！

〈毛詩序〉對此詩如此解題：

〈有杕之杜〉，刺晉武公也。武公寡特，兼其宗族，而不求賢以自輔焉。

這種說法，據王先謙《詩三家義集疏》云，今文經派「三家無異義」。不過，從經文「中心好之，曷飲食之」等句看，字面上似乎與「不求賢以自輔」有所牴觸，因此後人頗有疑義。朱熹《詩集傳》即云：

此人好賢而恐不足以致之，故言此杕然之杜，生於道左，其蔭不足以休息，如己之寡弱，不足恃賴，則彼君子者，亦安肯顧而適我哉？然其中心好之，則不已也，但無自而得飲食之耳。夫以好賢之心如此，則賢者安有不至而何寡弱之足患哉！

對整首詩的解釋，可謂與〈毛詩序〉完全相反。〈毛詩序〉說是「刺晉武公」「不求賢以自輔」，朱熹《詩集傳》則說是「此人好賢而恐不足以致之」。朱熹在《詩序辨說》中說得更明白：「此〈序〉全非詩意。」可見朱熹完全不同意〈毛詩序〉的說法。他既不同意「刺晉武公」之說，也不同意詩中有「不求賢」之意。因爲經文明明寫的是「此人好賢而恐不足以致之」。

朱熹的說法，對後世影響很大。像李光地《詩所》就說：「依《朱傳》」，像姚際恆《詩經通論》也說：「《集傳》謂此人好賢而不足以致之，是。」像魏源《詩古微》更說是：「武公既得國，懼諸侯之討，思求士以自強焉。」汪梧鳳的《詩學女爲》，還從「成王封唐叔，命以〈康誥〉，而封於夏墟」說起，說「武公以篡弒得國，逆取順守，招攜懷遠，有築台擁篲之思，是詩所以作也。」又說：「晉自文公始霸，子孫爲中國盟主者百五十餘年。非皆其君之能，賢臣之力也。晉之即位而必朝於武宮，蓋隱以太祖尊武矣。晉之多賢，武實啓之也。」這不但認爲此詩係稱美晉武公好賢之作，而且還以爲後來晉文公能夠稱霸諸侯，都是由於晉武公開始重用賢臣之故。像上述的這些例子，都可以看出宋代以後，有不少學者不贊成〈毛詩序〉的說法。

不過，上述稱美武公好賢的說法，也有人以爲與此詩開頭二句的興義有所牴觸。胡承珙《毛詩後箋》就說：

> 近人乃有以此詩美武公能好賢者。試思〈有杕之杜〉，是杜不皆杕，凡言有杕者，皆取興於特貌。若果美其好賢，則當如〈菁莪〉、〈棫樸〉舉其盛者言之，何故以特生之杜起興乎？此不待辨而明矣。

胡承珙的話，是有道理的。他還引述了戴溪《續呂氏家塾讀詩記》、姜炳璋《詩序廣義》、錢澄之《田間詩學》等人的話，以爲晉武公以篡弒得國，「當時賢者必有不義其事、相率而去之者」，所以編《詩》之人，「採一刺武公無以得賢人之詩，列於〈無衣〉之後，以見鴻飛冥冥、天子亂命不得而脅，亂臣賊子不得而汙。」這種事情，求諸古史，不乏其例。像三國時，賈詡就曾對袁紹的使者說：「兄弟不相容，焉能用天下國士乎？」晉武公滅晉侯緡，可謂「兄弟不相容」，古人視爲篡弒得國，當然有人「不義其事」，也因此不肯臣事武公。晉武公對於這種人，如果不肯低聲下氣，再三懇求，當然也必定有人以爲晉武公沒有誠意，而加以諷之刺之。《鄭箋》就是這樣來解釋的：

> 道左，道東也。日之熱，恆在日中之後，道東之杜，人所宜休息也。今人不休息者，以其特生陰寡也。興者，喻武公初兼其宗族，不求賢者與之在位，君子不歸，似乎特生之杜然。

這樣的解釋，核對經文，可以講得通。詩的開頭二句，是藉「有杕之杜」來起興。「有杕之杜」，上面〈杕杜〉一篇已經講過，是指長得孤孤特特的杜梨樹。此詩的第二句，第一章的「生於道左」，第二章的「生於道周」，是指這非常孤特的杜梨生長的位置。說它長在大路的東邊或拐彎的地方，其用意在上述的引文中已經說過，是藉以說明這棵杜梨樹，到了中午以後，陽光西斜，本來是可供休息納涼的好地方，但因爲它長得孤特，樹蔭少，所以沒人肯靠近它。這就好比位高權大的晉武公，篡位得國之後，有人以爲他行爲不義，所以不肯歸附他。開頭二句的起興，用意在此。然而，後面的四句，從字面上看，卻似求賢好賢之辭。所以，像何楷《詩經世本古義》就在引述〈毛詩序〉之後，這樣說：「此但從杕杜生解，然細玩詩辭，終是好賢求賢意居多。」可見後面的四句，與開頭二句的起興，看起來不但不相呼應，而且好像還有矛盾。

後面四句從字面上看，果然是寫求賢好賢之辭，表示對「彼君子」來就飲食的熱切盼望。其中有兩個詞語，前人認爲比較難懂，有加以解釋的必要。一是「噬肯適我」的「噬」字，一是「曷飲食之」的「曷」字。

「噬肯適我」的「噬」，《毛傳》訓解爲「逮」，就是「及」，來到的意思，《鄭箋》進而把整句解釋爲「彼君子之人，至於此國，皆可求之我君所，君子之人，義之與比。其不來者，君不求之。」意思是說，晉武公兼併其宗族之後，願意來歸附他的「君子」，他都表示歡迎；不願意歸附他的，他也無所謂。但「噬」這個字，魯詩作「遾」，韓詩作「逝」，據陳喬樅《韓詩遺說考》云：「此詩噬字即逝之假借。」又據馮登府《三家詩異文疏證》云：「《說文》有逝無噬，然則逝本字，噬通字，遾俗字也。」足證「噬肯適我」也可解作「逝肯適我」。逝，固有「逮」、「及」或「之」、「往」之意，但也可解作沒有實義的發語詞，如〈邶風・日月〉「乃如之人兮，逝不古處」的「逝」，即有人認爲它應當是發語助詞。筆者這裡即揆詩中語氣，採用了此說。

「曷飲食之」的「曷」，《鄭箋》訓解爲「何也」，有「何當」、「何時」之意；胡承珙《毛詩後箋》則據《爾雅》等書，認爲這裡的「曷」通「盍」，即「何不」之意。王先謙《詩三家義集疏》云：「詩人以特生之杜爲興，則釋曷爲盍，尤與詩意相合。」我也贊同王氏的這個說法。內心既然喜歡他，當然要用好吃的東西來款待他。

清代顧鎮《虞東學詩》曾就「曷飲食之」一句有關的問題，歸納舊說爲四種說法：一是「謂教武公求賢之法，何但飲食而已」；二是「謂使武公誠有好賢之心，惟恐無以飲食賢者」；三是「謂好賢而恐不足以致之，無自而飲食之」；四是「謂君不能養賢，國人自致其意曰：何以飲食之？」然後他下了結論，加按語說：「詩言君子適我而來遊，若果中心好之，何不飲食之？病其不能飲食，所謂悅賢而不能舉，又不能養也。以杜之孤生道左，興武公之不求自輔。」顧鎮的說法，胡承珙以爲較爲通達，我也以爲較可採信。

至於第二章的「生于道周」，實與第一章的「生于道左」相對成文。《毛傳》說：「周，曲也。」有人根據韓詩，訓「周」爲「右」，甚至有人以爲詩中忽而言生于道左，忽而說生于道右，互相矛盾。此眞不知詩者，不足深辯。我以爲即使依從韓詩作「右」，也沒有問題。〈秦風．蒹葭〉有云：「遡洄從之，道阻且右。」《鄭箋》：「右者，言其迂迴。」這與此篇《毛傳》訓「周」爲「曲」，正好可以互相參證。

葛生

蘞草

葛生蒙楚，
蘞蔓于野。
予美亡此，
誰與獨處？

葛藤生來蓋荊樹，
蘞草蔓延在山野。
我的愛人不在此，
有誰陪伴只獨處？

葛生蒙棘，
蘞蔓于域。
予美亡此，
誰與獨息？

葛藤生來蓋棗樹，
蘞草蔓延在墓地。
我的愛人不在此，
有誰陪伴獨安息？

角枕粲兮，
錦衾爛兮。
予美亡此，
誰與獨旦？

獸角枕頭光燦呀，
錦繡衾被絢爛呀。
我的愛人不在此，
有誰陪伴到天亮？

夏之日，

夏天的白晝，

冬之夜。　冬天的夜晚。
百歲之後，　但願我百年以後，
歸于其居。　能同歸他的墓園。

冬之夜，　冬天的夜晚，
夏之日。　夏天的白晝。
百歲之後，　但願我百年以後，
歸于其室。　能同歸他的住所。

〈毛詩序〉對此詩的解題如下：

〈葛生〉，刺晉獻公也。好攻戰，則國人多喪矣。

根據《左傳》的記載，晉獻公果然是「好攻戰」的君主。魯莊公二十八年（西元前六六六），即晉獻公十一年，獻公伐驪戎。魯湣（一作閔）公元年（西元前六六一），即晉獻公十六年，獻公滅耿，滅霍，滅魏。魯僖公二年（西元前六五八），即晉獻公十九年，獻公滅夏陽。魯僖公五年八月（西元前六五五)，即晉獻公二十二年，又圍上陽；冬，滅虢，又執虞公。魯僖公八年(西元前六五二)，即晉獻公二十五年，也就是獻公去世的那一年，都還派里克去伐狄。由此可見，晉獻公的「好攻戰」，是於史有徵的。當然，這與此詩是否寫晉獻公可以是兩回事。

〈毛詩序〉以為此詩寫晉獻公喜歡攻戰他國，常常發動戰爭，因而國人從征者多有傷亡。《鄭箋》和《孔疏》皆依此立說。《鄭箋》說：「夫從征役，棄亡不返，則其妻居家而怨思。」《孔疏》也說：

> 數攻他國，數與敵戰，其國人或死行陳，或見囚虜，是以國人多喪。其妻獨處於室，故陳妻怨之辭以刺君也。

可見鄭玄和孔穎達等人，都以為此詩寫晉獻公時，國人屢從征戰，有的死於行陣之間，有的被敵人囚禁俘虜，喪亡不在少數，所以詩人同情他們在家鄉獨守空閨的妻子，為她們表露心聲，寫這篇哀怨的詩歌來諷刺在上位者。唐詩所謂「可憐無定河邊骨，猶是春閨夢裡人」，殆同此意。對於〈毛詩序〉的說法，據王先謙的《集解》，今文派的三家並無異義。

不過，《孔疏》所謂「或死行陳，或見囚虜」，也就是有的死於行陣之間，有的被敵人囚禁俘虜，二者並不相同。前者明言是死，後者則生死未卜。因此，就描寫怨婦之辭來說，前者是嫠婦悼亡之作，後者則爲征婦思夫之詞。也因此，歷來解說此詩的人，即使同意這是爲思婦而作，仍然對「予美亡此」一句，有不同的體會。

「予美亡此」的「予美」，指我喜歡的人，「亡此」的「亡」，則有的解作死亡，有的解作「無」，即棄亡，不在眼前之意。把「亡此」解作棄亡不在眼前的學者，像宋代的理學家程頤，他在《伊川經說》卷三這樣說：「此詩思存者，非悼亡者，《序》爲誤矣。」他的理由有二：一是「好攻戰則多離闊之恨。葛之生，托於物；蘞之生，依於地。興婦人依君子。」二是把詩中「誰與獨處」讀作「誰與？獨處」兩句，即「誰與乎？獨處而已。」同樣的道理，「獨旦」即「獨處至旦也」。因而他認爲這是閨婦思夫之詞，並且說是「晝夜之永時，思念之情尤切，故期於死而同穴，乃不相離也。」事實上，這兩個理由是不夠充分的。

此外，宋代的另一理學家王柏的《詩疑》更據「予美」一詞而斥之爲淫詩。他說：「予觀予美二字，則知其非夫婦之正。」「當時賢婦人稱其夫多曰君子」，「未有稱其夫曰予美」，「是必悼其所私之人」，這和近人以爲「予美」當是男子悼念亡妻之作，都同樣令人覺得納悶。「予美」指我所喜歡的人，可以是婦人稱其丈夫，也可以是丈夫稱其妻子。歷來說詩者多執其一端而不相讓，殊爲可歎。〈邶風・簡兮〉有云：「彼美人兮，西方之人兮！」詩中的「美人」，即指來自西方周邑的「碩人」，亦即「有力如虎」的男性舞師。王柏僅憑「予美」二字，就斷定此爲閨婦悼其所私之人，近人僅憑「予美」二字，就認爲這是男人稱呼女性的口吻，顯然都求之過深了。

相較之下，朱熹的《詩集傳》，對此詩的解釋是比較通融的。他在承《鄭箋》、《孔疏》之餘，說：「予美，婦人指其夫也」，並加闡釋道：

婦人以其夫久從征役而不歸，故言葛生而蒙於楚，蘞生而蔓於野，各有所依託，而予之所美者獨不在是，則誰與而獨處於此乎？

「予之所美者獨不在是」，是說不在眼前，並不涉及「思存」或「悼亡」的問題。這和《孔疏》所說的「或死行陳，或見囚虜」，沒有牴觸，也比較近於情理。丈夫遠隨征役，久出不歸，究竟是已死於行陣之間？或者是被敵軍所俘虜囚禁？這是讓獨守空閨的妻子牽腸掛肚、朝思暮想的事情。不管是設想丈夫生或丈夫死，都一樣表現了妻子的一份無可如何的深情。而且，即使知道丈夫死了，做妻子的也應該仍然希望消息錯誤，丈夫還活著才對。因此，我覺得朱熹的說法，比較通融可取。

後來清代的方玉潤《詩經原始》，推尋此詩作意，兼採眾說，認爲是寫征婦之怨，也說得宛轉周到。今錄於下，供讀者採擇：

征婦思夫久役於外，或存或亡，均不可知，其歸與否，更不能必。於是日夜悲思，冬夏難已。暇則展其衾枕，物猶粲爛，人是孤棲，不禁傷心，發爲浩嘆。以爲此生無復見理，惟有百歲後返其遺骸，或與吾同歸一穴而已。他何望耶？唐人詩云：「可憐無定河邊骨，猶是春閨夢裡人」，可以想見此詩景況。

說《詩》諸老不察其情，或以爲思存，或以爲悼亡，已極可嘆，又或謂枕衾粲爛，其嫁未久（宏一按，此爲范處義、孫鑛之說），更覺腐論難堪。《三百篇》多少好詩，純被此種迂儒說壞，能不令人扼腕。

這首詩共五章，每章四句。第一、二兩章，皆以葛生、蘞蔓來發端。《毛傳》和《孔疏》都以爲二句「互文而同興」。互文是指葛生、蘞蔓二句互文見義，言葛生則蘞亦生，言蘞蔓則葛亦蔓，「蒙楚」、「蒙棘」以及「蔓于野、域」，也都當作如是觀；同興是指藉上述景物的描寫，來比喻婦人雖生於父母，卻外成於夫家。既然外成於丈夫之家，則當與丈夫百年偕老。上文引述程頤所說的：「葛之生，託於物；蘞之生，依於地。興婦人依君子」，也就是這個意思。

不過，因爲古人有「死則裹之以葛，投諸溝壑」（見《法言・重黎篇》注）的說法，認爲葛爲戰死裹尸之物，所以有人把下文「予美亡此」與此連繫在一起，推定閨婦所想念的征夫已死，而且，下文第三章的「角枕粲兮，錦衾爛兮」，《毛傳》曾說：「齊則角枕錦衾」，又說：「禮、夫不在，斂枕篋衾席，韣而藏之」，意思是說婦人在丈夫離家外出時，要把衾枕寢具收藏起來；而在祭祀前齋戒時，則要拿出角枕錦衾，用來做爲枕尸斂服之用。《周禮・天官・玉府》有云：「大喪，共含玉、復衣裳、角枕、角柶」，《儀禮．士喪禮》有云：「設床笫於兩楹之間。衽如初，有枕」，《禮記．喪大記》亦云：「小斂於戶內……君錦衾」，意思是說爲國君或士人舉辦喪禮時，要「復衣裳」，用他生前所穿的衣裳來招魂，而且還要用獸角裝飾的枕頭來枕尸。這些禮儀原爲國君諸侯而設，但如果士人爲國捐軀，自當視爲國殤，以君禮葬之。如此說來，前人有的把這首詩視爲嫠婦悼亡之辭，倒也是其言有據了。更何況第四、五兩章都有「百歲之後」設想死後希望如何的句子呢！像左寶森《說經囈語．葛生說》就斷然認爲此係「嫠婦祭墓之詞也」，他說：

前二章由郊野而至墓域，見夫葛蒙蘞蔓，宿草萋萋，慨然嘆曰：「予美亡此，誰與處息乎？」自傷未亡人不能相從於地下也。三章歸家適寢，見錦衾角枕，而言己之塊然獨處，耿耿不寐，以至於旦也。末二章則之死靡他，一任寒暑往來，憂思無已，惟俟異日之同穴耳。苟其夫未死，第久役不歸，不望其歸家聚首而遽爲是不祥語也，夫豈人情？

這些話說得頭頭是道，對讀者應該頗有說服力，也因此，有人說這首詩是中國最早的悼亡詩，雖然說不一定對，但是也不能說一定錯。

采苓

采苓采苓，
首陽之巔。
人之為言，
苟亦無信。
舍旃舍旃，
苟亦無然。
人之為言，
胡得焉？

採苦苓啊採苦苓，
在首陽山的峯頂。
別人的揑造謠言，
如何也不要相信。
別理它啊別理它，
如何也不會同意。
別人的揑造謠言，
哪裡會合情理呢？

采苦采苦，
首陽之下。
人之為言，
苟亦無與。
舍旃舍旃，
苟亦無然。
人之為言，

採苦荼啊採苦荼，
在首陽山的山下。
別人的揑造謠言，
如何也不要參加。
別理它啊別理它，
如何也不會同意。
別人的揑造謠言，

胡得焉？　哪裡會合情理呢？

采葑采葑，　採蕪菁啊採蕪菁，
首陽之東。　在首陽山的嶺東。
人之為言，　別人的捏造謠言，
苟亦無從。　如何也不要贊同。
舍旃舍旃，　別理它啊別理它，
苟亦無然。　如何也不會同意。
人之為言，　別人的捏造謠言，
胡得焉？　哪裡會合情理呢？

〈毛詩序〉對〈采苓〉這首詩如此解題：

〈采苓〉，刺晉獻公也。獻公好聽讒焉。

據《左傳》、《國語》、《史記》等書有關驪姬亂晉的記載，晉獻公確實是容易聽信讒言的人。驪姬是晉獻公五年伐驪戎時所得，她入晉之後，侍奉晉獻公，頗得愛幸。獻公十二年，驪姬生奚齊。獻公有八個兒子，其中太子申生、重耳、夷吾三人，皆有賢行，爲國人所稱，等到驪姬生了奚齊之後，日見寵幸，獻公開始疏遠太子申生等三人。到了獻公二十一年，驪姬設了毒計，向獻公進讒言，陷害太子申生及重耳、夷吾二公子。最後，太子申生自殺，而重耳、夷吾逃往他國。這就是驪姬進讒亂晉的故事。因爲有這樣的史實，所以〈毛詩序〉的說法，今文三家「無異義」，後儒亦多從之。宋代的范處義《詩補傳》、王質《詩總聞》，甚至都直接引用太子申生之事來落實解釋此詩。像王質的《詩總聞》即推測詩中所以言及「首陽」，是想藉夷齊「逃孤竹之命，避武王之恥」、隱居首陽山的故事，來影射申生被驪姬陷害時，「當是國人憐申生，不欲其死，而欲其逃，以爲其讒少待而自明也」。朱熹的看法前後略有不同。他原先在《詩序辨說》中是同意〈毛詩序〉「獻公好聽讒」之說的，說是「觀驪姬譖殺太子及逐群公子之事可見也」，可是卻又以爲此詩未必「果作於其時」。後來改寫《詩集傳》時，卻只簡單的說了一句：「此刺聽讒之詩」，似乎不再肯定此詩與晉獻公有關了。對此，郝敬仲輿《毛詩原解》說：「事之可據，孰有如晉獻公聽讒者乎？如是猶謂不信，則詩必有年、月、日、時、作者姓名乃可。」言下之意，〈毛詩序〉言簡意明，言之有據，不容後人懷疑。在這一點上，我以爲方玉潤《詩經原始》的一段話說得最宛轉有致，他是這樣說的：

〈采苓〉，刺聽讒也。詩意若此，所包甚廣，所指亦非一端，安見其必爲驪姬發哉？但驪姬則讒之尤者，晉獻公則尤聽讒之甚者，故足以爲戒也。朱子不以〈序〉言爲然，置焉可也，而必排而斥之，過矣！

方玉潤的這一段話，我以爲最公允中肯。以史證詩，以詩證史，固然可以使詩歌與史事更緊密的結合，但太落實去推求，則不免失之穿鑿。這是我們在解詩時，要特別注意的。

這一首詩，共三章，每章八句。重章疊句，語意並無分別。孔穎達《毛詩正義》就說：「經三章，皆上二句刺君用讒，下六句教君止讒。皆是好聽讒之事。」可見他以爲每章的前二句是一組，後面的六句是一組。這是從句意來分的，如果從詩韻來分，那麼每章的前四句爲一組，後四句爲一組。例如第一章前四句的「苓」「巔」「信」是叶韻的，後四句的「旃」「然」「焉」是叶韻的。第二、三兩章以此類推。因此，戴君恩《讀風臆評》才說：「各章上四句，如春水池塘，籠烟浣月，汪汪有致。下四句乃如風氣浪生，龍驚鳥瀾，莫可控御。」姚際恆《詩經通論》也才說：「通篇以疊詞重句纏綿動聽，而姿態亦復搖曳。」《詩經》以下的中國古典詩歌，分別從句意和詩韻不同的角度去欣賞，有時候可以體會到不同的好處。

第一章開頭二句，「采苓采苓，首陽之巔」，問題有二，一是採「苓」有什麼言外之意？二是爲什麼採「苓」要在「首陽之巔」？《毛傳》早就說過：「興也。采苓，細事也。首陽，幽辟也。

細事，喻小行也。幽辟，喻無徵也。」這是說詩借採苓起興，言及「首陽」也有其寓意。《鄭箋》的解釋，似乎與《毛傳》略有差異。鄭玄從「好聽讒」的角度去解釋，他說：「采苓采苓者，言采苓之人，眾多非一也。皆云采此苓於首陽山之上。首陽山之上，信有苓矣，然而今之采者，未必於此山。然而人必信之。興者，喻事有似是而非。」同樣說是借採苓起興，可是說法卻不相同，這很容易引起讀者的誤會，所以孔穎達《毛詩正義》所謂《孔疏》乃加以融通說：

采苓者，取草而已，故爲細事。首陽在河曲之內，故爲幽辟。細事，喻小行，謂小小之事。幽辟，喻無徵，謂言無徵驗。幽隱辟側，非顯見之處，故以喻小人言無徵驗也。讒言之起，由君暱近小人，故責君數問小事於小人，所以致讒言也。《箋》易之者，鄭答張逸云：「篇義云好聽讒，當似是而非者，故易之。」

《孔疏》申述會通《毛傳》《鄭箋》之意，例皆如此。大致說來，也言之成理。但是「苓」究竟是什麼性質的植物？孔子教人要多識草木鳥獸之名，是不是這些詩中的草木鳥獸之名，有什麼含意？另外，爲什麼詩中要提到首陽山，是不是有什麼特別的含意？這些都是《毛傳》《鄭箋》以至《孔疏》沒有說明清楚而爲後來學者關心的問題。因此，後來的說詩者，紛紛從不同的角度去揣度詩中的比興之義。

何楷《詩經世本古義》採信〈毛詩序〉之說，以爲這是「晉人諫獻公信讒之詩」，他對此詩之興，不但有自己的看法，而且也不排斥其他學者的看法。他是這樣說的：

此詩三章語意了無分別，惟取譬苓、苦、葑三者異耳。詩人託物起義，指即在此。陸佃云：苓，甘者；苦，苦者，言讒人無所不至。其害人也，必因其似而譖焉。采苓則因人之所甘而譖之之況也；采苦則因人之所苦而譖之之況也；葑有時而甘，亦有時而苦，采葑則又因人之所甘所苦而并譖之之況也。

又或云苓甘而苦苦，讒者之入人，必先甘而後苦，而葑則甘苦相半，所謂「采葑采菲，毋以下體」，半以爲惡，半以爲美，則讒人之所以嘗試其君者，無所不用矣。皆通。

這段引文包括何楷自己的意見，以及他引述的另外兩個看法。明代何楷談《詩經》，重考證，喜歡援引史事或前賢之說，來證成自己的觀點。像這首詩，他的意見就建立在援引的兩個前人的說法上。在援引陸佃等兩種說法之後，他說「皆通」，那就表示他對此詩的看法，認定是刺晉獻公聽讒之作，苓、苦、葑三者，只是詩人托物取譬而已，並不拘泥於如何解釋苓、苦、葑是甘是苦，是美是惡的什麼樣的植物。在「詩無達詁」的時候，能把握重點，總比胡猜亂扯的好。

詩中爲什麼提及「首陽山」？首陽山究竟在哪裡？是不是就是伯夷，叔齊的餓死之地？這一直是眾說紛紜的問題。根據宋翔鳳《四書釋地辯證》、劉恭冕《廣經室文鈔》等等的考證，它共有河東蒲坂、河南偃師、遼西、隴西、岐山西、晉都平陽西等等不同的說法。說法非常紛歧，眞的莫衷一是。劉恭冕《廣經室文鈔》卷一有云：「近世通儒金鶚《求古錄》謂在晉都平陽西，……亦是特識，故陳氏奐《詩傳疏》甚稱之。然謂此首陽在晉都平陽西，亦無顯據，徒以晉人咏晉事，當在國都左右耳。」經過他的一番考證，他以爲此詩之首陽，實即雷首山，也就是賈逵、馬融、鄭玄等人所主張的河東蒲坂，在今山西永濟縣南，亦即伯夷、叔齊採薇而食的地方。

三章前二句，以採苓、採苦、採葑於首陽山起興，來說明讒言本來就常不合乎情理。朱鶴齡《詩經通義》以爲「苓生隰，苦生田野，葑生圃」，都不應該生於山上，「今必曰生首陽，則駕虛之辭耳。」認爲此皆用以「興讒言之不可信」。馬瑞辰《毛詩傳箋通釋》也同樣以「《秦詩》(按、即秦風)言隰有苓，是苓宜隰不宜山之證。《埤雅》言葑生於圃，何氏楷又言苦生於田，是三者皆非首陽山所宜有。」認爲此詩三章開頭二句，「蓋故設不可信之言，以證讒言之不可聽，即下所謂人之僞言也。」他們的說法，都很有參考價值。

各章第三句以下，《孔疏》早就說是一組，皆「教君止讒」之言。陳子展《詩經直解》也說：「自人之爲言至胡得焉二十三字，實爲一長句。言苟無信人之僞言，捨去人之僞言而不以爲然，則人之僞言何所得乎？」意思是說，自第三句以下的六句，一再強調讒言假話不該相信，只要不相信它，它就起不了什麼作用，而造謠生事的人也就得不到什麼了。「苟亦無信」的「苟」，《毛傳》

訓爲「誠」，《鄭箋》訓爲「且」，馬瑞辰《毛詩傳箋通釋》說：「訓誠、訓且、訓假、皆雙聲假借。」也就是說不管訓爲「假設眞的如何如何」、「姑且如何如何」、「假使如何如何」，其實都是說，對於別人所揑造的讒言假話，無論如何都不要相信。

秦風

秦，據鄭玄《詩譜》說，原是隴西山谷的名稱，地在《尙書．禹貢》所說的雍州鳥鼠山附近。這部落的祖先伯益（益一作翳），在帝舜時就因佐禹治水有功，做了虞官，掌管草木鳥獸，賜姓曰嬴。

周孝王時，嬴秦的首領，名叫非子，被派到「汧、渭之間」養馬，即今陝西扶風、眉縣一帶。後來周孝王封秦爲附庸，並讓他們的子孫住在秦地，即今甘肅清水的秦亭附近。《水經注．渭水》說秦水東出大隴山秦谷，「有故秦亭，非子所封也。秦之爲號，始自是也。」就是指此而言。

非子的曾孫秦仲，周宣王命爲大夫，始有車馬禮樂侍御之好，得到國人的讚美。可是他後來爲周宣王去討伐西戎時，沒有攻克，反而被殺了。等到周幽王爲西戎犬戎所殺，周平王東遷王城，當時秦仲的孫子襄公，興兵討伐西戎，護送平王。因此周平王封之爲諸侯，並賜以「岐豐之地」，也因此周朝西都王畿關中八百里之地，從此為秦國所有。《左傳》記載吳公子季札至魯國觀樂，聽了秦聲之後說：「此之謂夏聲。夫能夏則大，大之至也。其周之舊乎？」可以推想這與秦聲保存了原有周王朝地區的聲調有關。

秦風十篇，都是採自秦國的詩歌。《漢書・地理志》說秦地「於禹貢時，跨雍、梁二州，詩風兼秦、豳兩國。天水、隴西及安定、北地、上郡、西河，皆迫近戎狄，修習戰備，高上氣力，以射獵為先。」因此詩多歌詠車馬田狩之事。

車鄰

楊

有車鄰鄰，
有馬白顛。
未見君子，
寺人之令。

阪有漆，
隰有栗。
既見君子，
並坐鼓瑟。
今者不樂，
逝者其耋！

阪有桑，
隰有楊。
既見君子，
並坐鼓簧。

有車兒轔轔地響，
有馬兒白色額頂。
還沒有見到君子，
侍臣這樣的傳令。

山坡上面樹有漆，
低濕地區樹有栗。
已經見到君子了，
一起坐著彈琴瑟。
如果現在不行樂，
時光一去就老了。

山坡上面樹有桑，
低濕地區樹有楊。
已經見到君子了，
一起坐著吹笙簧。

今者不樂，　　如果現在不行樂，
逝者其亡。　　時光一去將死亡。

對於〈車鄰〉這首詩，〈毛詩序〉解題如下：

〈車鄰〉，美秦仲也。秦仲始大，有車馬、禮樂、侍御之好焉。

〈毛詩序〉這樣說的原因，是由於秦君的祖先，在秦仲以前，有的佐禹治水，掌管畜牧狩獵；有的善養馬，封地都不足五十里。古制：五等爵中的子、男，封地五十里，不足五十里的，附於諸侯，稱附庸。所以秦在秦仲之前，不要說是排在諸侯的行列，即使是大夫的職位也夠不上。一直到秦仲時，才被周宣王命爲大夫，也才開始可以有「車馬、禮樂、侍御之好」。因此，秦仲可以說是爲後來秦國開創霸業的英雄人物。《國語．鄭語》即曾引述史伯之言，說：「秦仲，嬴之雋也。且大，其將興乎！」

《左傳．襄公二十九年》記載吳公子季札到魯國，請觀周樂。當樂工弦歌諸侯各國的詩篇時，季札都有不同的評價。樂工歌〈秦〉時，季札說的是：「此之謂夏聲。夫能夏則大，大之至也。其周之舊乎！」服虔注云：

秦仲始有車馬禮樂之好、侍御之臣、戎車四牡田狩之事。其孫襄公列爲侯伯，故有「蒹葭蒼蒼」之歌、〈終南〉之詩。追錄先人〈車鄰〉、〈駟驖〉、〈小戎〉之歌，與諸夏同風，故曰夏聲。

服虔是東漢傳習韓詩的經學家，根據他的注，可知他和〈毛詩序〉一樣，都認爲〈車鄰〉此詩係美秦仲之作。(至於〈駟驖〉、「小戎」等篇是否亦皆爲此而作，則是另外一回事。下面各篇討論時，會有所說明，此不贅。)而代表齊詩之說的焦氏《易林》，在〈大畜之離〉中也說：「延陵適魯，觀樂太史。車轔白顚，知秦興起。卒兼其國(「其」疑作「六」)，一統爲主。」顯然與〈毛詩序〉亦若合符契。據此可知，今文三家於此當無異義。

此外，根據《史記・秦本紀》等書的記載，周宣王即位後，以秦仲爲大夫，而宣王元年，即西元前八二七年，秦仲已立十八年。至秦仲二十三年(西元前八二二)，爲宣王討伐西戎時，兵敗被殺。根據這些資料，此詩應作於秦仲奉命爲大夫至伐西戎(西元前八二七至八二二)之間。如果如服虔注所云，是秦襄公時的「追錄」，則又另當別論。

不過從宋代開始，有些學者對於〈毛詩序〉的說法，開始存疑。例如朱熹在《詩序辨說》中即云：「未見其必爲秦仲之詩」，在《詩集傳》中，更把「秦仲」易爲「秦君」，這樣說：

是時秦君始有車馬及此寺人之官。將見者必使寺人通之，故國人創見而誇美之也。

「秦君」固然可以指秦仲，但也可以指秦襄公等等，這與上文所引《左傳》服虔的注，所謂「其孫襄公列爲侯伯」「追錄先人」云云的說法，並無牴觸。蓋秦至秦仲而國位始大，固然是事實，但與此詩是否必爲「美秦仲」而作，則可以是兩回事，不必混爲一談。

朱熹的這種看法，後來如劉瑾的《詩傳通釋》、何楷的《詩經世本古義》等等，都推衍其說，以爲秦仲非諸侯，不得具備車馬禮樂，更不應該有寺人，甚至以爲秦至襄公始列爲諸侯，而〈秦風〉中其他詩篇不乏歌詠襄公者，因而主張此詩乃「秦臣美襄公」之作。

對於這些存疑乃至否定的看法，陳啓源《毛詩稽古編》和胡承珙《毛詩後箋》都曾予以駁正。陳啓源說的是：

王朝公卿大夫士，《禮記》謂之內諸侯，《孟子》亦云大夫視伯。秦仲爲宣王大夫，自當備次國之制，非復附庸之舊，其有車馬侍御禮樂無疑也。

胡承珙說的是：

(《左傳》)襄二十七年，齊崔杼使圉人駕、寺人御而出。則大夫得有寺人，又可見諸家謂大夫不得有寺人之非。

陳、胡二人所舉的義證非常明確，足以破疑。因此，〈毛詩序〉的說法可以採信。

〈車鄰〉此詩，共三章，第一章四句，第二、三兩章，每章六句。第一章寫未見「君子」秦仲之前，先寫其車馬之盛、侍御之好；第二、三兩章寫既見之後，再三強調其禮樂宴飲之歡。

第一章開頭兩句，形容秦君的車多馬良。「鄰鄰」，一作「轔轔」，和形容雷聲的「隱隱」一樣，都是古人常用來形容衆車之聲的狀聲詞。杜甫〈兵車行〉的「車轔轔，馬蕭蕭，行人弓箭各在腰。」即是一例。「白顛」，《毛傳》說是「的顙」，《孔疏》則引作「的，白也；顙，額也。額有白毛，今之戴星馬也。」簡言之，良馬之謂。呂祖謙《呂氏家塾讀詩記》及李樗、黃櫄《毛詩李黃集解》引王安石《詩經新義》之言：「蓋仲之名馬，驊騮、盜驪、赤兔、的盧之稱。」也是這個意思。一開頭，詩人就藉此二句來形容秦仲的車馬之盛。車多馬良如此，其人之威盛，不問可知。

王禮卿《四家詩恉會歸》云：「此蓋詩人見秦仲以僻遠附庸之君，膺王朝大夫之命，聲文制度新備，與上國同風。喜其爲國之創見，故詠而頌之，此作詩者之美也。」說法頗爲允當。

第一章三四兩句，即寫秦仲「聲文制度新備」，要見他之前，必須先經過寺人的傳令。寺人，指親近的小臣。寺，即侍，取親近侍御之義。也就是後來所謂的宦官或「奄人」。就因爲秦仲是「僻遠附庸之君」，雖然「聲文制度新備」，但畢竟地位不同，只能以親近的小臣，來掌管出入的傳令。第一章四句就是寫在「未見君子」之前，先見其車馬之盛，而且經過他親近的小臣通報，才可見其人。

第二三兩章，章句形式複疊。第二章的「阪有漆，隰有栗」和第三章的「阪有桑，隰有楊」句式相同，說向陽的高坡上有漆樹和桑樹，低窪的濕地上有栗樹和楊樹，是藉自然的生態、高低各得其宜來起興，暗示下文所欲呈現的君賢臣良。這樣的句式，〈鄭風・山有扶蘇〉的「山有扶蘇，隰有荷華」、「山有橋松，隰有游龍」，也曾用過。馬瑞辰《毛詩傳箋通釋》據以比較，說：「《傳》言高下大小各得其宜也。其取興與此詩正同。但彼以反興鄭忽之所美非美，此以正興秦仲之君臣皆賢耳。」除此之外，像〈唐風・山有樞〉的「山有漆，隰有栗」等等，也都可供讀者參考比較。

第二三兩章的三四兩句，「既見君子，並坐鼓瑟」和「既見君子，並坐鼓簧」，不但句式相同，而且說明用樂有禮。第一章四句，寫的是「未見君子」之前的情況，第二三兩章則明寫「既見君子」之後的場面。

牛運震《詩志》說：「未見君子」的部分，「寫出尊嚴」，「既見君子」的部分，「寫出和大」。他的話頗有道理。「阪有漆，隰有栗」等第一二句是起興，第三句以下則是賦筆。「並坐」，當然是一起坐著的意思，但這裡的「並坐」，應該是各就各位之意，這樣才合乎禮。古禮是講究席位的，主人賓介各有各的席位，不可輕忽。所以古代有些學者以「君臣無並坐之理」來求索此詩「並坐」宜作何解。像何楷《詩經世本古義》即云「並坐鼓瑟」是「伶工之輩，與其儕侶並坐，以供鼓瑟之事，並非君臣並坐也。」不過，我們從《儀禮・燕禮》的儀節看，所謂「並坐」者，應如陳奐《詩毛氏傳疏》所說「公以賓及卿大夫皆坐乃安」才對。而所謂「鼓瑟」、「鼓簧」者，則是指燕禮「升歌三終」中「小臣坐授瑟」「工歌」，以迄「笙入三終」中奏笙等等樂賓的過程，所要表現的是賓主之間的優游宴樂。這也才合乎《毛詩正義》所說的「二章卒章言鼓瑟鼓簧，並論樂事。用樂必有禮，是禮樂也。」

明白了這個道理，對於二三兩章的最後兩句，自可體會其用意所在。現在不及時行樂，轉眼青春老去，就再無機會了。耋，指七老八十。其耋，其亡，都有即將衰亡、不樂何待的暗示。這是主人勸客的好意，也是賓客的回應。「珍重主人心，酒深情亦深。」詩以此作結，最得風人之旨。有人說此二句寫日月易邁，壽命不常，與誇美車馬禮樂侍御之意相去殊遠，應該是過慮了。

駟驖

馬

駟驖孔阜，　　四匹黑馬好高大，
六轡在手。　　六條轡繩手中拿。
公之媚子，　　王公的寵愛臣子，
從公于狩。　　跟隨王公把獵打。

奉時辰牡，　　供應這些應時獸，
辰牡孔碩。　　應時雄獸好肥碩。
公曰左之，　　王公說往左射牠，
舍拔則獲。　　射出箭矢就捕獲。

遊于北園，　　遊獵於北邊園囿，
四馬既閑，　　四匹馬兒已熟練。
輶車鸞鑣，　　輕車鑾鈴馬銜鑣，
載獫歇驕。　　載著長短嘴獵犬。

〈毛詩序〉解題如下：

〈駟驖〉，美襄公也。始命，有田狩之事、園囿之樂焉。

始命，《鄭箋》說是「命為諸侯也。秦，始附庸也。」意思很清楚：秦起先只是周王朝的附庸，到了秦襄公時才被封為諸侯，被封為諸侯之後，也才可以名正言順「有田狩之事，園囿之樂」。這一首詩，寫的正是秦襄公的田狩之事和園囿之樂。從王先謙《詩三家義集疏》看，三家於此亦無異義。

不過，根據上一篇〈車鄰〉解題時所引用的服虔《左傳》注：「秦仲始有車馬禮樂之好、侍御之臣、戎車四牡田狩之事。其孫襄公列為侯伯，故有『蒹葭蒼蒼』之歌、〈終南〉之詩。追錄先人〈車鄰〉、〈駟驖〉、〈小戎〉之歌，與諸夏同風，故曰夏聲。」從這一段注文看，顯然服虔以為〈駟驖〉和〈車鄰〉、〈小戎〉一樣，都是秦襄公時「追錄先人」的作品。這種看法，宋代如王質《詩總聞》是贊同的，他說：「西人田狩之事，園囿之樂，蓋其常俗，不必始命方有。」清代儒者之中，更有些人引述或採信其說，例如馬瑞辰、陳喬樅、魏源等人皆是。陳喬樅《三家詩遺說考》考證此係「據魯詩為說」，而魏源《詩古微》則進一步質疑〈毛詩序〉「美襄公」的說法，認為四牡田狩豈必侯伯始有，若〈駟驖〉篇「田狩園囿之樂，則先世附庸亦豈無之，而至是再三歌詠者何？」因而他肯定此係「美秦仲」之作。

這些看法，自有參考價值，但尚不足以否定〈毛詩序〉之說。否則，郝懿行《詩問》說此詩「文美而實刺」，牟庭《詩切》說此「刺濫駕君車」，吳懋清《毛詩復古錄》更指實此爲秦穆公時的作品：「秦穆承襄公之業，習田獵，教車戰，數軍實，秦人因作是歌，爲警獵之樂章。」各自爲說，紛紛紜紜，眞的莫衷一是。

我想問題的癥結有二，一是〈毛詩序〉說的「始命，有田狩之事，園囿之樂」，二是《鄭箋》解釋「公之媚子」一句說的「媚於上下，謂使君臣和合也。此人從公往狩，言襄公親賢也。」歷來論者質疑的重點即在於此：一、田狩之事，園囿之樂，秦人自古有之，何必等秦襄公始命爲諸侯以後才可以獲得？二、既稱「公之媚子」、「媚於上下」，怎麼還說是「襄公親賢」？

關於這兩點，下文都會有說明。爲了節省篇幅，現在就逐章逐句加以解釋。

此詩共三章，每章四句。第一章言往狩之事，將狩之時，從馬之良、御之善說起。開頭二句，說的就是馬之良、御之善。「駟驖」是指駕車的四匹馬，都是毛色似鐵的良馬。駟，原指四匹馬，這裡的「駟」，與「四」字同義。孔阜，非常高大。古代的馬車，通常四匹馬來拉，車轅在中，內側的兩匹叫服馬，外側的兩匹叫驂馬。此句說此日拉車的四匹馬，毛色赤黑似鐵，一看即知是良馬。第二句「六轡在手」則寫駕車的人，經驗老到。轡，即馬韁繩。通常一匹馬有兩個轡頭，四匹馬就應該有八個轡頭、八條轡繩。不懂駕御的人可能緊張得捉住八條轡繩來駕車，但善御者卻知道只須控制六個轡繩就可以。因爲兩匹服馬內側的轡繩，應該繫在御者前面的車身上，御者的手中只須拿著兩匹服馬的外轡以及兩匹驂馬的內外轡，這樣才便於左右牽引控制，因此說是「六轡在手」。

第一章的三、四兩句：「公之媚子，從公于狩。」是說陪同駕車去狩獵的人，是王公的「媚子」。「狩」指冬獵，是沒有疑問的，但「公」和「媚子」該怎麼講，卻有歧解，而且牽涉到此詩著成的時代和是美是刺的問題。公，當然是尊稱，指秦君而言，但不是任何一個秦君都可以稱公的。范家相《詩瀋》云：「秦之爲大夫始於仲，故上篇稱君子；其爲諸侯始於襄，故此篇稱公。」方玉潤《詩經原始》亦云：「惟既稱公，則必襄公以後詩也。」可見詩中稱公與此詩是否成於秦襄公之時，是極有關係的。而「媚子」一詞，《毛傳》解作「能以道媚於上下者」，《鄭箋》更釋爲能使君臣和合的賢者，這跟後人把「媚」解釋爲側媚、諂媚，大相逕庭。前者爲美，後者則顯然是刺。錢大昕《潛研堂文集》卷二有云：

> 問：「公之媚子」，朱氏《傳》以爲所親愛之人，而嚴華谷直以便嬖當之。田獵講武，而以便嬖扈從，豈國家美事？詩人美君，殆不如是。
>
> 答：媚子之義，當從毛、鄭，謂能以道媚於上下，使君臣和合者也。《詩三百篇》言「媚于天子」、「媚于庶人」、「媚茲一人」、「思媚周姜」、「思媚其婦」，皆是美詞。《論語》「媚奧」、「媚灶」，亦敬神之詞，非有諂瀆之意。

可見「媚子」是美詞，詩中指陪同秦君冬獵的御者，他一向爲秦君所寵愛。至於他是不是掌管苑囿山林的虞侯、獸人之屬，或秦君的兒子，後來論者有種種不同的臆測，這裡也就略而不論了。

第二章四句，寫方狩之事，正狩之時。上章四句說秦君此次冬獵，四馬高大，御者精良，是出獵時的好幫手。〈周南・兔罝〉所說的「公侯干城」、「公侯好仇」、「公侯腹心」，也可以用在這裡。古代帝王公侯按時出獵，通常都有官吏武士陪從侍候。虞侯是掌管山澤田獵之事的，獸人是掌理獵取野獸以供膳饈的，這類官員通常就跟從在王公身旁，一方面擔任保衛工作，一方面帶著獵犬驅趕禽獸到王公眼前，以供王公一顯身手。第二章開頭二句「奉時辰牡，辰牡孔碩」，就是說他們所驅趕以待射的，都是最應時、最合時令的禽獸。孔碩，是非常肥大的意思。這恰好是應時合令的最佳說明。《毛傳》云：「時，是。辰，時也。冬獻狼，夏獻麋，春、秋獻鹿豕群獸」，所以「奉時辰牡」就是指驅趕這些應時的群獸而言。牡，本來指的是雄獸，但這裡兼指雌雄。也有人以爲「辰」應作「麎」，即「牝麋」。這樣的話，「辰牡」就兼指雌雄、通言其類了。

第三句「公曰左之」，據胡承珙《毛詩後箋》云：「獸自遠奔突而來，公命御者旋當其左，以便於射耳。」是說駕車者將車轉向奔突而來的群獸左邊，以便秦君發射。底下第四句「舍拔則獲」，就是承接上文，說秦君瞄準目標，拉弓射箭，箭一發出，野獸就應聲而倒。「舍」同「捨」，「拔」同「柭」，《毛傳》說是「矢末」，即箭尾。「舍拔」，也就是放開鉤住箭尾的手指，將箭射出的意思。上一章寫馬之良，御之善，這一章呼應上文，進而描寫供射群獸的肥大應時，以及秦君的身手不凡。此亦〈詩序〉「美襄公」所以值得讚美的理由。上章說田獵時，有人從公往狩，此章說有虞侯等爲之驅獸，這些都應該是諸侯以上才有的，與前世吏物不備之狩，有所不同。或許這也可以做爲此詩確係「美襄公」的佐證。

第三章是寫畢狩之時，游觀之事。上文說的是「田狩之事」，以下說的是「園囿之樂」。「遊于北園」，是畢狩以後的遊觀之所。陳子展《詩經直解》、《詩三百解題》二書，一再引用馬敘倫〈石鼓爲秦文公時物考〉以及郭沫若的〈古刻彙考序〉，來證明詩中的「北園」，即石鼓詩中西畤之後苑，進而說明此詩確作於秦襄公之時，亦即周平王東遷(西元前七七〇)東周時的作品。值得我們參考。

第二句「四馬既閑」的「閑」，據《毛傳》說：「閑，習也。」那是說這駕車的四匹良馬，訓練有素，呼應了首章首句的「駟驖孔阜」。但也頗有些人不採此說，像牛運震《詩志》以爲應解作「閑暇之閑」，像金其源《讀書管見》以爲應解爲「閉藏」，意思是說狩獵結束了，四馬可以休息了。

同樣的情況，三四兩句：「輶車鸞鑣，載獫歇驕」，根據《毛傳》等古注，第三句是說田獵時用以驅趕堵截群獸的輕便馬車，如今鑾鈴已經掛在鑣勒(即馬嚼)的兩端，有鑾鈴和鳴之意。這是歷來沒有歧義的，但第四句《毛傳》卻如此解釋：「獫、歇驕，田犬也。長喙曰獫，短喙曰歇驕。」歇驕的歇，魯詩、齊詩都寫作「猲」。所以末句依此當解爲：無論長嘴或短嘴的獵犬，現在都不用去追逐驅趕群獸了，可以開始在車上休息了。但同樣頗有些學者不作此解，嚴粲《詩緝》就說是「歇其驕逸，謂休其足力也。」像牛運震《詩志》也說是「歇其驕逸之足也。」都把「歇」作動詞看，不作犬名解。這種說法，頗爲可取。我前面的白話譯文採用舊說，因爲覺得它言之有據，不應輕言擯棄。但我也不反對嚴粲、牛運震等人的說法，因爲它們也講得通，甚至與畢狩之後的遊觀之樂，更相呼應。前人說過：「詩無達詁」，眞的，有時候確實如此。

小戎

小戎俴收，
五楘梁輈。
游環脅驅，
陰靷鋈續。
文茵暢轂，
駕我騏馵。
言念君子，
溫其如玉。
在其板屋，
亂我心曲。

四牡孔阜，
六轡在手。
騏駵是中，
騧驪是驂。
龍盾之合，

小小兵車淺車廂，
五束皮帶繞車輈。
活動皮環控驂馬，
引軸接續白銅環。
虎紋皮褥長車轂，
駕我馬匹皆良驥。
我想起了那良人，
溫溫潤潤像寶玉。
在那西戎板屋裡，
亂我情思在心底。

四匹雄馬眞高大，
六根韁繩手中拿。
騏騮是中間兩服，
騧驪是兩旁驂馬。
畫龍盾牌併成對，

鋈以觼軜。
言念君子，
溫其在邑。
方何為期？
胡然我念之？

白銅鍍上內轡環。
我想起了那良人，
溫溫潤潤在邊地。
會將何時作歸期？
爲何如此我想伊？

俴駟孔群，
厹矛鋈錞。
蒙伐有苑，
虎韔鏤膺。
交韔二弓，
竹閉緄縢。
言念君子，
載寢載興。
厭厭良人，
秩秩德音。

輕裝四馬很合群，
三棱長矛白銅嵌。
雜羽盾牌多文彩，
虎皮弓袋雕在前。
交叉袋中放兩弓，
竹製弓架用繩綁。
我想起了那良人，
忽睡忽醒總在心。
安安詳詳的良人，
規規矩矩好名聲。

〈毛詩序〉解題如下：

〈小戎〉，美襄公也。備其兵甲以討西戎，西戎方彊而征伐不休，國人則矜其車甲，婦人能閔其君子焉。

可見毛詩以爲這是一首歌詠秦襄公能備兵甲、征伐西戎的詩篇，三家詩並無異義。秦與西戎土地相鄰，自秦仲起，常相爲敵。據《史記．秦本紀》云：秦襄公七年春，周幽王用褒姒，廢太子，數欺諸侯。因而諸侯叛之。西戎、犬戎與申侯伐周，殺幽王於驪山之下。這期間秦襄公不但「將兵救周，戰甚力，有功」，而且在周王朝東遷洛陽時，還以兵護送周平王。也因此，周平王封之爲諸侯，賜之岐豐之地。《史記．秦本紀》還特別提到秦襄公十二年，「伐戎而至岐，卒。」歷來有些論者說此篇作於秦襄公十二年，即西元前七六六年，就是據此立論。事實上，這並無明確的論證。陳子展《詩經直解》、《詩三百解題》採用陳啓源《毛詩稽古編》的說法，以爲秦襄公七年至十二年的五六年間，皆爲伐戎之時。此詩當作于此一時間。即周幽王十一年(西元前七七一)至周平王五年(西元前七六六)。

此外，據前兩篇題解所引《左傳．襄公二十九年》服虔注的說法，此詩與〈車鄰〉、〈駟驖〉一樣，都是秦襄公「追錄」前人的作品，因此著成時代必然在秦襄公之前。有人以爲「美秦仲」，有人以爲「美莊公」，不一而足。事實上，這些說法也都僅能供讀者參考，並沒有確切的證據。

這首詩共三章，每章十句，配合〈毛詩序〉來看，前六句寫的是國人矜其車甲，後四句寫的是「婦人能閔其君子」。誠如《毛詩正義》所言，秦襄公對西戎征戰不休，國人應苦其勞，婦人應多怨曠，但襄公竟能使國人忘其軍旅之苦而矜誇其車甲之盛，婦人無怨曠之志而能憫念其君子，這是秦襄公最值得讚美的地方，也是秦國一向以「修習戰備，高上氣力」爲立國精神的具體表現。

不過，〈毛詩序〉的這種說法，後人雖多採用其說，但也有略本其旨而稍加改動的。例如朱熹《詩集傳》云：「襄公上承天子之命，率其國人往而征之，故其從役者之家人，先夸車甲之盛如此，而後及其私情。蓋以義興師，則雖婦人亦知勇於赴敵而無所怨矣。」這是把整首詩的觀點，都視爲「從役者之家人」來寫作的，即後來牛運震《詩志》所謂「思夫從軍詞」。另外，像姚際恆的《詩經通論》、方玉潤的《詩經原始》，則都採用了所謂「僞傳」（明人豐坊所僞造之《子貢詩傳》，一名《詩傳孔氏傳》）的「襄公遣大夫征戍而勞之」的說法，認爲是「襄公自念其臣子也」。說法儘管有所差異，但強調以義興師以及沒有反戰的思想，則大致相同。

這首詩每一章的前六句，都用賦筆極力著意來鋪陳戰車、戰馬、兵器的種種配備。陳子展《詩經直解》曾經感嘆「此詩言車馬兵甲之制，自來注釋殊尠明確」，不但注釋難，白話語釋更難，他自己試譯時，「塗改點竄，殆什佰計」。筆者在譯解此篇時，也深有同感。

第一章的前六句寫戰車。「小戎」就是小兵車，群臣大夫所乘，這跟將帥所乘的「元戎」大戰車是不同的。小戎的車廂通常比較淺短，前後兩端的橫軫也比較低，便於馳突。古人從車後登車，所以有人把句中的「收」，解作車後橫木，同「軫」。詩中所說的「俴」音賤，淺的意思。「收」這裡應指車廂輿板而言。這一句總寫車軫的形狀。底下「五楘梁輈」寫車轅的形制。「楘」音木，有花紋的環形皮帶。「輈」音舟。梁輈，指形狀像船又像房屋棟樑的車轅。車轅上有五個地方都用皮楘來緊束著。「游環脅驅」，是寫駕車的馬匹內外之制：一邊用活動的皮環，在外側的兩驂馬背上，把套繩繫好，一邊用一種棒狀銅製的名叫「脅驅」的駕具，裝在中間兩匹服馬脅下的環帶上，以防止驂馬過分向外或向裡靠。「陰引」句則寫轅前使馬引車的形制。陰，指車軾前的橫板。引，一作靷，指引車前進的皮帶。皮帶有兩條，前繫於車前衡木，繞過車下，繫在車軸上，以便引車前進。因爲皮帶很長，必須以銅環來連接，才可以繫在馬頭上，「鋈續」，指的就是白銅環。底下「文茵暢轂」句，一方面寫車中有虎紋的皮褥當坐墊，一方面寫車輪中心的轂木很長，可以讓馬車在前進時，坐得更安穩。「暢」，通「暘」，長的意思。轂是車輪中心的圓木。長轂的作用，是可以防止馬車在奔馳時脫輻。以上主要寫戰車，最後又回到了馬身上。「駕我騏馵」句，是說駕戰車的是騏馵等良馬。騏，指有青黑色棋紋相間的馬；馵，音住，指左後腳白色的馬。

第一章前六句寫車制及馭馬的盛狀，詳盡而生動，第二章的前六句，則主要是寫戰車，間及於車。「四牡孔阜，六轡在手」，句法與上篇〈駟驖〉首句相同，說駕車的四匹雄馬非常高大，而駕御馬車的人控制著六根轡繩也非常上手。底下兩句，進一步介紹「四牡」，說中間的兩匹服馬，是青黑棋紋相間的騏馬和赤身黑鬣的騮馬，而外側的兩匹驂馬，則是黃身黑嘴的騧(音瓜)和通體深黑的驪。「龍盾之合」二句，則進一步呼應「六轡在手」，是說還有併雙成對的畫龍盾牌，可以供駕車者作為蔽身護馬之用，而驂馬內轡的環，不但有舌，而且還鍍上白銅，就置於車前橫木之前，它可以固定穿過的皮帶。觼，音嚼，指有舌的環。軜，音納，指驂馬的內轡。以上的描寫，眞是寫得色彩繽紛，生動如畫。方玉潤《詩經原始》就曾經評曰：「刻畫典奧，瑰麗已極，西京諸賦不能及。」

第三章的前六句，主要寫兵器之良。首句「俴駟孔群」歷來解作四匹馬非常合群協調，不成問題，但「俴駟」究竟是指馬不被金甲，或只披淺薄金甲，則頗有爭議。筆者以為參考上下文的描寫，似乎應作後者解為是。次句「厹矛鋈錞」，是說馬車上立有長柄的三棱鋒刃的酋矛，矛端還鍍上白銅作裝飾。厹，音酋，矛的名稱，錞，音對，指矛的下端。此句寫矛，以下各句分別寫盾、弓以及弓袋、弓檠等等。第三句的「伐」是「瞂」的假借字，即盾牌。「蒙」是盾上雕刻雜羽的花紋，「有苑」則是形容花紋非常美麗的樣子。第四句的重點在「虎韔」，意即虎皮製成的弓袋。韔，音暢，弓袋，也稱弓室。鏤膺，指弓袋的正面有雕鏤的裝飾。第五句說在弓袋之中，將通常準備的兩把弓交叉放著。第六句則是說將一種用以校正弓弩的竹具，用繩子捆綁在需要校正的弓上，也放在弓袋之中。「閉」一作「秘」或「䩛」。緄，音滾，繩子。縢，音騰，捆綁的意思。以上所寫，皆兵器精銳之制。結合前文，足見車馬兵甲之盛，雖多古文奧字，訓解之餘，亦足見詩人的體物之工。

三章之中，每一章的後四句，在敘事上都是一大轉折。前六句的部分，詩人極力鋪陳了戰車、戰馬和兵器的各種形制，寫得那麼詳盡，那麼出色，充滿了陽剛之氣，使讀者覺得似乎高大威武的軍隊就在眼前，他們即將出征，他們都是國人心目中保家衛國的英雄。可是，後面四句卻一轉而為委曲溫柔的思念之情。從行文口氣看，〈毛詩序〉的「婦人能閔其君子焉」，應該是合乎情理的詮釋。每一章都從「言念君子」起筆，寫在婦人的思念中，丈夫「溫其如玉」、「溫其在邑」，品性是溫潤和平的，也正因如此，她才如此深切的懷念他。她想像丈夫正住在西方簡陋的板屋裡，正走在西戎的征途中。她忽睡忽醒，心潮起伏，不能平靜，輾轉反側，不能成眠。她想知道何時是他的歸期，卻又啞然自問：「為何我這樣懷念他？」那當然是她自己的回答，一切都是因為那愔愔安詳的丈夫，具有「秩秩德音」的緣故。牛運震《詩志》有云：「一篇典制繁重文字，參以二三情思語，便覺通體靈動。極鋪張處，純是一片摹想也。」旨哉斯言！

最後要補充說明的是，《鄭箋》解釋「小戎」為「此群臣之兵車」，馬瑞辰《毛詩傳箋通釋》也引用《齊語》「故五十人為小戎」以及韋昭《注》「小戎，兵車也，此有司之所乘」等資料，說明此與《鄭箋》之說合，並且說：「小戎為群臣所乘，蓋對元戎為將帥所乘言之，天子不必無小戎，諸侯不必無元戎也。」這些話都很有參考價值。據此，我們才知道古人說此詩乃「襄公遣大夫征戎而勞之」，是有其道理的，而詩中稱丈夫為「君子」「良人」，說他「溫其如玉」，「秩秩德音」，也才前後相應。近現代以來一些學者，把小戎這種兵車解釋為一般兵士所乘，大有商榷的必要。

蒹葭

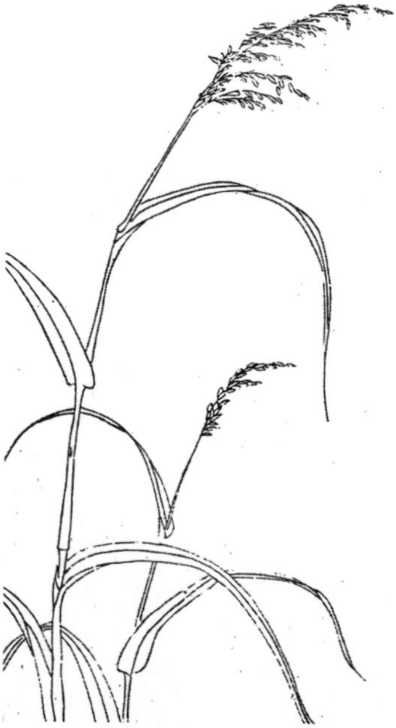

蒹葭蒼蒼，
白露為霜。
所謂伊人，
在水一方。
遡洄從之，
道阻且長。
遡游從之，
宛在水中央。

荻草蘆葦色蒼蒼，
白露凝結變成霜。
所說的那個人兒，
就在河水另一旁。
逆著河流去找他，
道路險阻又漫長。
順著流水去找他，
彷彿就在水中央。

蒹葭淒淒，
白露未晞。
所謂伊人，
在水之湄。
遡洄從之，
道阻且躋。
遡游從之，

荻草蘆葦色淒寒，
白露凝結尚未乾。
所說的那個人兒，
就在河水的岸邊。
逆著河流去找他，
道路險阻又難攀。
順著流水去找他，

宛在水中坻。　彷彿就在水中灘。

蒹葭采采，　荻草蘆葦色鮮明，
白露未已。　白露凝結尚未停。
所謂伊人，　所說的那個人兒，
在水之涘。　就在河水的邊境。
遡洄從之，　逆著河流去找他，
道阻且右。　道路險阻又蛇行。
遡游從之，　順著流水去找他，
宛在水中沚。　彷彿就在水中汀。

〈毛詩序〉解題如下：

〈蒹葭〉，刺襄公也。未能用周禮，將無以固其國焉。

《鄭箋》進一步加以解釋：「秦處周之舊土，其人被周之德教日久矣，今襄公新爲諸侯，未習周之禮法，故國人未服焉。」這種說法，基本上是以爲秦原僻處西陲，尚武好戰，後來雖有周王岐豐之地，卻只知講求周朝的耕戰之教，而不知學習周朝之以禮治爲本，因而深爲惋惜。〈車鄰〉篇所以讚美秦仲「有車馬禮樂侍御之好」，〈駟驖〉篇所以稱美襄公「有田狩之事，園囿之樂」，甚至〈小戎〉篇之「美襄公」能「備其兵甲，以討西戎」，都可謂爲此而發。周王朝以禮教爲本，其來已久，這可以從《左傳．閔公元年》所記齊桓公與仲孫的對話中看出來。魯國是秉承周之禮教的，但「處周之舊土」的秦國，卻一直崇尚武功，開疆拓土，秦仲、秦襄公等人雖略知用禮樂，以飭君臣上下之儀，但畢竟不能用以教民治國。所以〈毛詩序〉的作者以此解詩。或者說，這是編詩、用詩的人對此詩的解釋，未必盡合作詩者的本意，但這樣的看法，一直到北宋，學者卻幾乎都採信不疑。例如歐陽修的《詩本義》就這樣說：

〈秦襄公〉已命爲諸侯，受顯服而不能以周禮變其夷狄之俗，故詩人刺之。以詩蒹葭水草蒼蒼然茂盛，必待霜降以成其質，然後堅實而可用。以此秦雖強盛，必用周禮以變其夷狄之俗，然後可列於諸侯。

「所謂伊人」者，斥襄公也。謂彼襄公如水旁之人，不知所適：欲逆流而上，則道遠而不能達；欲順流而下，則不免困於水中。以興襄公雖得進列諸侯而不知所爲：欲慕中國之禮儀，既邈不能及；退循其舊，則不免爲夷狄也。

「白露未晞」、「未已」，謂未成霜爾。

北宋以前的學者，大致都抱持這種想法。即使像王質的《詩總聞》說詩中的「所謂伊人」，應指百里奚、蹇叔之流的賢者而言，以爲此篇應係求賢尚德之作，也還是在〈毛詩序〉的「用周禮」範圍內。可是，到了南宋的朱熹，卻就詩論詩，認爲〈序〉說失之穿鑿。他在《詩集傳》中說：

秋水方盛之時，所謂彼人者，乃在水之一方，上下求之而皆不可得，然不知其何所指也。

「不知其何所指」，也就是不採信「刺襄公」「未能用周禮」之說。朱熹的這種審愼態度，對後世影響很大。清代王照圓的《詩說》即云：

〈蒹葭〉一篇最好之詩，卻解作刺襄公不用周禮等語，此前儒之陋，而〈小序〉誤之也。自朱子《集傳》出，朗吟一過，如游武夷、天台，引人入勝。乃知朱子翼經之功，不在孔子下。

可謂推崇備至。從此以後，評論《詩經》的人得大解放，例如就此詩而言，姚際恆《詩經通論》即以爲「此自是賢人隱居水濱，而人慕而思見之詩」，方玉潤《詩經原始》亦以爲「惜招隱難致也」，而清末民初以來，以爲想念朋友或情人的，更是大有人在。程俊英《詩經注析》有云：「細玩詩味，好像是情詩，但作者是男是女卻無法確定。」就因爲詩境縹緲，難以確指，所以人各爲說。好在詩寫得動人，情意眞摯，引人遐思，正如朱善《詩解頤》所言：「味其辭，有敬慕之意，而無褻慢之情。」因此把它解釋爲想念朋友或情人，思賢招隱或襄公求賢尙德，都一樣可以隨物觸感，引起讀者的共鳴。朱善以爲應指「賢人之肥遯者」，顯然是自我設限了。

此詩三章，每章八句，章句複疊，有一唱三歎之妙。它的韻味悠長，意境飄逸，與上篇〈小戎〉的古奧雄健，恰成強烈的對照。方玉潤《詩經原始》就說：「此詩在〈秦風〉中氣味絕不相類，以好戰樂鬥之邦，忽遇高超遠舉之作，可謂鶴立雞群，翛然自異者矣。」眞不愧爲《詩經》中的名篇。

從詩的組織結構看，每章的前四句一組，後四句一組。方玉潤說：「三章只一意，特換韻耳。其實首章已成絕唱。古人作詩，多一意化爲三疊，所謂一唱三歎，佳者多有餘音。」就是指此詩而言。詩的發端，以「蒹葭蒼蒼，白露爲霜」起興，點明時間和地點。「蒹葭」歷來學者多當成一物，解釋爲蘆葦，實則不然。據陸璣《毛詩草木鳥獸蟲魚疏》及今人胡淼《詩經的科學解讀》等書的解釋，蒹應指荻草、芒草，葭則指蘆葦。這些都是水邊常見的植物。「蒼蒼」，《毛傳》解作「盛也」，可以說是長得茂盛，也可以說是一片蒼翠的樣子，屬於視覺的印象。所謂「數大便是美」，就是這個意思。下文的「淒淒」、「采采」，取意與此相同。「白露爲霜」一句，歷來說者也多解爲深秋九月以後的清晨景象。這當然與傳統二十四節氣的「白露」節有關。就因爲有與「清明」等節氣相同的「白露」節，所以一般人一看到「白露」就馬上聯想到深秋九月。實際上，露珠是靠近地面的水氣，在一定的溫度濕度下，在草木等物體上凝結而成。它雖透明無色，卻因有折射光線的功能，特別是在植物葉面上，更容易反射白光，看起來格外晶瑩鮮亮，因此稱爲白露。這種現象，春夏秋季都會發生，不一定只在深秋的「白露」節前後。據胡淼的解讀，霜是水的一種凝固型態，詩中的「白露爲霜」二句，是寫春天景象，河邊的荻芒蘆葦，看起來茫茫蒼蒼；「白露未晞」二句，是寫夏季景象，荻芒蘆葦的葉片又大又長，互相披垂；「白露未已」二句，則是秋天景象，此時荻芒蘆葦都已抽穗開花了，采采燦然，非常美麗。由於秋夜氣溫較低，露水濃重，久久不乾。因此詩人藉此起興，描寫追尋「所謂伊人」時的情景，特別淒美感人。這些解釋，讓我們感受到前後三章有時間的推移感，值得參考。

第三、四兩句，是全篇中心。前兩句寫景，爲此而設。〈小雅・白駒〉有云：「所謂伊人，於焉逍遙」、「所謂伊人，於焉嘉客」，印證此篇的「所謂伊人」，都有思慕之意，可是究係何人，卻不點明，「在水一方」更是虛擬其地。下文的「在水之湄」、「在水之涘」，同樣是虛點一筆而已。方玉潤說此是「興起，虛點其地。展一筆，實指居處，仍用虛活之筆，妙妙。」這跟姚際恆所說的：「末四句即上在字注腳，特加描摩一番耳。」一樣說明了「在水一方」在詩中的地位與作用。它承上啓下，蒹葭白露，原來皆「在水一方」，令人有「江邊一望楚天長」的聯想，而後面的四句，更是由此展衍，「特加描摹一番」。

後面四句，寫「遡洄」「遡流」去追尋，不管是逆流而上或順流而下，都求之不得。道阻且躋且右，都是說明追尋的過程中，道路險阻，而且上上下下，左彎右拐，眞的行不得也。姚際恆說得好：「兩番摹擬，所以寫其深企願見之狀。」特別是末句「加一宛字，遂覺點睛欲飛」，眞是「入神之筆」。有人把「宛」解釋爲「蘊藏貌」，可能就是想強調詩中那種可望不可即、惝怳迷離的氣氛。

前人有言：詩之妙，在可解不可解之間。〈蒹葭〉之妙，即在於此。每當我誦讀此詩，就想起「秋水伊人」這句成語，應該作何解釋，同時會不斷的聯想起「盈盈一水間，脈脈不得語」、「隔江人在雨聲中，晚風菰葉生秋怨」等等的句子。

終南

終南何有?　　終南山上何所有?
有條有梅。　　又有楢樹又有梅。
君子至止,　　君子大人來到了,
錦衣狐裘。　　錦繡衣衫狐皮裘。
顏如渥丹,　　面貌像塗上丹朱,
其君也哉!　　那該是國君了喲!

終南何有?　　終南山上何所有?
有紀有堂。　　又有杞樹又有棠。
君子至止,　　君子大人來到了,
黻衣繡裳。　　青黑上衣錦繡裳。
佩玉將將,　　佩帶美玉鏘鏘響,
壽考不亡。　　壽長年老不能忘。

〈毛詩序〉對這首詩如此解題:

〈終南〉，戒襄公也。能取周地，始爲諸侯，受顯服。大夫美之，故作是詩以戒勸之。

這一段話的重點，當然是說秦襄公因爲護送周平王東遷有功，被封爲諸侯，賜岐豐之地，受朝廷之服，所以「大夫美之」。不但「美之」，而且還「作是詩以戒勸之」。據王先謙《詩三家義集疏》的詮釋，「三家無異義」。朱熹的《詩集傳》除了不確定歌詠的對象是秦襄公之外，意見與前幾篇大抵相同，他說的是：「此秦人美其君之辭，亦〈車鄰〉、〈駟驖〉之意也。」

話雖如此，〈毛詩序〉卻有兩個問題，引起後人熱烈的討論。一是「能取周地」該怎麼講才合乎史實，二是爲什麼既說「美之」，卻又說是「戒勸之」。

先說「能取周地」的問題。有關的資料，上文已曾言及，爲了討論的方便，試再引述如下。據《史記‧秦本紀》云：

秦襄公救周，戰甚力，有功。周避犬戎難，東徙洛邑，襄公以兵送周平王。平王封襄公爲諸侯，賜之岐以西之地，曰：「戎無道，侵奪我岐豐之地，秦能攻逐戎，即有其地。」與誓，封爵之。襄公於是始國，與諸侯通使聘享之禮。

這是襄公七至八年間發生的事情，到了襄公十二年，他雖「伐戎而至岐」，並沒有盡取之就死了。

一直到他的兒子秦文公十六年，才眞正「以兵伐戎」，「遂收周餘民有之，地至岐。岐以東獻之周。」可見秦襄公生前只是得到周平王的允諾，並未眞的「盡取」岐以西之地。有人即以此來質疑〈毛詩序〉所說的「能取周地」，與史實不合。甚至有人（例如何楷《詩經世本古義》）據此認定此詩乃「美文公」之作。

事實上，〈毛詩序〉只是說「能取周地」，並沒有說「盡」取周地，因此，上引《史記．秦本紀》說襄公十二年「以兵伐戎」，以及《史記．匈奴傳》所說的：「秦襄公救周，於是周平王去酆鎬而東徙洛邑。當是之時，秦襄公伐戎至岐，始列爲諸侯。」這些資料皆可推定秦襄公在護送周平王東遷的過程中，一定有力抗西戎犬戎、收復若干周地的事實。何況「能取周地」的「能」，也只是強調秦襄公在諸侯叛周的時候，有護衛周朝的膽識能力而已，並非「盡取」之意。因此，馬瑞辰《毛詩傳箋通釋》才會說《史記》所記載的，正與〈毛詩序〉所言「能取周地，始爲諸侯」合，也才會說：「或據《史記》文公始取岐地，以此詩爲美文公者，妄也。」

至於詩對秦襄公既「美之」又「戒勸之」的問題，孔穎達《毛詩正義》早已說過：「美之者，美以功德受顯服；戒勸之者，戒令修德無倦，勸其務立功業也。既見受得顯服，恐其惰於爲政，故戒之而美之。戒勸之者，章首二句是也；美之者，下四句是也。」道理說得很明白，二者之間並無矛盾。詩中寫的「錦衣狐裘」、「黻衣繡裳」，是屬於「美之」的部分，「戒勸之」的部分則在言外，要讀者自己善體會之。蘇轍《詩集傳》、姚際恆《詩經通論》等，都說詩「無戒意」，「未見所以爲戒者」，諒係一時失察。

從明代以後，受到朱熹的影響，頗有些人解說此詩，不再認定是爲秦襄公而作，而喜就詩的本文去推究題旨。例如明代季本的《詩說解頤》說：「終南者，賢者所居之地」，「賢者因國君親來見己，故作此詩以美之。」姚舜牧的《重訂詩經疑問》說：「此必秦君巡遊於終南，故爲此詩」，「終南於秦爲望山，然非人君之所宜至也。秦君之至此，或亦假巡狩之名以愚民，民故相稱頌以登歌耳。」清代牟庭的《詩切》，甚至說此詩是諷刺「秦伯不務遠略」，理由是：「終南大山則有柚條之名果，又有梅楠之大木，喻人君主國當有實德高名之士，與長才大略之臣，非但美服而已。」人各爲說，紛紛紜紜，也就不一一加以介紹了。

這首詩前後共兩章，每章六句。兩章的前二句，都藉「終南」起興，後面四句則與「受顯服」的「顯服」有關。「終南」，指的自是現今陝西西安南五十里的終南山。詩篇爲什麼要由此起興呢？陳奐的《詩毛氏傳疏》這樣說：

> 詩何以詠終南也？終南爲周西都地，其時故宗廟宮室，盡爲禾黍。而襄公來朝，受命東都，終南道所由經，故秦大夫偶以終南起興。

這和胡承珙《毛詩後箋》所說的：「此大夫美其君能取周地，始爲諸侯，首舉周之名山，舍終南將何所舉？不必泥於襄地之未至終南」、「襄公救周之後，受服西歸，道經終南，大夫因以起興，亦未爲不可也。」意見大致相同，但說得比較明確。終南山既爲故都形勝之地，而周平王又已有可取岐豐之命，因而秦襄公及其大夫道經終南時，眺望興懷，可謂情理之常。

在首句設問「終南何有」之後，第一章說是「有條有梅」，第二章說是「有紀有堂」。條，據《毛傳》說，即稻樹，也就是山楸，不但花美麗，而且材理好，耐腐朽，可供車板等器材之用。梅，花麗而香，能傲霜雪，自古被譽爲嘉木。有人說這裡的梅，指枏、楠而言，但據胡淼《詩經的科學解讀》云，楠分布在長江以南，秦地不宜有之，反而梅在終南山被視爲珍木。這樣說來，第一章自設問答，問終南山有什麼呢？有美觀而又實用的山楸和梅樹，詩人藉此起興，來說明下文所要描寫的秦襄公，不但穿著美觀莊嚴的「顯服」，而且是名實相符的一國之君。

第二章的「有紀有堂」，歷來的解釋就有紛歧了。據《毛傳》說：「紀，基也。堂，畢道平如堂也。」《鄭箋》和《孔疏》作進一步的補充說明，說「基」就是山基，說「畢」是終南山的道名，也就是堂牆。朱熹《詩集傳》則說是：「紀，山之廉角也。堂，山之寬平處也。」亦即指山稜和山道而言。這樣的解釋，後人頗有質疑者，多數以爲和第一章的「有條有梅」比喻不倫。等到王先謙的《詩三家義集疏》說：三家詩「紀作杞，堂作棠」，馬瑞辰的《毛詩傳箋通釋》說：「上章言有條有梅，謂山有茂木，以類求之。紀當讀爲杞梓之杞，堂當爲甘棠之棠。紀與堂皆假借字。」此後的學者幾乎都採信了，因而棄前說於不用。杞梓和甘棠都是落葉喬木，也都是「可造之材」，古人多植於社廟、宮苑或道旁。〈召南・甘棠〉、〈唐風・杕杜〉等篇，皆曾言及。以類求之，把「有紀有堂」解釋爲有杞有棠，藉杞棠來起興，和上章的「有條有梅」作用是一樣的，都可以用來說明下文所要描述的秦襄公。這樣的解釋，順理而成章，我也贊成，但是我對舊說把「有紀有堂」解作有山基有堂牆，也不反對。我有我自己的看法。

〈周南・兔罝〉有云：「赳赳武夫，公侯干城」，干城指城垣屏障而言。我一直以爲：既可用干城來比喻赳赳武夫，當然可以用紀、堂所謂山基和堂牆，來比喻秦襄公是當時周王室的干城、腹心。

兩章的第三四句，寫君子之來，係受命服於天子。「錦衣狐裘」，即所受命的顯服。君子，自指秦襄公，他如今穿的狐皮袍上，加上彩色的織錦裼衣，此即諸侯在天子朝廷上穿的禮服。《禮記・玉藻》就說此「諸侯之服也」。同樣的道理，「黻衣繡裳」是說秦襄公的服飾之美，黑青相間的上衣配著五色齊備的下裳，上衣用繪畫，下裳用刺繡，色彩明顯奪目。這些服飾的描寫，說明了秦襄公已經具有諸侯的身分。他就像崇高偉大的終南山，他的服飾像「條」、「梅」、「杞」、「棠」一樣的美觀，或者說他的外表像山基、堂牆一樣的堅強，多麼值得讚美，值得歌頌。

最後的兩句，是頌美之辭，同時寓有戒勸之意。「顏如渥丹」，是形容臉色的紅潤與莊嚴。《韓詩外傳》卷二有云：「上之人所遇，色爲先，聲音次之，事行爲後。故望而宜爲人君者，容也，近而可信者，色也」，又說：「故君子容色，天下儀象而望之，不假言而知宜爲人君者。」可知這裡寫秦襄公「顏如渥丹」，正是要藉以說明他的儀表「其君也哉！」這跟開頭的兩句也是相呼應的。

另外，據《禮記．玉藻》說：「古之君子必佩玉」，「進則揖之，退則揚之，然後玉鏘鳴也。」古代君子沒有特別事故，玉是不離身的，因為古人以為玉佩鏘鳴的聲音，是那樣清純和平，種種邪思惡念都因此無法進入君子的心中。所以第二章末句「佩玉將將」，其實也就是上章「其君也哉」的另一種說法。至於「壽考不亡」一句，是對秦襄公「能取周地」的頌美，有萬壽無疆之意。魯詩齊詩「亡」作「忘」，那更是對秦襄公的稱許，希望君子者美其服，愛其德，那麼君至壽考而四海之民稱頌之不忘矣。

黃鳥

黃鳥

交交黃鳥，	啾啾鳴叫的黃鳥，
止于棘。	棲息在酸棗樹裡。
誰從穆公，	是誰殉葬陪穆公，
子車奄息。	他姓子車名奄息。
維此奄息，	就是這一位奄息，
百夫之特。	百個壯夫能匹敵。
臨其穴，	面對著他的墓穴，
惴惴其慄。	惴惴不安會戰慄。
彼蒼者天，	那蒼蒼的老天啊，
殲我良人。	竟然殺死我好人。
如可贖兮，	如果可以贖命啊，
人百其身。	人命百條換其身。
交交黃鳥，	啾啾鳴叫的黃鳥，
止于桑。	棲息在荊桑樹上。
誰從穆公，	是誰殉葬陪穆公，

子車仲行。
維此仲行，
百夫之防。
臨其穴，
惴惴其慄。
彼蒼者天，
殲我良人。
如可贖兮，
人百其身。

交交黃鳥，
止于楚。
誰從穆公，
子車鍼虎。
維此鍼虎，
百夫之禦。

他姓子車名仲行。
就是這一位仲行，
百個壯夫能抵抗。
面對著他的墓穴，
惴惴不安會驚惶。
那蒼蒼的老天啊，
竟然殺死我好人。
如果可以贖命啊，
人命百條換其身。

啾啾鳴叫的黃鳥，
棲息在荊楚叢木。
是誰殉葬陪穆公，
他姓子車名鍼虎。
就是這一位鍼虎，
百個壯夫能防禦。

臨其穴，　面對著他的墓穴，
惴惴其慄。　惴惴不安會恐懼。
彼蒼者天，　那蒼蒼的老天啊，
殲我良人。　竟然殺死我好人。
如可贖兮，　如果可以贖命啊，
人百其身。　人命百條換其身。

〈毛詩序〉解題如下：

〈黃鳥〉，哀三良也。國人刺穆公以人從死，而作是詩也。

說此詩是哀悼陪秦穆公殉葬的三位良士而作，是有史實證據的。《左傳．文公六年》云：

秦伯任好(宏一按、任好爲秦穆公之名)卒，以子車氏之三子奄息、仲行、鍼虎爲殉，皆秦之良也。國人哀之，爲之賦〈黃鳥〉。

君子曰：秦穆公之不爲盟主也宜哉！死而棄民。先王違世，猶詒之法，而況奪之善人乎？

《詩》曰：「人之云亡，邦國殄瘁。」無善人之謂。若之何奪之？

不但《左傳》有三良殉葬秦穆公的記載，《史記・秦本紀》中也同樣有秦穆公三十九年的一段相關論述文字：

三十九年，繆公卒，葬雍。從死者百七十七人。秦之良臣子輿氏三人，名曰奄息、仲行、鍼虎，亦在從死之中。秦人哀之，爲作歌〈黃鳥〉之詩。君子曰：秦繆公廣地益國，東服強晉，西霸戎夷，然不爲諸侯盟主，亦宜哉！死而棄民，收其良臣而從死。且先王崩尚猶遺德垂法，況奪之善人良臣百姓所哀者乎？是以知秦不能復東征也。

對照二者，可得結論申述如下：一、〈毛詩序〉的說法，與《左傳》、《史記》完全相同。二、秦穆公三十九年，即魯文公六年，相當於周襄王三十一年，亦即西元前六二一年。〈黃鳥〉一詩，應作於是年。三、當時殉葬者不止子車(子輿)氏之子奄息、仲行、鍼虎三人而已，據《史記》所記，總共有一百七十七人。殉葬人數實在太多，更不應該的是，連奄息等三位良士善人也要殉葬。難怪《左傳》、《史記》都引述了「君子」之言，有諷刺責怪秦穆公之意。四、奄息等三人爲當時知名之良士善人，故秦人哀其死，爲賦〈黃鳥〉之詩。詩因何而作，題旨非常明確。五、《左傳》所引「人之云亡，邦國殄瘁」，見於《詩經．大雅．瞻卬》，意思是說賢人遠去，國家就會衰亡。《左傳》、《史記》的「君子曰」，都有這樣的諷刺之意，所以都說秦穆公之不能成爲諸侯盟主，與此有關。六、宋代以後，特別是清代以來解說《詩經》的學者，不乏疑經疑古之士，多喜據詩辭而立新說，紛紛棄序傳箋疏而不用，但對於此詩的鐵案如山，也只好承認其信而有徵。朱熹《詩序辨說》即云：「此〈序〉最爲有據。」由此亦可推知，序傳箋疏之言有很多都很有參考價值，只是後世所傳古代文獻不足以相印證而已，實在不該輕言擯棄。這也就是筆者解讀《詩經》，認爲必先溯古而後兼採眾說的原因。

題意雖然明確，詩句看來也似不費解，但是，此詩之解讀以及所涉及的問題，仍然有不少歧異的說法。歸納起來，可分爲三大部分。茲試加解說如下：

一、此詩共三章，每章十二句。句式重疊複沓。每章的前二句，藉黃鳥起興。黃鳥，可指黃鶯或黃雀，此指後者而言。「交交黃鳥」的「交交」，《毛傳》說是「小貌」，好像重在形容其形體的微小，但《詩經》中寫鳥，如「關關雎鳩」、「雝雝鳴雁」等等，都以聲言者爲多，所以「交交」亦當訓聲，俞樾《群經平議》即以爲同「咬咬」，形容鳥叫的聲音。啾啾鳴叫的黃鳥，第一章說是「止于棘」，第二章說是「止于桑」，第三章說是「止于楚」。《毛傳》注解這前二句說：「黃鳥以時往來得其所，人以壽命終亦得其所。」意思也就是：棘、桑、楚這些小樹叢，即黃鳥往來棲止之所，詩藉此起興，來說明下文的「臨其穴」，也就是奄息等三人命終之所。馬瑞辰《毛詩傳箋通釋》說：「棘之言急也，桑之言喪也，楚之言痛楚也」，此與古人用物取名音近之義相合，頗爲新穎。開頭的這兩句，因爲〈毛詩序〉說此詩是「國人刺穆公以人從死」，所以上述的藉物起興，歷來論者多從反面去闡述。例如《鄭箋》云：「今穆公以人從死，刺其不得止于棘之本意」，馬瑞辰亦云：「詩蓋以黃鳥之止棘止桑止楚，爲不得其所，興三良之從死，爲不得其死也。」至於爲何以黃鳥止于棘桑楚起興，筆者以爲：這是因爲凡此皆墓穴附近所見之物的緣故。

二、第二部分是各章的第三至第六句，說明殉葬者的姓名及其才能，三人皆堪稱百夫之雄，這也間接說明了秦人所以諷刺秦穆公的原因。

子車一作子輿，這是殉葬三良的姓氏，奄息、仲行、鍼虎則是他們的名字。「百夫之特」、「百夫之防」、「百夫之禦」，用來形容他們過人的才能。《鄭箋》說的「百夫之中最雄俊也」，是一層意思；有人把「百夫之特」的「特」，解作匹敵，整句是說「可以匹百夫也」，這和第二章的「防」、第三章的「禦」，採用《毛傳》的注釋，解作可以比百夫，可以當百夫，則是另一層意思。後人所說的「一夫當關，萬人莫敵」，意近似之。

這一部分最引人爭論的，是殉葬三良究竟是自願自殺或被動被殺的問題。殉葬制度，自古有之，從殷商到晚周都不少見，秦國則自秦武公開始，以後的十八個君王皆行殉葬。其中最慘烈的，是秦穆公。上引《史記・秦本紀》說「從死者百七十七人」，而且子車氏的三位良士善人，也在其列，因此特別引人注意。

從〈毛詩序〉等古注看，三良似乎是被動被殺而死的，《史記．蒙恬傳》還明明白白說過「昔者秦穆公殺三良而死，罪百里奚而非其罪也，故立號曰繆」的話。可是，也有些史籍記載，卻說三良殉葬是自願的。例如《漢書．匡衡傳》有云：「上問政治得失，衡上疏云：秦穆貴信，士多從死。」應劭注：「公與群臣飲酒，酣，公曰：生共此樂，死共此哀。奄息、仲行、鍼虎許諾。及公薨，皆從死。則是出於三子自殉矣。」這種說法，對照王粲〈詠史詩〉的「結髮事明君，受恩良不訾。」「生爲百夫雄，死爲壯士規」、曹植〈三良詩〉的「秦穆先下世，三臣皆自殘。生時等榮樂，既歿同憂患」等等，皆可看出漢魏以下頗有些人，認爲三良係從君殉身，涉及君臣之義，一切出乎自願。蘇軾甚至有一首〈過穆公墓〉讚歎這種難得一見的君臣之義：「昔公生不殺孟明，豈有死之日而忍用其良？乃知三子殉公意，亦如齊之二子從田橫。古人感一飯，尚能殺其身。今人不復見此等，乃以所見疑古人。」其力爲秦穆公辯護，顯而易見。古今習俗風尚不同，從後世出土的甲骨文及先秦墓葬的記載，可以了解殉葬制度是古代曾經存在的事實，有人被迫殉身而死，有人一諾千金自願殉葬，都有可能。讀者不宜以今律古，認爲此詩必作何解爲是。

三、第三部分是各章的後面六句，說明作詩之人，面臨三良的墓穴時，所發出的驚悼與痛惜之情。有人把「臨其穴」者，解作三良自己，那當然是誤解，否則焉能稱爲「百夫之特」？

詩人臨三良墓穴時，所以顫抖戰慄的原因，是痛惜三良爲國士爲英才，不應該如此早死。後面

「彼蒼者天」四句，呼告之辭，即承應上文而來。「人百其身」與「百夫之特」等句互為呼應。《鄭箋》云：「人皆百其身，謂一身百死猶為之。」是說憑悼三良者願意自己死一百次，來贖其身。這是一種說法。朱熹《詩集傳》云：「人皆願百其身以易之矣」，是說人們都願意用一百個人來贖其人。馬瑞辰《毛詩傳箋通釋》說的「願以百人之身代之」，就是這個意思。這是另一種說法。前者有人以為不合情理，後者有人以為與「刺穆公以人從死」大有牴觸。事實上，這兩種說法都是誇張的修辭手法，都講得通。一直到現在，哀悼文字中不是常有「恨不得替你死」這樣的辭句嗎？對於「百夫之特」，當然可以說是「人百其身」。

晨風

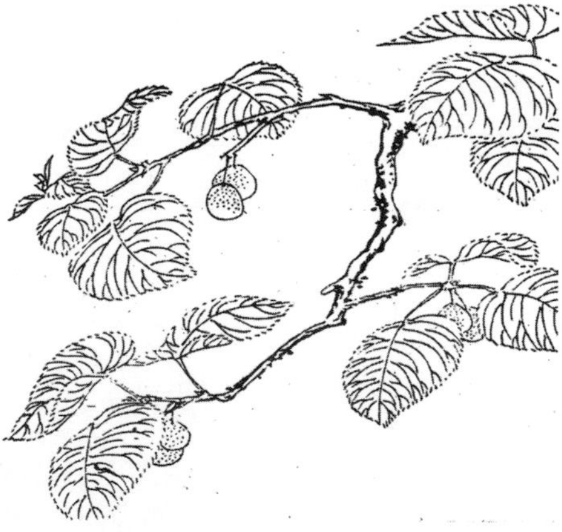

苞棣

鴥彼晨風，
鬱彼北林。
未見君子，
憂心欽欽。
如何如何，
忘我實多。

山有苞櫟，
隰有六駮。
未見君子，
憂心靡樂。
如何如何，
忘我實多。

山有苞棣，
隰有樹檖。

飛得快的那鸇風，
濃密密的那北林。
還沒有見到君子，
憂悶的心不安寧。
該如何呀該如何，
遺忘我的眞太多。

山上有叢叢櫟樹，
濕地有長長赤李。
還沒有見到君子，
憂悶的心不歡喜。
該如何呀該如何，
遺忘我的眞太多。

山上有叢叢唐棣，
濕地有簇簇楊檖。

未見君子，
憂心如醉。
如何如何，
忘我實多。

還沒有見到君子，
憂悶的心像酒醉。
該如何呀該如何，
遺忘我的眞太多。

〈毛詩序〉解題如下：

〈晨風〉，刺康公也。忘穆公之業，始棄其賢臣焉。

可見毛詩是以秦穆公的招納人才，來對照秦康公的棄置賢臣，藉以諷刺康公。根據王先謙《詩三家義集疏》的引述，韓魯齊三家詩對此詩的解釋，也大致相通。《韓詩外傳》卷八以及劉向《說苑・奉使篇》都記載了魏文侯與其子使者的一段對話，說：魏文侯封其子擊爲中山之君，三年沒有往來。中山君派遣其傅趙倉唐去問候父親。魏文侯聽趙倉唐說中山君好讀《詩經》，便問喜歡哪些詩篇。趙倉唐回答說：「好〈黍離〉與〈晨風〉。」古代貴族多熟讀《詩經》，深知「斷章取義」的道理，因此魏文侯也就明白趙倉唐引此爲諷，「如何如何，忘我實多」等句，有父忘其子、亦即君忘其臣的言外之意。王褒〈講德論〉說的：「太子擊誦〈晨風〉，文侯喻其指意。」指的就是這一回事。劉向、王褒俱習魯詩，可見魯詩和韓詩一樣，都有君忘其臣的寓意，與〈毛詩序〉的旨趣正同。按照慣例，齊詩亦當無異義。

可是，從宋代以後，頗有些人另立新說。影響最大的，當然首推朱熹。他先是在《詩序辨說》中說：「此婦人念其君子之辭」，後來在《詩集傳》中更進一步說：「此與扊扅之歌同意，蓋秦俗也。」

扊扅之歌，指的是秦穆公賢相所謂「五羖大夫」百里奚的故事。百里奚做了秦相之後，有一次在堂上聽奏樂，有一位洗衣婦自稱懂音樂，便在堂上援琴撫弦而歌：

百里奚，五羊皮。
憶別離，烹伏雌，炊扊扅。
今富貴，忘我爲？

原來這一位洗衣婦是百里奚失散多年的老妻。所以她才知道以前百里奚離開家門時的一些往事。「烹伏雌」是說殺了老母雞，「炊扊扅」是說把門栓當柴燒。當時家裡實在太窮了，只好以此爲百里奚餞行。這個故事見於應劭《風俗通》及郭茂倩《樂府詩集》等書，是一則很著名的詩歌本事。朱熹把它與〈晨風〉此詩連在一起，恰如陳子展《詩三百解題》所說的：「這眞是有趣極了」。

除了朱熹的「婦人念其君子」之說以外，像明代朱謀瑋的《詩故》，把此篇與前篇〈黃鳥〉連在一起，說是「刺棄三良也」；何楷的《詩經世本古義》，認為此詩與《尚書・泰誓》相表裡，以為是「秦穆公悔過」之作，也都是很有趣的說法。可是有趣歸有趣，卻憑空立言，沒有實據。

陳啓源《毛詩稽古編》說：「朱子以為婦人思夫之詞，夫君子之稱，豈獨妻可目其夫哉？」他的話是有道理的，妻可目其夫為「君子」，君臣之間，師生之際，只要是有身分地位或道德聲望的人，也都可以稱之為「君子」。男女之情與君臣之義等等，本來即可相通。依〈毛詩序〉之說，此詩中的「君子」指秦君而言，自無疑問。嚴粲《詩緝》即云此乃「穆公舊臣所作」；「今穆公死而康公立，我舊臣廢棄不用，不得親近進見，拳拳之忠，日望君之召己。」這種說法是講得通的，更何況揆之史實，秦穆公雖不為諸侯盟主，但他賓晉救荊，稱霸西戎，畢竟是嬴秦之君中的雋才，而其所以能夠成此霸業，實因好賢進用由余、百里奚、蹇叔、公子縶、公孫枝等人有關。康公繼位之後，忘先人之故舊，棄而不用，秦業遂衰。這從《左傳・文公十三年》記載士會歸晉前，穆公舊臣繞朝告訴士會的話：「子無謂秦無人，吾謀適不用也。」可以看出來。因此，〈毛詩序〉說康公忘穆公之業，棄其賢臣，並非無稽之談。這比起朱熹《詩集傳》以後的種種臆測之說，不但有史可據，而且比較合乎情理。

這首詩共三章，每章六句，章句很多是複疊的。每章的開頭二句，都藉物起興。配合三章的經文看，第一章的「北林」，指山北的樹林，此即因風急飛的鴥風鳥所欲投宿之處，第二章的「苞櫟」、「六駮」，第三章的「苞棣」、「樹檖」，這些樹木即承應此「北林」而來。

「鴥彼晨風」的「鴥」，音聿，形容鳥疾飛的樣子，韓詩作「鷸」。晨風，鳥名，一名鸇，《說文》云：「鸇，鷐風。」牠來去快速如風，喜歡在清晨或傍晚飛翔擊殺空中的鳥蟲，所以稱為晨風。有人說牠就是我們今日所說的燕隼。這些來去如風的燕隼，現在正翔集於北林之上。《毛傳》云：「北林，林名也。」其取名必與其在山之北或山之背有關。

第二章前二句「山有苞櫟，隰有六駮」，第三章前二句「山有苞棣，隰有樹檖」，呼應「北林」，正說北林所在，山上高地有苞櫟、苞棣，低窪山區有六駮、樹檖等種種樹木，都各得其宜。《詩經》之中，山有某某、隰有某某的句型是常見的，通常都有各得其宜的喻意。苞，有「叢生」的意思，「六」原形像茅廬，它和「樹檖」的「樹」，這裡應該也都是形容簇聚、叢生的樣子。「鬱彼北林」的「鬱」，不管作溫(蘊)作宛(菀)解，也都是這個意思。連上文合在一起看，詩人是藉眼前疾飛的鷐風，說牠們群集於北林各種高高低低的樹叢裡，來比喻賢士人才紛紛奔赴到秦穆公那裡，分配到各種不同的職位上，各司其事，各得其宜。

各章的三四兩句，是說「未見君子」時憂心的情況。「欽欽」、「靡樂」、「如醉」是憂心的具體形容。《詩經・小雅・鼓鐘》有云：「鼓鐘欽欽」，可知欽欽是敲鐘的聲音，這裡用來形容內心的忐忑不安。由心中不安到心中不樂到精神恍惚，說明了見不到君子時的憂悶心情，一層深似一層。至於「未見君子」的「君子」究竟指誰而言，歷來說法不一。有人(例如王禮卿《四家詩恉會歸》)說三四這兩句是寫秦穆公好賢，當他未見賢士時，憂之於心，「憂心欽欽」等等，就是寫他對賢士的思望之切。這樣說來，「君子」是指賢人才士而言。但也有人(例如上文提到的嚴粲)認為這首詩是「穆公舊臣所作」，穆公死而康公立之後，舊臣多被廢棄不用，因此這兩句應該是寫「不得親近進見」康公的舊臣，「日望君之召己」，也因此才會說「未見君子，憂心欽欽」之類的話。這樣說來，詩中的「君子」指的是秦康公。這兩種說法，哪一種比較可取呢？

每章的最後兩句：「如何如何，忘我實多。」文字完全相同，一字不易。其刺康公之棄賢臣的用意，非常明顯，但置之詩中，說是誰的口氣，卻仍然各人體會不同。上述的兩種說法中，像王禮卿認為此乃「託為賢者之語，翻轉今君之忘賢。」他更比較此二句與前兩句的不同，認為前兩句「此一層寫穆公之好賢也」，而此二句則是「此一層寫康公之棄賢也」。他的說法，我並不反對，甚至配合〈毛詩序〉來看，更可說是講得頭頭是道。但問題是：前兩句中「未見君子」的說話人，如果是秦穆公或假設為秦穆公，為什麼此二句中「忘我實多」的「我」，又變為秦穆公的舊臣呢？顯然寫作觀點是不統一的。

因此，筆者比較贊同嚴粲的那一種說法，以為各章第三句以至第六句，皆穆公舊臣之語。「未見君子」是說被康公廢棄，不得親近進見康公，也因而有「如何如何，忘我實多」之嘆。這樣的解釋比較順理而成章，而且與〈毛詩序〉等等的說法也不牴觸。

無衣

豈曰無衣，
與子同袍。
王于興師，
修我戈矛，
與子同仇。

怎麼說沒有衣裝，
和您一同穿長袍。
君王正起兵出征，
趕快修理我戈矛，
和您一同去報仇。

豈曰無衣，
與子同澤。
王于興師，
修我戈戟，
與子偕作。

怎麼說沒有衣裝，
和您一同穿汗衣。
君王正起兵出征，
趕快修理我戈戟，
和您一同去殺敵。

豈曰無衣，
與子同裳。
王于興師，
修我甲兵，

怎麼說沒有衣裝，
和您一同穿衣裳。
君王正起兵出征，
修理我盔甲刀槍，

與子偕行。　　和您一同去打仗。

〈毛詩序〉解題如下：

〈無衣〉，刺用兵也。秦人刺其君好攻戰，亟用兵，而不與民同欲焉。

雖然沒有說明刺哪一位秦君，但刺其好攻戰、不與民同欲，則毫無疑問。《鄭箋》承《序》之說，補充兩點，一是說明「此責康公之言也」，一是說明各章首二句「言不與民同欲」，後三句則「刺其好攻戰」。孔穎達《毛詩正義》進一步舉出《春秋》及《左傳》等經傳文獻中秦君好戰的資料：

康公以文七年立，十八年卒。案、春秋文七年，晉人秦人戰于令狐；十年，秦伯伐晉；十二年，晉人秦人戰于河曲；十六年，楚人秦人滅庸。見於經傳者已如是，是其好攻戰也。

這樣說來，〈毛詩序〉之說徵事明確，理當可信了，但從宋代以後，說詩諸家卻異議紛歧。蘇轍《詩集傳》有云：

古者君與民同其甘苦，非謂其無衣也，然有是袍也，願與之同之。故於王之興師也，民皆修其戈矛，而與之同仇矣。傷今無恩於民，而用其死也。秦本周地，故其民猶思周之盛時而稱先王焉。

這是用陳古刺今的說法來解釋此詩，認爲詩中欲刺者，是「民皆思周而怨秦」，大致說來，仍與〈毛詩序〉之說相合。但朱熹則先在其《詩序辨說》中說：「《序》意與詩情不合」，又在《詩集傳》中提出大不相同的意見：

秦俗強悍，樂於戰鬥，故其人平居而相謂曰：豈以子之無衣，而與子同袍乎？蓋以王于興師，則將脩我戈矛而與子同仇也。其懽愛之心足以相死如此。

蘇氏曰：秦本周地，故其民猶思周之盛時而稱先王焉。

這是說秦人一向尙氣概、先勇力，忘生而輕死，他們都願意爲君王出征作戰，所謂「民樂致死」。如此說來，此詩不但不是「刺」，反而是「美」了。更值得注意的是，蘇轍的原意是陳古以「傷今」，思周而怨秦，這裡朱熹卻截引其說、斷章取義，完全誤解了蘇轍的主張。不過，由於朱熹對後世的影響大，他的說法自有其道理，所以至今歷久而不衰，也很少有人去檢核他如何截取蘇轍的話了。

胡承珙《毛詩後箋》云：

此詩自宋以來，諸家異議紛紜。金氏《前編》、何氏《古義》，以爲秦莊公時；許氏《名物鈔》、季氏《解頤》，則以爲襄公時；惠氏《詩說》、陸堂《詩學》，又以爲穆公時。此皆泥詩中「王于興師」一語，以爲衰周之世，列國無有奉王命征伐者耳。……觀「王于興師」《傳》云：「天下有道，則禮樂征伐，自天子出。」可見此經「王」字，乃思古之詞，所以刺康公非王法而興師，故蘇《傳》、呂《記》、嚴《緝》皆以爲陳古刺今之作，可謂善讀《毛傳》者。

從胡氏這段話中，可以看到宋代以後，金履祥、何楷、許謙、季本、惠周惕、陸奎勛諸家歧解異議眞多，而所以如此，胡氏以爲起於對經文「王于興師」一句有不同的了解，他以爲蘇轍、呂祖謙、嚴粲的「陳古刺今」之說是對的，換句話說，他同意〈毛詩序〉刺秦君好攻戰、不與民同欲的說法。

另外，清代王夫之《詩經稗疏》引用《左傳》、《史記》等有關申包胥哭秦師的資料，以爲秦哀公三十一年，《左傳》有「秦哀公爲之賦〈無衣〉」之語，可證「此詩哀公爲申胥作也」。有人以爲言之有據，深信其說。但一則秦哀公與孔子同時，此詩如係秦哀公所作，秦哀公三十一年，即西元前五〇六年，孔子已四十多歲，不可能採入《詩經》，一則《左傳》之所謂「賦」，未必與「作」同義，有時是「作」沒錯，有時僅僅是歌之賦之而已。例如《左傳・文公七年》有云：「荀林父爲賦〈板〉之三章」，來勸阻先蔑奔秦，如依王夫之的說法，則《詩經・大雅・板》一詩應爲荀林父所作，時爲西元前六二〇年，但在此之前，《左傳・僖公五年》即西元前六五五年，記士蔿被晉獻公責備時，曾經引用了該篇「懷德惟寧，宗子惟城」的詩句，難道〈板〉又爲士蔿所作？由此可證王夫之的這種說法不能成立。

至於「王于興師」的「王」，究何所指，是不是要像上文所引「乃思古之詞」，「猶思周之盛時而稱先王」呢？王國維《觀堂集林・古諸侯稱王說》說得好：

古時天澤之分未嚴，諸侯在其國自有稱王之俗，即徐、楚、吳、越之稱王者，亦沿周初舊習，不得盡以僭竊目之。

諸侯自王其國，國內稱王，是當時普遍的現象。因此，「王」不一定非指周王不可，也因此〈無衣〉一詩，〈毛詩序〉說是「秦人刺其君」是可以成立的。不過，可以成立並不代表是唯一的解釋，原因是「刺」之一字，與經文詩句中所呈現的情感，眞的像朱熹所說，有所不合。就爲了要從「刺」的角度來解釋此詩，自然要說是陳古以傷今，是秦人「刺其君」，「而不與民同欲」，如果換一個角度，不說是陳古刺今，是用賦筆，那麼，此詩可以有另一種解釋。姚際恆《詩經通論》說此「無刺意」，莊有可《毛詩說》說此「喜奉王命勤王也」，方玉潤《詩經原始》說此「秦人樂爲王復仇也」，吳闓生《詩義會通》說此「實未見刺意」，「勝舊說也」。他們都是從經文詩句中直接體會而得，有其可信度。朱熹的說法所以能夠歷久而不衰，道理亦在於此。

事實上，從王先謙《詩三家義集疏》所引用的齊詩之說，是可以看到三家詩對此詩的解釋，未必與毛詩相同。王先謙這樣下結論：「審度此詩詞氣，又非刺詩，斷從齊說。」齊說，指的是第三章末句「與子偕行」，齊「偕」作「皆」，王氏下引《漢書·趙充國辛慶忌傳贊》云：

> 山西天水、安定、北地處勢迫近羌胡，民俗修習戰備，高尚勇力、鞍馬騎射，故秦詩曰：「王于興師，修我甲兵，與子皆行。」其風聲氣俗自古而然。今之歌謠慷慨，風流猶存耳。

這樣的說法，自與毛詩不同。即使是斷章取義，也還是有值得參考之處，對於後來朱熹「秦俗強悍，樂於戰鬥」等等的意見，應該也有啓其先導的作用。筆者反復誦讀此詩，覺得〈毛詩序〉之舊說固然講得通，但過於迂曲，不如齊詩之說來得明白適切，所以底下的解說，捨前者而取後者。

此詩共三章，每章五句，複疊吟詠。每章的前兩句，寫從軍出征的戰友，願意同甘共苦，內外衣服彼此共用；後面三句寫樂爲君國效命，修整裝備武器，共相赴敵，勇往直前，充分表現出同仇敵愾、團結戰鬥的精神與氣概。

古人穿的衣服，上曰衣，下曰裳，此詩首句的「衣」，卻是廣義，包含所有衣服。第二句「與子同袍」、「與子同澤」、「與子同裳」，則分別言之，寫得非常細膩。袍，是雜舊絮而成的長衣，與純用新棉的「襺」不同。它行軍時可以當外衣，睡覺時可以當被蓋。同袍，表示親誠友愛，不分彼此，現今軍中稱同事即如此稱呼。同澤，是說連貼身的內衣也一起穿用。澤，指褻衣上的汗垢。裳，古人的下衣、褲子。這些句子表現了戰友之間甘苦與共、不分彼此的感情。有此感情，才可以共榮辱、同生死。

每章的第三句「王于興師」，是全篇的關鍵所在。上文已多所論述，此不贅。第四句的「修我戈矛」「矛戟」「甲兵」，指出征作戰時所用的武器。戈矛戟都是長柄的兵器，戈平頭而旁有叉枝，矛頭尖銳，戟的分枝有橫直兩種鋒刃，甲兵，則是鎧甲刀槍的一切總稱，這些都是作戰殺敵的利器。最後一句的「與子同仇」「偕作」「偕行」，與上文第二句的「與子同袍」「同澤」「同裳」互爲呼應。同仇，可以解作「同伴」，也可以解作「同其仇怨」，你的仇敵，即我的仇敵。但配合下文「偕作」一同奮起、「偕行」一同行動來看，解作「同伴」似乎更合乎原義。四個「同」、兩個「偕」字，使全篇的主題更爲鮮明。所謂同其所欲，樂致其死，也在這裡得到了印證。

渭陽

我送舅氏，
曰至渭陽。
何以贈之？
路車乘黃。

我送別我的舅舅，
送到渭水的北方。
拿什麼來送給他？
諸侯大車四馬黃。

我送舅氏，
悠悠我思。
何以贈之？
瓊瑰玉佩。

我送別我的舅舅，
悠悠的是我相思。
拿什麼來送給他？
瓊玉寶石和玉佩。

〈毛詩序〉如此解題：

〈渭陽〉，康公念母也。康公之母，晉獻公之女。文公遭麗姬之難，未反而秦姬卒。穆公納文公，康公時爲大子，贈送文公于渭之陽。念母之不見也，我見舅氏，如母存焉。及其即位，思而作是詩也。

這段話有兩個重點：一是此詩爲秦康公爲太子時送舅思母之作，二是此詩係康公即位之後追思而作。

據王先謙的《詩三家義集疏》的引述，代表魯詩之說的《列女傳・秦穆姬》云：

秦穆姬者，晉獻公之女，賢而有義。穆姬死，穆姬之弟重耳入秦。秦送之晉，是爲晉文公。太子罃思母之恩而送其舅氏也，作詩曰：「我送舅氏，至於渭陽。何以贈之？路車乘黃。」君子曰：「慈母生孝子。」

另外，《後漢書・馬援傳》注引《韓詩》亦云：

秦康公送舅氏晉文公於渭之陽，念母之不見也，曰：「我見舅氏，如母存焉。」

可見對於此詩，今古文學派的四家詩，看法是一致的，他們都以爲確係康公思母之作，但創作的時間則有不同。王先謙在引述上文之後，曾經這樣加按語說：

是魯傳、韓序並與《毛》合，《齊詩》亦必同也，惟《毛》以爲康公即位後方作詩。案、贈送文公，乃康公爲太子時事，似不必即位後方作詩，《魯》《韓》不言，不從可也。

這是說〈毛詩序〉的說法基本上是可以採信的，但最後的兩句：「及其即位，思而作是詩也。」則不可從。

王先謙的意見非常値得我們重視。我們知道驪姬亂晉之後，晉獻公的兒子，死的死，逃的逃。公子重耳之逃亡各國，更是《左傳》等書所記載的精彩歷史故事。重耳由齊國逃經曹、宋、鄭、楚到秦國時，被秦穆公接納，秦穆公還派兵護送重耳回到晉國即位，是爲晉文公。秦穆公夫人叫秦穆姬(穆指穆公，姬爲母國的姓，晉爲姬姓國)，她是晉獻公的女兒、公子重耳的姊姊。姊弟情深，她對重耳當然愛護有加，但在秦穆公護送重耳返晉之前，秦穆姬已經去世了。秦穆姬的長子名罃，也就是後來的秦康公，當重耳返晉時，他時爲長甥，也去送行，一直送到渭陽。重耳是他的舅舅，見到他猶如見到死去的母親，尤其是這一次能送舅舅回晉國，更可謂是完成了母親生前未了的心願，所以寫下了這首動人的抒情詩。孔穎達《毛詩正義》云：「穆姬生存之時，欲使文公返國。康公見舅得返，憶母夙心，故念之。」說的就是這件事。

不過，這首詩是什麼時候寫的呢？〈毛詩序〉說是「及其即位」之後，才追思而作，而王先謙則說此說不可從。一般學者都把「及其即位」的「其」，說是指秦康公而言。如果是指秦康公，當然其說不可從。爲什麼呢？

因爲核之《左傳》等書，重耳由秦返晉，是在魯僖公二十四年，即秦穆公二十四年，相當於周襄王十六年，亦即西元前六三六年，他前後在位約八年，卒於魯僖公三十二年，即西元前六二八年。而秦康公之即位，是在魯文公七年，當周襄王三十二年，即西元前六二〇年。換句話說，秦康公即位時，晉文公已死了七、八年之久。豈有舅舅已死七、八年，才追思十六、七年前相送情景之理？因此，王先謙才說其說不可從。

但是，〈毛詩序〉所謂「及其即位」的「其」，如果不是指秦康公，而是指晉文公重耳的話，又如何呢？請看「及其即位」上面的句子：「念母之不見也，我見舅氏，如母存焉。」可見說「其」指舅氏重耳，是講得通的。如此則寫作的時間與送別的時間，相差不會超過一年。重耳由秦返晉的時間是上述的魯僖公二十四年，亦即秦穆公二十四年，按理說，秦康公當時尚未即位，受君父秦穆公之命護送舅舅重耳到渭北，也應該在這個時候。重耳在秦軍護送回到晉國不久即位，是爲晉文公。因此，〈毛詩序〉所謂「及其即位，思而作是詩也」，如果說的是晉文公即位的話，那麼，這首詩的寫作時間，當然也應該在此後不久。

當然，送別之詩皆即境言情之作，如果不是當時觸事而發，要等到若干時間之後才追思而作，畢竟有些不合情理。所以有人說〈毛詩序〉的最後兩句話應該刪去，以免讀者滋生誤會。朱熹《詩序辨說》就曾推測此或「別一手所爲也。」

此詩二章，每章四句，複疊而詠。《毛詩正義》云：「二章皆陳贈送舅氏之事。悠悠我思，念母也。因送舅氏而念母，因念母而作詩。」朱熹《詩集傳》引王氏之言曰：「至渭陽者，送之遠也；悠悠我思者，思之長也；路車乘黃、瓊瑰玉佩者，贈之厚也。」這些評論都頗能說出此詩的好處。方玉潤《詩經原始》甚至推許此詩「情致纏綿，爲後世送別之祖」。

第一章首句「我送舅氏」，《毛傳》云：「母之昆弟曰舅。」母親的兄弟叫做舅，是至今猶存的稱呼，不必多加解釋，但「舅」這個字的構成，卻不妨在此略作說明。「舅」由「臼」與「男」構成，《說文》即云：「從男，臼聲。」但考究起來，它卻與古代婚俗有關。古代婚俗，新娘都有陪嫁和嫁妝。古代是農業社會，杵臼是舂米麥的器具，爲生活必需品，因此在出嫁行列中，通常可以見到此物，而且由新娘的弟弟扛在頭上，送到夫家。「舅」之取義，即由此而來。古代兄弟姊妹之間的親情，一向甘苦與共，所謂血濃於水。秦穆公夫人與重耳姊弟之間的情感，應即如此，所以秦康公也才會說「我見舅氏，如母存焉。」

另外，稱「舅氏」而不稱「舅父」，也是古人的習慣。古代凡是同姓的親長才可稱父，異姓則不可以。父親的兄弟可稱爲伯父、叔父，母親的兄弟則僅可稱爲舅，而不能稱爲舅父。也因爲異姓不可稱父，所以婦才稱夫之父曰舅，男子稱妻之父曰外舅。現代人或有「舅父」之稱，那是後起的。秦是嬴姓，晉是姬姓，並非同姓，秦康公與晉文公是舅甥關係，《毛詩正義》所以會這樣說：「謂舅爲氏者，以舅之與甥，氏姓必異，故書傳通謂爲舅氏。」其道理在此。

第二句「曰至渭陽」的「曰至」，一作「至於」，意義相同。「曰」是語詞，有人說即「吹」

「聿」的通假。渭陽，指渭水之北。古人在地理上稱山南水北謂之陽，所以渭陽即指渭水的北岸。渭水流過陝西西安，南來北往者之所必經，《鄭箋》說秦當時都城在雍（今陝西鳳翔附近），「至渭陽者蓋東行，送舅氏於咸陽之地。」因此《毛詩正義》推衍解作「雍在渭南，晉在秦東，行必渡渭。」據此，當時秦康公之送晉文公，是需渡渭水的，但陳奐《詩毛氏傳疏》卻說：「渭陽在渭水北，送舅氏至渭水北，不渡渭也。」古今地理或有變革，不知孰是。唐代賈島名句：「西風吹渭水，落葉滿長安。」在秋風落葉的背景下送別，當然有詩情畫意，但是，秦康公當時之送晉文公，卻是在春天，這從《左傳．僖公二十四年》的「春王正月」到「二月甲午」後的記述可以推測而得。李白有句：「渭北春天樹」，或即典出於此。

第三、四句「何以贈之？路車乘黃。」古人離別，例必有所餽贈。所謂富者贈人以財，智者贈人以言，總要視乎行者的需要。秦康公送給舅舅重耳的，是諸侯所乘的路車，和駕車用的四匹矯健的黃馬。按照古禮，父母在，餽贈不及車馬，除非得到親長的同意。可見秦康公當時應已取得秦穆公的允許。路車，是諸侯王所乘的馬駕，共有玉路、金路、象路、革路和木路五種。玉路和金路是最爲高貴的，因爲有玉金爲飾。第二章末句的「瓊瑰玉佩」，筆者以爲或即指此而言，不一定僅僅是指寶石美玉。

第二章四句，複疊首章而成。「悠悠我思」一句，平常語，但此時此情由秦康公口中說出，卻特別悱惻感人。因送舅父而念母，因念母而作此詩，意盡在言外，深得溫柔敦厚之旨。〈毛詩序〉

說的「我見舅氏，如母存焉。」可謂一語道破。他舅舅重耳在外流亡十九年，他母親生前對弟弟的手足之情和對晉國的家國之愛，都可以經過「悠悠我思」這一句，讓不同的讀者有不同的體會。

末句「瓊瑰玉佩」，當係寶石美玉的泛稱。前章的「路車乘黃」，是行者旅途之所必需，此句的「瓊瑰玉佩」，如果是指佩帶之用的美玉寶石，按照《禮記·玉藻》的說法，「古之君子必佩玉」，「君子無故，玉不去身，君子於玉比德焉。」那麼，此句自有君子比德的言外之意。但參考《詩經》其他篇章的寫法，筆者一直以為此句應與「路車乘黃」合看，它們應該是指路車上美麗而高貴的裝飾品。

權輿

於我乎！　　　唉我呀！
夏屋渠渠。　　大廈盛饌眞豐裕，
今也每食無餘。如今每餐沒剩餘。
于嗟乎！　　　唉呀呀！
不承權輿。　　當初排場不繼續。

於我乎！　　　唉我呀！
每食四簋，　　每餐四盤糧食好，
今也每食不飽。如今每餐吃不飽。
于嗟乎！　　　唉呀呀！
不承權輿。　　當初美食已不保。

〈毛詩序〉解題如下：

〈權輿〉，刺康公也。忘先君之舊臣，與賢者有始而無終也。

從這段話看來，秦康公對於他父親秦穆公所重用的「舊臣」，有始而無終，初則殷勤，後則疏薄，而這些舊臣都是公認的「賢者」，所以詩人才寫了這首詩來諷刺秦康公。

根據王先謙《詩三家義集疏》的引述，今文三家詩當無異義，應該都認為此係刺康公棄賢忘舊之作。朱熹《詩集傳》亦云：

> 此言其君始有渠渠之夏屋，以待賢者，而其後禮意寖衰，供意寖薄，至於賢者每食而無餘，於是歎之言不能繼其始也。

說法也沒有什麼不同。但因為在中國傳統觀念裡，士大夫不應該以衣食為恥，所以從經文詩句的表面看，所謂衰薄者，不過是居食接待之事而已，賢者何必在意？也因此難免有人以為這些賢者，應該關心國家大事，而不應計較這些生活細節，而且既稱為「賢」，那麼在君王禮意漸衰之際，就應該見微知著，即刻求去，何必像古代馮諼之流，彈鋏而歌「食無魚」呢？那就猶如游士食客而非國家重臣了。尤其是「今也每食無餘」、「今也每食不飽」兩句所描寫的不堪情境，賢者何必淪落到此地步？

對於這樣的問題，前人皆已論及。李樗、黃櫄的《毛詩集解》曾云：

區區飲食之微，何足以為輕重？而曰「無餘」「不飽」者，非不知亟餽鼎肉，為犬馬之畜也，蓋以其禮意之衰耳。故燔肉不至而孔子行，醴酒不設而穆生逝。

這是說明詩人寫「今也每食無餘」「不飽」這些「區區飲食之微」的原因，正是想借小喻大，說明舊臣賢者之去，是由於發覺康公的「禮意之衰」。清代姜炳璋《詩序補義》說得更好：

謝疊山責詩人禮貌衰而不去，而說者因視為彈鋏無魚之類。不知居食但指一節，不忍斥言其大者，而責其奉養之小者，亦忠厚之意歟！且為穆公舊臣，與君共休戚，諫不行，言不聽，禮意漸衰，而後翻然決去之。乃知從前惓惓君國之意，正未忍遽絕也。

姜炳璋說經文詩句只寫居食之微，是因為詩人不忍斥其大者，此亦即《詩經》溫柔敦厚之旨。這些道理都闡述得宜，令人折服。

根據《史記．孔子世家》的記載，魯定公十四年，孔子在魯國為司寇時，季桓子耽於女樂而怠於政事，子路勸孔子離開。孔子答道：「魯今且郊，如致膰乎大夫，則吾猶可以止。」意思是說：魯國即將在郊外舉行祭祀，如果能按禮制分給大夫烤肉，那麼他還是要留在魯國參與政事。後來發覺魯君及季桓子「三日不聽政，郊，又不致膰俎于大夫」，因此孔子就真的離開了魯國。《孟子．

告子篇》亦嘗論及此事，說孔子「從而祭，燔肉不至，不稅冕而行。不知者以爲爲肉也，其知者以爲爲無禮也。」

至於上文所謂「醴酒不設而穆生逝」，則是指《漢書．楚元王傳》的故事；楚元王禮事申公、白公和穆生。穆生不愛飲酒，但元王每置酒席，都會爲穆生設醴（甜酒）。等到元王去世，王戊即位，起先還是常設，後來就忘了。穆生因此稱病，以爲「可以逝矣」。申公、白公慰解曰：「獨不念先王之德與？今王一旦失小禮，何足至此？」穆生答以從前禮事，表示道存，今而忽之，是忘道也。他不是爲區區之禮，爲的是道已不存，禍將及矣。因此他謝病而去。這個故事，朱熹《詩集傳》曾經引述，可見他以爲可以用來配合閱讀這首詩。下面我們就用上述故事的觀點，來分析這篇作品。

詩共二章，每章自來分爲五句。一樣是複疊而詠。首句「於我乎」，有人說「於」同「烏」，和「乎」就是嗚乎，二者都是深長的感嘆詞。有人說「於我乎」是感嘆，但感嘆的是「從前對於我呀」。第二句「夏屋渠渠」，歷來解釋頗爲紛歧。《毛傳》云：「夏，大也。」夏解作大，沒有問題，但據王先謙的引述，魯詩已說「夏」有「大屋」「大殿」之義，等於今天我們所說的大廈。那麼，「夏屋」怎麼講呢？有人以爲屋室爲常詞，不必訓解，夏屋即大屋，但《鄭箋》則說「屋」爲「具」也，《孔疏》更進一步說是「禮物大具」。換句話說，指的是祭祀或宴會大典所陳設的禮食大具。大具，就是盛饌。這兩種說法都有確證，可以講得通，但筆者比較贊成「禮物大具」一說。因爲下句即「今也每食無餘」，顯然此句應與「食」有關，不應僅指屋室而言。何況王公宴請大夫，例必在大屋華廈之中，禮物大具必然豐盛，所以有「渠渠」即「蘧蘧」之感。屋堂大，禮具多，一道道，一排排，眞是大排場，上文所說的「致膰」、「設醴」，猶其餘事。

第三句「今也每食無餘」的「今也」，其實也是感嘆詞，感嘆「如今呀」，表示與從前大不相同。比照上下文此句，似乎也可以斷爲「今也，每食無餘」二句。從前是在大堂華屋之中享用豐盛的飲食，如今卻每次食用都不充裕，沒有盈餘。這是今昔不同，先後對照的寫法。王先謙引黃山之言：「《儀禮》燕食，皆因堂階行禮。無餘，謂屋無餘地。」因爲他一定要把「夏屋」解作大屋，才那樣曲加解釋，事實上，大堂盛饌常常是一而二、二而一，分不開的。〈毛詩序〉說康公對先君之舊臣「有始而無終」，即就以上對照比較的詩句而言。

「于嗟乎！不承權輿。」是總結上文，再次感嘆如今禮饌之事大不如前，暗示道之不存，可以去矣。《毛傳》云：「承，繼也。權輿，始也。」據馬瑞辰《毛詩傳箋通釋》說：「權輿，即虇蕍之假借。」灌渝二字連讀，爲《說文》「夢」字之解，讀若「萌」，本爲蒹葭始生之稱，後來凡物之初生都可稱爲「權輿」。因此，這是感嘆今不如昔，不能像當初那樣；感嘆君王之遇舊臣賢人「有始而無終」。

還有，「于嗟乎，不承權輿」這最後兩句，據王先謙所引，《魯詩》「乎作胡」。然則此二句亦可讀作「于嗟，胡不承權輿？」馬瑞辰說「不承權輿」上「多一胡字，詞義更婉。」如此這兩句當解作：「唉呀！爲什麼不能繼續像原始那樣呢？」詞氣更婉，筆者也深有同感。

第二章複疊首章，需要說明的，只有「每食四簋」和「今也每食不飽」二句。「每食四簋」的「簋」，同「毁」，是一種盛黍稷稻粱的器具。《毛傳》云：「四簋，黍稷稻粱。」《禮記・玉藻》所說的一大段話：「諸侯玄端以祭，裨冕以朝，皮弁以聽朔於大廟，朝服以日視朝於內朝。朝，辨色始入。君日出而視之，退適路寢聽政，使人視大夫，大夫退，然後適小寢，釋服。……朔月少牢，五俎四簋。」正可與此參照。按照禮制：諸侯在宗廟祭祀先君、朝見天子、太廟行聽朔禮、每天早晨在內朝視朝時，不同的場合要穿不同的禮服。每天日出時就要到路寢門外的內朝去視朝，退朝後到路寢聽政。大夫有政事就進路寢奏請，無事則退走，然後國君才回到小寢易服進食。從早到晚，穿什麼衣服，吃什麼食物，都有規定。「朔月少牢，五俎四簋」，說的是每月初一，宰殺豬羊二牲，準備五俎：帶骨豬肉、魚、乾肉、帶骨羊肉、羊的腸胃，四簋：黍、稷、稻、粱。焦循《毛詩補疏》云：「夏屋謂寢廟。古燕食之禮，行于寢廟。」根據這些資料，我們可以知道：四簋可爲國君王公大夫之禮。驗之〈權輿〉，信然。

「今也每食不飽」與首章「每食無餘」，意思相同而詞氣加強。前言「無餘」，只是沒有剩餘，尚可一飽，今則「不飽」，每下愈況，顯然不足矣。這也是《詩經》慣見的表現方法。

以上二章，表面上是寫區區的居室飲食之事，但在表現方法上，它以小喻大，只舉居食一端以概括其大者，又寫得具體，在今昔對比之中，讓讀者可以深刻感受到對待舊臣賢人的「有始而無終」，這是這首短詩成功的地方。

陳風

陳，是西周初分封的諸侯國，相傳其祖先是虞舜的後裔。周武王時因虞閼父善技藝，有功於周，武王非常欣賞，所以封其子嬀滿於陳，並將長女太姬嫁給他，號陳胡公。胡公即陳的開國君主。他建都宛丘（今河南淮陽），管轄的地區包括今河南東部的淮陽、柘城及安徽西北部的亳縣一帶。土地廣平，沒有名山大澤。陳風，就是陳地所產生的詩歌。

據《漢書・地理志》說：「（太姬）尊貴，好祭祀，用史巫，故其俗好巫鬼者也。」就因爲太姬地位崇高，影響力大，既然她好巫覡禱祈、鬼神歌舞之樂，所以陳國民俗化而爲之，也好巫鬼，多淫祀。〈陳風〉十篇，所謂「坎其擊鼓，宛丘之下」等等，正是這種風氣的反映。

〈陳風〉十篇之中，前人以爲有事實可考的，有〈墓門〉、〈株林〉等篇。〈株林〉一詩所寫的「夏南」，歷來說者都以爲是指陳國大夫夏御叔的兒子夏徵舒。陳靈公與夏御叔妻子夏姬私通，爲夏徵舒所殺。事見《左傳・宣公十年》等等。魯宣公十年，即西元前五九九年，當春秋中葉。應該是《詩經》中晚期收錄的作品。

宛丘

白鷺

子之湯兮，　　您這樣的游蕩呀，
宛丘之上兮。　在宛丘的坡上呀。
洵有情兮，　　實在是有情調呀，
而無望兮。　　卻沒什麼威望呀。

坎其擊鼓，　　鼕鼕響的打鼓聲，
宛丘之下。　　在宛丘的土坡下。
無冬無夏，　　不分寒冬和炎夏，
值其鷺羽。　　立起那白鷺羽翣。

坎其擊缶，　　鼕鼕響的擊瓦聲，
宛丘之道。　　在宛丘的大路間。
無冬無夏，　　不分冬天和夏天，
值其鷺翿。　　舞著那白鷺羽扇。

〈毛詩序〉如此解題：

〈宛丘〉，刺幽公也。淫荒昏亂，游蕩無度焉。

這是說詩人意在諷刺陳幽公的淫荒昏亂和游蕩無度，似乎是針對陳幽公的淫蕩昏亂而發。但究竟是指陳幽公個人或其時代風氣，則不得而知。

據《史記．陳杞世家》，陳自開國君主陳胡公卒後，申公犀侯、相公皋羊、孝公突、愼公圉戎、幽公寧先後繼位。幽公爲愼公之子，西元前八五四年立，西元前八三二年卒，在位二十三年，時當周厲王至共和之世。鄭玄《詩譜》有云：「五世到幽公，當厲王時，大夫荒淫，所爲無度，國人傷而刺之。」但幽公如何荒淫無度，從傳世有限的文獻資料看，則無從得知。

三家詩中，據王先謙《詩三家義集疏》的引述，齊詩係以《漢書．地理志》所記太姬「好祭祀，用史巫，故其俗好巫鬼」等等爲說。據此可以推知齊詩之爲說，重在說明太姬好祭用巫，影響了後來陳國的民風。易言之，是泛指陳幽公的時代風氣，已經「淫荒昏亂，游蕩無度」。

二者對照，一說刺陳幽公，一說刺陳國好祭用巫之俗，似不相涉，但細加推究，二者實可相通。王禮卿《四家詩恉會歸》對此即引下篇〈東門之枌〉等相比較，而有一段頗爲通融合理的說法：

《毛》、《齊》詩義若異，實則同明一恉，第各有輕重詳略，非有所悟。蓋揔詩恉有二義：一爲淫荒，一爲巫俗。《毛》家但標幽公淫荒游蕩，述歌舞之無度，以明詩恉之一義，巫俗則略而不陳。《齊》家但推原於太姬好巫之化，久而成俗，以證陳之風俗，而於君臣民流入淫荒，則略而不論。實則二詩中兩義兼賅，但有隱顯之別，兩家亦各知兩義之全，唯以師法有所側重，故不備言。

古書師傳歷久，每有言簡不具之憾，此殆其一例歟！

詩中兩義兼備，但有隱顯之別，這些話說的眞是深獲我心。陳自胡公開國之後，其妻太姬爲周武王之女，身分之尊貴，自不待言。根據《毛詩正義》的闡述，太姬始則無子禱求，故好巫好祭，等到後來眞的禱而得子，當然會更加信任男覡女巫。俗話說：上有所好，下必甚焉，因而陳國民間相習成風。巫覡之流，鼓舞以事鬼神者也，陳國民風既然好巫重祭，擊鼓於宛丘之上，婆娑於枌栩之下，所謂太姬歌舞遺風，也就代代相傳下來。到了陳幽公之時，這種巫覡歌舞之風越來越盛。西元前八四三年，即陳幽公即位第十二年，周厲王因昏庸無道出奔于彘(今山西霍縣)，諸侯擁戴共(今河南輝縣)國君(即所謂「共伯和」)代行王政，號稱「共和」。這段期間，天下大亂，陳幽公不自警惕，依舊翺翔戲樂，上引鄭玄《詩譜》所說的「當厲王時，政衰，大夫淫荒，所爲無度，國人傷而刺之。」即指此而言。刺「大夫淫荒」，其實也就是刺幽公「政衰」，刺社會風氣敗壞。《毛詩正義》也早就把〈宛丘〉與下篇〈東門之枌〉相提並論：

〈宛丘〉刺幽公淫荒昏亂，是政衰也。〈東門之枌〉云：「子仲之子，婆娑其下。」《傳》曰：「子仲，陳大夫氏。」是大夫淫荒也。此二篇皆刺幽公，故云國人傷而刺之也。

朱熹《詩集傳》先解釋「子」爲「游蕩之人」，然後說：「國人見此人常游蕩於宛丘之上，故敘其事以刺之。」所謂「此人」雖不明指，但其兼指君與大夫，則無疑義。胡承珙《毛詩後箋》解釋《毛傳》爲何把〈宛丘〉、〈東門之枌〉二詩中的「子」都訓爲「大夫」時說：

皆言士大夫之淫荒，而實出幽公風化之所行，正所謂一國之事，繫一人之本者。未可謂《傳》與〈序〉異。

因此，〈宛丘〉這首詩，說它是「刺幽公」，或說它是刺其俗好巫鬼，都不算錯。《毛詩正義》對於〈毛詩序〉的「淫荒昏亂，游蕩無度」，又有以下的一段闡釋：

淫荒，謂躭於女色。昏亂，謂廢其政事。游蕩無度，謂出入不時，聲樂不倦，游戲放蕩，無復節度也。又說：

首章言其信有淫情，威儀無法，是淫荒也。

下二章言其擊鼓持羽，冬夏不息，是無度。無度者，謂無復時節度量。

這些話對於我們了解這首詩，都頗有參考價值。

此詩三章，每章四句，全篇都用賦體。第一章說「子」常游蕩於宛丘之上，雖有閒情逸趣，卻無威信民望。「子」，據《毛傳》的訓解，是指「大夫」，《毛詩正義》疏之曰：「由君身為此惡，化之使然，故舉大夫之惡以刺君。」這是一種說法，以為名刺「大夫」而實刺「幽公」。另外還有一種說法，以為「子」係指「人君」，即幽公。像李樗《毛詩集解》即據〈山有樞〉的「子有衣裳」、「子有車馬」等句，說「言子者，蓋指晉昭公也」，以為晉昭公既可稱「子」，那麼此篇的「子」，亦可用指陳幽公。這兩種說法，都講得通。或許朱熹《詩集傳》把「子」泛指為「游蕩之人」，不確是幽公或大夫，自有他的道理。

「宛丘」在字面上也有兩種解釋：一是《毛傳》所說的「四方高、中央下，曰宛丘」，指像盆地一樣四方高、中央低的地形；一是郭璞注《爾雅》所說的「中央隆峻」，狀如負一丘，跟前一解釋似相牴觸。事實上，二者也不一定互相牴觸。在四方高、中央低的地面上，中央仍然可以有隆峻高起的平台，這樣更方便於歌舞的表演和觀眾的欣賞，有如今日慣常見到的表演場所。而且，根據《水經注》、《括地志》等等的記載，古代陳國的國都就叫宛丘，因都城範圍內即有一個四方高、中央低卻又適合表演歌舞的平台，所以國都即以「宛丘」爲名。宋代劉克《詩說》以爲作者把宛丘寫入詩中是有用意的。他說：「詩以陳所都之地爲言，則係於其國，非僅一方之風土所可言。」意思也就是說，〈毛詩序〉以爲「刺幽公」的說法，是有道理的。

第二章和第三章句式複疊，寫在宛丘擊鼓持羽不分冬夏的歡樂場面。這和第一章首句「子之湯兮」是相呼應的。湯，和蕩古代通用，指游蕩戲樂之事。鼓、缶都是樂器，敲擊時坎坎作響。缶，是一種盆然的瓦器，可以用來盛水盛酒，也可以用來敲打節歌作樂器。《周易．離卦》云：「不鼓缶而歌，則大耋之嗟」，《史記．藺相如列傳》云：「藺相如使秦王鼓缶」，都可證明這種瓦盆在古代也可作樂器之用。第二章的「宛丘之下」，第三章的「宛丘之道」，是變化第一章的「宛丘之上」，同時也配合了敘事和協韻。

第二三兩章的最後兩句，句意相同，只易一字。「無冬無夏」，是說不分冬天夏天，沒有時節考量，一年從頭到尾都是。敲敲擊缶，坎坎作響，不奇怪；奇怪的是在國都宛丘之上之下之道，無處不聞，無所不在。更奇怪的是，不間冬夏，終年皆然。國君如此，士大夫如此，政治豈有不荒廢之理？

「値其鷺羽」、「値其鷺翿」的「値」，是持、立的意思。鷺羽、鷺翿，則是指鷺鳥的羽毛以及用它製成的蔽翳，像「羽扇綸巾」的扇子，舞者可以持之用以指揮，也可以用之以蔽身遮面，簡言之，它們都是舞具。上文寫的擊鼓、擊缶，重點在樂；這裡寫的鷺羽、鷺翿，重點在舞。終年不分冬夏，能夠擊鼓舞羽的人，除了國君大夫之家，還能有誰？質言之，必非閭巷細民之所能爲。

因此，〈毛詩序〉的說法，不無道理。

東門之枌

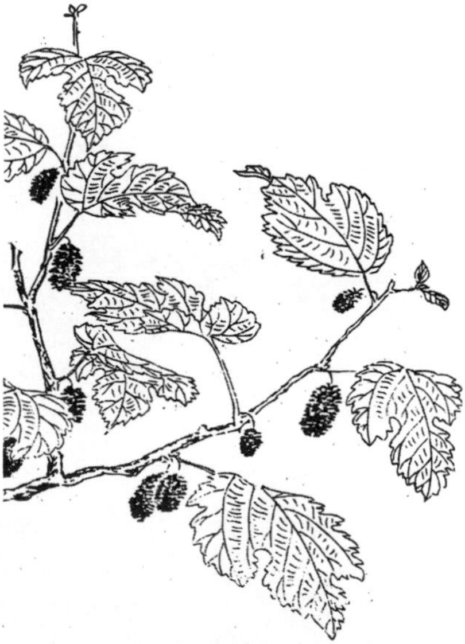

枌

東門之枌，　東邊城門的白榆，
宛丘之栩。　宛丘上面的櫟柞。
子仲之子，　大夫子仲的孩子，
婆娑其下。　翩翩起舞那樹下。

穀旦于差，　吉日良辰已選好，
南方之原。　南方的原氏大夫。
不績其麻，　不再紡緝她麻繩，
市也婆娑。　街市呀翩翩起舞。

穀旦于逝，　吉日良辰同前往，
越以鬷邁。　說可結伴頻頻到。
視爾如荍，　看你像是錦葵花，
貽我握椒。　送我一把香花椒。

〈毛詩序〉解題如下：

〈東門之枌〉，疾亂也。幽公淫荒，風化之所行，男女棄其舊業，亟會於道路，歌舞于市井爾。

據王先謙《詩三家義集疏》所引齊詩之說，與〈毛詩序〉所說詩旨，兩相對照，並無不同。而且，對照上篇〈宛丘〉，更可發現二者前後相承，同樣都是刺陳幽公的淫荒。上篇〈宛丘〉比較側重在幽公個人身上及其周圍，而此篇則比較側重於疾時世之亂及風化之所行。所謂「男女棄其舊業，亟會於道路，歌舞於市井」，不只是諷刺政事的荒廢，而且可以說已經直接寫到社會風氣的敗壞了。

姜炳璋《詩序補義》有云：

詩人目擊巫風，聚會歌舞以至男女淫亂，欲救正而事權不屬，故深疾而作爲是詩，非男女自作也。

蓋此篇亦巫覡娛神之事。上篇是刺幽公，此是刺風俗。子仲之子，婆娑其下，男覡也。不績其麻，市也婆娑，女巫也。

除了指出此篇係刺巫覡娛神的風俗之外，姜炳璋還指出詩中第一章寫的是男覡，第二章寫的是女巫。換句話說，他以爲這是一首祭祀詩。後來抱持這種想法的人不少，像唐晏《涉江遺稿・東門之枌說》即云此篇與〈宛丘〉「皆祭祀之詩也」。他還逐章逐句說明理由：首章枌、榆是古人植於社廟的樹木，所以「東門之枌，宛丘之栩」，即《史記》所謂「叢祠」。「婆娑」則是舞台，用以娛神，所以首章「蓋言歌舞於社，以樂神耳。」第二章的「穀」當作「縠」，據《說文》云是「日出之光」，此「正指迎神之時也」。「差」韓詩作「嗟」，「于差」應如《禮記・月令》「大雩帝」鄭玄所注，作「吁嗟，求雨之祭」解，因爲「古人祈禱之祠，必有吁嗟之歌」。第三章的「逝」，古通「誓」，指爲誓神而祀。「鬷」，釜屬器具，用以焚香，如博山爐。「越以鬷邁」，是說「祀神於社，奉此爐親往以申敬」。「貽我握椒」，是說以椒焚於鬷，因爲「古人焚椒以降神」。唐晏這樣的解釋，自有他的依據和道理，可供讀者參考。

另外，還有人把這首詩解作男女聚會歌舞的情歌，例如朱熹的《詩集傳》就這樣說：

此男女聚會歌舞而賦其事，以相樂也。……

男女相與道其慕悅之辭，曰：我視爾顏色之美，如芘芣之華，於是遺我以一握之椒而交情好也。

朱熹這種男女自賦其事以相樂的說法，雖然嚴粲《詩緝》加以反對，駁斥朱子蓋以胸臆說詩，不知作詩者「正是誚責之辭，非相樂之辭」，但是後來採信朱熹說法的人，仍然大有人在。

事實上，「詩無達詁」，朱熹的說法固然是以胸臆斷之，〈毛詩序〉等等舊說也未必全可徵信。嚴粲《詩緝》說過：「首序之傳，源流甚遠，方作詩時，非國史題其事於篇端，雖孔子無由知之。或欲並首序去之，不可也。古說相傳，猶不之信，千載下一一以胸臆決之，難矣。」他以為〈毛詩序〉的說法「源流甚遠」，應予採信，但他也還是承認「後序附益講師之說，時有失詩之意者。」所以古來的種種不同的說法，都應當分別觀之，不可一概而論。像上文所引的齊詩之說以及姜炳璋等人男覡女巫的說法，胡承珙《毛詩後箋》就如此批評道：「此皆推本之論，蓋上有好之，漸漬國俗，酣歌恆舞，成為巫風耳。然必以此二詩，即為巫祝事鬼之作，且以子仲為男巫，原氏為女覡，則又因事附會，經無明文，未可據信。」

因此，會合〈毛詩序〉和三家詩之說，再參考歷代說詩者的種種解釋，筆者一直以為是我們正確了解《詩經》的必經途徑。

筆者以為〈東門之枌〉這首詩，〈毛詩序〉的說法是值得參考的。「男女棄其舊業，亟會於道路，歌舞於市井」，正是三章內容描述的重點。

此詩共三章，每章四句，是《詩經・國風》慣見的形式。第一章開頭兩句，「東門」、「宛丘」都是地名。恰如上篇所述，宛丘既是陳國的都城所在，也是都城周圍一個適合表演、觀賞歌舞的場所，前者國都之取名，即由後者宛丘而來。這樣的地方來往的人一定很多。而東門應即東邊的城門，行人之絡繹不絕，也不問可知。《毛傳》解釋這兩個地方，說是「國之交會，男女之所聚」，應該是當時的眞實情況。枌，是白榆，已見〈唐風・山有樞〉；栩，是柞、櫟，已見〈秦風・晨風〉，這兩種樹高蔭廣的落葉喬木，是古代社廟之前常見的植物。據《水經注》云：「宛丘在陳城南道東」，可見詩中的「東門」、「宛丘」是當時城中相鄰近的熱鬧地區，也是陳國自開國以來，「坎其擊鼓」「無冬無夏」的所在地，其有社廟建築，其有枌栩掩映於道，其爲國都道路交會之處，男女聚會之所，皆無疑問。因此，詩人先藉此點明男女聚會歌舞的地點，繼而點出了在樹下婆娑起舞之人。

「子仲之子」，即婆娑之舞者。子仲，《毛傳》云：「陳大夫氏也」，《鄭箋》云：「之子，男子也。」這是有根據的。據《公羊傳・成公十五年》引述古禮：「孫以王父字爲氏」，可知詩中此人祖先必有字子仲者，同時，古代對庶人也很少顯其姓氏，因而說明了在宛丘東門高大樹蔭下婆娑起舞的人，必定是大夫子仲的後人。李辰冬《詩經通釋》說他就是〈邶風・擊鼓〉篇的「孫子仲」，恐怕是想當然耳，尚有待考證。朱熹的《詩集傳》則說：「子仲之子，子仲氏之女也。」這是受了歐陽修《詩本義》說子可男可女的影響，又因爲他要把次章的「南方之原」解爲地點而非姓氏，因而不得不這樣解釋，否則婆娑之人，就沒有著落了。說見下文。

第二章像首章一樣，全用賦筆。寫的是選定吉日良辰，歌舞於市井。「穀旦」指吉日良辰，歷來訓解大致相同，「旦」之一字，則有人強調是指「早朝」，即聚會婆娑之時，也有人強調是「朝日善明」，表示「善於選擇對象」。「于差」，上文已經說過，有人以爲它同「吁嗟」，是指古代舉行祈雨之祭時一種類似嗟嘆的祝辭。我想，這主要是受了《漢書．地理志》「好祭祀，用史巫」，說陳俗好巫鬼的影響。影響當然是有的，但似乎不必句句牽強，事事附會。因此我比較贊成《鄭箋》的解釋：「于，曰。差，擇也。」《詩經．小雅．吉日》的「吉日庚午，既差我馬」就是這種用法。把「差」解釋爲選擇吉日良辰，約會見面的地點在宛丘東門之間的社樹之下，約會的對象則是「子仲之子」和「南方之原」。

「南方之原」，據《毛傳》云：「原，大夫氏」，《鄭箋》云：「南方原氏女」，可知「古說相傳」，此句原指南方的大夫原氏。《毛詩正義》還從《春秋．莊公二十七年》的經文中，找到陳國大夫有姓原氏者爲證。《鄭箋》知其爲「原氏女」的原因，應與下句「不績其麻」有關。因爲古代男耕女織，績麻通常是婦女的工作。詩人說南方大夫原氏的女兒，竟然放下績麻的工作，跑去市井之中婆娑起舞，言下自有「疾亂」之意。

朱熹《詩集傳》不採舊說，把第二章解釋爲「子仲之子」婆娑起舞的地方，是在「南方之原」。換句話說，他以爲一二句兩章是完全前後相承的，「南方之原」應如字面，解釋作城南的台地。雖然這種解釋，和《水經注》宛丘在城南道東的說法沒有牴觸，但畢竟有臆說之嫌。這跟後來有人把「市也婆娑」的「市」，解作沛然的「沛」，說是「狀其舞之疾速」，是一樣的道理。它們都有足供讀者參考之處，但並不足以推翻舊說。

第三章述男女相悅之辭，以總結前二章對男女「亟會於道路，歌舞於市井」的描述。所用文字頗爲古奧，《毛傳》云：「逝，往。鬷，數。邁，行也。」可以幫助我們了解一些疑難字句。上章的「差」只是選擇約定，此章的「逝」、「邁」則是付諸行動。「鬷」，音總(平聲)，原是釜屬的器具，《毛傳》釋之爲「數」，《鄭箋》釋之爲「總，……欲男女合行」，意思就是細密、頻繁、群集，有「男女合行」的寓意。用今天的廣東話說，就是「一鑊煮」。男女棄業群集、亟會歌舞，詩人因此藉以賦幽公淫荒化行之失，這也就是〈毛詩序〉立論的依據。

清代嚴虞惇《讀詩質疑》有云：「首章之婆娑，子仲之男也；次章之婆娑，原氏之女也；末章越以鬷邁，乃道其男女之相說，贈物以結好。……《集傳》又云：此男女聚會而賦其事以相樂。亦未必然。玩子仲之子，明是他人之言；不績其麻，直是刺其廢業。未有男女賦詩相樂，而自言不績其麻者也。」斯言得之。

衡門

衡門之下，	簡陋衡門的底下，
可以棲遲。	可用來棲息閒逛。
泌之洋洋，	泌水這樣的豐沛，
可以樂飢。	可用來聊充飢腸。
豈其食魚，	難道他們要吃魚，
必河之魴？	必須黃河的魴魚？
豈其娶妻，	難道他們要娶妻，
必齊之姜？	必須齊國姜姓女？
豈其食魚，	難道他們要吃魚，
必河之鯉？	必須黃河的鯉魚？
豈其娶妻，	難道他們要娶妻，
必宋之子？	必須宋國子姓女？

〈毛詩序〉解題如下：

〈衡門〉，誘僖公也。愿而無立志，故作是詩以誘掖其君也。

這是說詩人為了鼓勵扶持國君，所以以衡門為喻，來誘導他的國君要立定志向，不要過於懦弱自卑。這種說法，和今文經派的三家詩是有所不同的。王先謙在《詩三家義集疏》中，先引述代表魯詩之說的《列女傳．老萊子妻》，以及《韓詩外傳》卷二孔子與子夏的對話，另外還引用《漢書．韋玄成傳》及若干碑文，為此詩的首章這樣下結論說：

皆言賢者樂道忘飢，無誘進人君之意。即為君者感此詩以求賢，要是旁文，並非正義也。

像這種古今文經——毛詩和三家詩說法不同的詩篇，我們是要更加愼思審辨的。〈毛詩序〉的這種「誘掖其君」的說法，《毛傳》、《鄭箋》、《孔疏》先後推衍申述，自不待言。到了北宋初年，歐陽修的《詩本義》，還如此推闡道：

詩人以陳僖公其性不放恣，可以勉進於善，而惜其懦，無自立之志，故作詩以誘進之。云衡門雖淺陋，若居之不以為陋，則亦可以游息於其下。泌水洋洋然，若閱之而樂，則亦可以忘飢。言陳國雖小，若有意於立事，則亦可以為政。……

譬如食魚者，凡魚皆可食，若必待魴鯉，則不食魚矣。譬如娶妻，則諸姓之女皆可取，若必待齊宋之族，則不娶妻矣。

是首章之意，言小國皆可有爲，而二章三章，言大國不可待而得，此所謂誘掖之也。

歐陽修的闡釋，頗爲詳盡，足可爲「誘掖其君」之說更進一解，但核對經文，字面並無一語涉及僖公，事實上也難免有迂曲求解之嫌。

今文經派三家詩的「賢者樂道忘飢」之說，自從南宋朱熹之後，大行其道。朱熹在《詩序辨說》中已經說過：

僖者，小心畏忌之名。故以爲愿無立志，而配以此詩。不知其爲賢者自樂而無求之意也。

這是從陳僖公的諡號「僖」字的意義下手，藉以說明〈毛詩序〉「愿而無立志」的來歷，進而不採其說，只據經文直尋本義，以爲所描述者實爲賢者而非僖公。所以他後來在《詩集傳》中，很明確的這樣下結語：「此隱居自樂而無求者之辭」。此與三家詩「賢者樂道忘飢」之說可謂契若鍼芥。

「誘掖其君」和「賢者樂道忘飢」這兩種說法，從南宋以後，並行於世，各有其贊同者，也各有反對者。朱熹的影響力，元明以後，越來越大，所以批評他主張的，爲數不少。像徐文靖的《管城碩記》就力主舊說而批點朱熹：「若謂因謚法小心畏忌曰僖，序者因配以此詩，未必然也。」崔述《讀風偶識》則云：「今按衡門，貧士之居。樂飢，貧士之事。食魚娶妻，亦與人君毫不相涉。朱子之說是也。」

其實，上述的兩種說法，依筆者看，是可以並行不悖，甚至是可以互為表裡的。「賢者樂道忘飢」是王先謙歸納三家詩的魯韓之說而得，其與朱熹的「賢者自樂而無求之意」，可謂契合無間，而此與《毛傳》解釋「可以樂飢」一句所說的「可以樂道忘飢」，又前後一致，簡直可以說是承襲了《毛傳》的詁訓。如果僅從經文字面上去看，《毛傳》、《鄭箋》對詩句的解釋，與「賢者樂道忘飢」或「賢者自樂而無求」之說，並沒有什麼差異，不同的是，古文經派毛詩的註釋系統，對此詩求其言外之意，把寫作的時代背景與陳僖公挽合在一起而已。

現在就先以首章為例，來說明箇中的道理。《毛傳》的注釋如下：

衡門，橫木為門，言淺陋也。

棲遲，遊息也。

泌，泉水也。洋洋，廣大也。

樂飢，可以樂道忘飢。

《鄭箋》的解釋如下：

> 賢者不以衡門之淺陋，則不遊息於其下，以喻人君不可以國小，則不興治致政化。飢者，不足於食也。泌水之流洋洋然，飢者見之，可飲以療飢，以喻人君愨愿，任用賢者則政教成，亦猶是也。

如果不看〈毛詩序〉誘掖僖公的說法，也不管《鄭箋》「以喻人君」以下的句子，那麼可以說，這與三家詩及朱熹的解釋，基本上沒有差異。朱熹《詩集傳》在「此隱居自樂而無求者之辭」底下，說的是：「衡門雖淺陋，然亦可以遊息。泌水雖不可飽，然亦可以玩樂而忘飢也。」眞的與《毛傳》、《鄭箋》如出一口。這充分證明了二者是相通的，互爲表裡。照經文的字面講，是隱居衡門之下的賢士，自樂而無求，樂道而忘飢，離開經文的字面去求其言外之意，則自亦可以托事取興，引申爲賢者「作是詩以誘掖其君」。《韓詩外傳》卷二記孔子與子夏討論讀《尙書》的那段對話，在子夏大加發揮讀《尙書》的感受：「昭昭乎若日月之光明，燎燎乎如星辰之錯行，上有堯舜之道，下有三王之義」等等之餘，說孔子造然變容曰：「嘻！吾子可以言《詩》已矣。」正要說明孔子讚許子夏讀詩能夠博依取喻。所以王先謙歸納三家詩的說法，以爲此詩「言賢者樂道忘飢」是沒錯，他只是不苟同〈毛詩序〉所申述的言外之意，拘限在僖公身上。他所說的「即爲君者感此詩以求賢，要是旁文，並非正義」，正義是指求之正文，指照經文字面解解，旁文是指託事取興，在正文的解釋之外，尙求言外之意。差別在此而已。

此詩三章，每章四句，組織結構與前兩篇的形式非常相似，但此詩全篇皆託之人事，而不假物象。首章上文已多所解說，這裡再略作補充即可。「衡門」據《毛傳》云，是「橫木爲門」，表示上無屋蓋，居處淺陋。所以後人多據此說是賢士或貧士隱居之處。但王引之《經義述聞》卷五則解作「城門之名」，與前後篇之「東門」、「墓門」，皆爲陳國都城門名，這個解釋言之成理，卻查無實據，所以只能僅供參考。「泌之洋洋」的「泌」，《毛傳》解爲「泉水」，後來學者如嚴粲《詩緝》亦引〈邶風．泉水〉「毖彼泉水」的「毖」爲證，以爲「泌」「毖」字異義同，但究竟是指「泉水」或「泉水之流貌」，則說法仍有不同。甚至有人據蔡邕〈郭林宗碑〉的「棲遲泌丘」一語，以爲「泌爲丘名」。《廣雅．釋丘》曰：「丘上有丘爲秘丘」，俞樾《群經平議》卷九即據此以爲「泌丘當即秘丘也」。不管是「泌丘」或「秘丘」，都與「宛丘」之取名有密切之關係。可見陳國都城宛丘附近，眞的有「泌之洋洋」，可供棲遲遊息。至於「樂飢」的「樂」，魯詩、韓詩作「療」，療有醫治之意。《鄭箋》云：「飢者，不足於食也」，又說飲水可以療飢，眞是順理而成章。意思是：雖居處淺陋，但只要精神滿足，飲水即可充飢。這與今日粵語所謂「有情飲水飽」，道理相同。「衡門」句說的是居無求安，「樂飢」句說的是食無求飽，這都是樂道忘飢的君子之事。

第二、三兩章句型相同，意義相近，都是說食魚不必魴鯉，娶妻不必齊姜宋子。魴，已見〈周南・汝墳〉篇，牠和鯉魚都是黃河流域中的名產，肉肥而味美。明代楊愼《異魚圖贊》引《洛河記》云：「伊洛魴鯉，天下最美；伊洛鯉魴，貴於牛羊。」可見牠們都是黃河中的名貴魚類，不是一般人家可以吃得起的，要非貴族莫屬。齊，是姜姓國；宋，是子姓國，相對於陳國而言，它們都是大國。與大國通婚，娶大國公主爲妻，當然是一般諸侯的願望。〈邶風・河廣〉云：「誰謂河廣？一葦杭之。誰謂宋遠？跂予望之。」〈邶風・碩人〉描寫衛莊姜有云：「碩人其頎，衣錦褧衣。齊侯之子，衛侯之妻。東宮之妹，邢侯之姨，譚公維私。」這些例子都反映了齊、宋二國，在各諸侯國中的印象。〈衡門〉此詩作者說食魚不必講求美味，非黃河的名產魴鯉不可；娶妻不必高攀大國，非齊國姜姓女、宋國子姓女不可。藉此來說明只要精神生活自我滿足，雖居衡門之下，自可安貧而樂道，樂道而忘飢。照字面講，說是「賢者樂道忘飢」或「此隱居自樂而無求者之辭」固然對，但引申去講，說是賢者作此以誘掖其君，其實也自有其感發的作用，與參考的價值。

東門之池

紵

東門之池，
可以漚麻。
彼美淑姬，
可與晤歌。

東門之池，
可以漚紵。
彼美淑姬，
可以晤語。

東門之池，
可以漚菅。
彼美淑姬，
可以晤言。

東門外的護城河，
可以用來泡大麻。
那美麗的好姑娘，
可以和她相對唱。

東門外的護城河，
可以用來泡苧麻。
那美麗的好姑娘，
可以和她相對講。

東門外的護城河，
可以用來泡茅菅。
那美麗的好姑娘，
可以用來相對談。

〈毛詩序〉解題如下：

〈東門之池〉，刺時也。疾其君之淫昏，而思賢女以配君子也。

這是說：此詩反映時代風氣的敗壞，意在諷刺。諷刺的重點在於痛恨當時的在上位者淫荒昏庸，因而希望有賢淑的女子，可以配對君子，使之規化，修德以致治。這樣的說法，核對王先謙的《詩三家義集疏》，大致相合。

王先謙《詩三家義集疏》引錄了《列女傳》中的魯黔婁妻、晉文齊姜的故事，說明黔婁之樂貧行道、晉文公之辭齊返國，都受到了妻子規益勸善的影響。這是代表魯詩之說的。同時王先謙又引錄了《韓詩外傳》卷九中楚莊王欲聘北郭先生的故事，說明了北郭先生之終不應聘，甘於恬淡，也同樣是受了妻子規勸向善的影響。這當然代表的是韓詩之說。可見今文經派的三家詩，對於〈毛詩序〉所說的，並無異義。

不過，我們兩相核對，可以明白王先謙的所謂三家詩無異義，係指「思賢女以配君子」而言，〈毛詩序〉其他的說法，所謂「刺時也」，所謂「疾其君之淫昏」等等，完全沒有談到，是否同意，不得而知。假使我們只看經文字面，是看不到「刺時」、「疾其君之淫昏」這些意見的。

朱熹的《詩集傳》，就是從經文的字面直尋詩篇的本義。他把此詩和〈東門之枌〉連繫起來，這樣說：

此亦男女會遇之辭。蓋因其會遇之地、所見之物以起興也。

如果僅從字面下看，朱熹的解釋，絕對正確無疑，但是，詩之為詩，不能只看字面，更何況《詩經》年代如此久遠，作詩者固然必有其作詩之義，而采詩、編詩、序詩者也必然都各有其義，未必完全相同。上文〈東門之枌〉一篇解析時，曾引嚴粲《詩緝》之言：「首序之傳，源流甚遠，方作詩時，非國史題其事於篇端，雖孔子，無由知之。」雖然說的不一定全對，但畢竟所說也有道理。〈毛詩序〉的著成年代，至今眾說紛紜，莫衷一是，然而它仍然是我們今天讀《詩經》時必備的參考資料。我們不應該輕言廢棄。因此，讀〈東門之池〉這首詩，我們不反對朱熹據詩之字面直尋本義，但我們更應該尊重長遠以來的傳統說法。底下筆者即就此試進一解。

此篇之前，〈毛詩序〉於〈陳風〉之詩，多以「刺」立論。於〈宛丘〉篇，說是「刺幽公」；於〈東門之枌〉篇，也說是「幽公淫荒」，因而「疾亂」；於〈衡門〉篇，則說是要誘掖僖公。可以說每一篇都有交代詩篇所反映的時代。但是，〈東門之池〉這一篇，則僅僅說是「刺時也」，並沒有交代「疾其君之淫昏」的「其君」究竟是誰。下一篇〈東門之楊〉也一樣，僅僅說是「刺時也」，也沒有交代要反映的是陳國的哪一位國君。再下一篇〈墓門〉，卻又明明白白交代，說是「刺陳佗也」。這種情況，或許我們可以作以下的推測：〈東門之池〉和〈東門之楊〉二篇，著成或採集的時間不能確定，所以作詩序者只好闕其疑。「刺時」，本來也可以說是「刺君」，但因為不能確定是哪一位君王，只好說是「刺時」了。我們甚至可以更作如下的推測：詩篇的原作者，本來只是抒發願得「彼美淑姬」之想，但采詩、編詩或序詩者，卻以爲它可以反映那個時代的社會風氣，所以寓勸戒於吟詠之間，說是「疾其君之淫昏，而思賢女以配君子也」。

此詩凡三章，每章四句，句式複疊。每章的前二句是興，後二句則是賦筆。蓋藉東門之池可以浸泡麻茅，使之可供編紡緝績之用來起興，說明賢淑的女子，可以規正同化君子。《毛傳》在前二句下注云「興也」，後二句則不說明，其意在此。《鄭箋》云：「興者，喻賢女能柔順君子，成其德教。」斯言得之。

馬瑞辰的《毛詩傳箋通釋》說：古代有城必有池，池都設於城外，用以護城，也就是後人所說的護城河。據《水經注》、《元和郡縣志》等書記載，這詩篇中所寫的首句「東門之池」，是在陳州宛丘城東門內，《太平寰宇記》則說是在城東北角，馬瑞辰以爲原址應該還是在城外才對。他說：「此蓋後人因《詩》詠東門之池，因於城之東門內，鑿池以符合之，非《毛傳》城池之謂矣。」事實如何，當然已無從查考。

各章的第二句，分別是「可以漚麻」、「可以漚紵」、「可以漚菅」。漚，《毛傳》注解爲「柔」，意思是用池水浸泡麻、紵、菅，搓揉使之柔軟，而後才可以剝取其皮，緝績裁作衣服。今日稱追女朋友爲「泡妞兒」，泡之一字，古今相通，堪發一笑。《說文》云：「漚，久漬也。」尤爲傳神。

程瑤田的《通藝錄．九穀考》說麻有夏麻、秋麻之分，那是就成熟的季節來區分的，此詩中的麻、紵、菅，則泛指一切可以緝績衣服的麻類植物。麻，指大麻，已見於〈王風．丘中有麻〉篇。大麻的莖皮纖維長而堅韌，是古人紡織和繩網的主要原料。古代富貴之人多穿絲織品，平民百姓則多穿麻、葛製成的衣服。一般而言，平民百姓到了耋老之年才可穿絲，所以稱爲「布衣」。有人把「麻」解作「芝麻」，那是不可能的。因爲芝麻是在漢朝時，才由張騫由大宛國(在今中亞西亞一帶)傳入。而今日一般人所慣見的棉衣，也不可能出現在《詩經》中，棉花是在南北朝時才傳入中國，到宋元時才在閩粵地區栽培，到了明清間才推廣到全國各地。因此，麻可以說是古代製衣結繩最主要的原料。此詩中所說的「麻」，自指大麻無疑。

紵，一名苧麻、赤麻、山麻、銀麻。莖皮纖維非常堅韌，通常在收割後，必須在池塘中浸漬漚泡，才可洗出麻纖維，所織的麻布稱爲夏布，是麻中上品。菅，又名菅茅、芩草，生長山坡，根粗葉長，纖維柔韌，可作草繩、草鞋等等。胡淼《詩經的科學解讀》說此與本詩之「菅」是否同物，尚待再考。不管如何，紵、菅和麻一樣，都是古人生活中不可或缺的用具原料，這是可以確定的。

古代是農業社會，男耕女織是社會生活的常態。照理說，用麻、紵、菅等等來紡績衣服、編織繩鞋，是婦女的工作，可是，在此之前，收割、搬運、浸泡、撈取等等的工作，卻非男人不可。至少需要男人來幫忙幹活。因此，在一起工作的池畔河邊，青年男女會面交談的機會很多，下文所寫的「晤歌」、「晤語」、「晤言」，本來就是他們勞動生活或愛情生活的眞實寫照。

各章的後二句，寫的就是青年男女期待「晤歌」、「晤語」、「晤言」的心情。《毛傳》云：「晤，遇也。」就是面對面遇見了。青年男女晤面相對，如果有緣，當然會作進一步的交往。古今社會風氣不同，禮俗不同，有的會對唱情歌，有的會熱情對話，有的會自我傾訴。「晤歌」、「晤談」、「晤言」正代表這三個不同的層次。有人說「晤」與〈邶風．柏舟〉「寤辟有摽」的「寤」同義，並說「寤」應作「連續」解，表示雙方要常常見面，那跟把「漚」解釋為「久漬」，要常常泡在一起，都非常新穎有趣。

各章第三句「彼美淑姬」的「淑」，《經典釋文》引作「叔」，但又注明「本亦作淑」。淑姬，當如《鄭箋》所言，指賢淑的姬姓女子。《毛詩正義》說：美女而謂之姬姜者，蓋借黃帝、炎帝二姓後代美女特多，來做為婦人之美稱。黃帝姓姬，炎帝姓姜，不但是大姓，而且是名門。交往中的青年，覺得對方是大家閨秀，名門淑女，又美麗，又賢慧，當然唯恐求之不得了。

朱熹《詩集傳》即據經文字面上的意義，以為此乃「男女會遇」之詞，而〈毛詩序〉則引而申之，意存勸戒，說是「疾其君之淫昏，而思賢女以配君子」。清代姚際恆《詩經通論》則又「疑即上篇之意，取妻不必齊姜、宋子，即此淑姬，可以晤對。」各自為說，頗為紛紜。方玉潤的《詩經原始》對以上諸說，一一舉出反證加以駁斥之餘，乾脆說：「此詩終不可解」，「此詩闕疑可也」，甚至說此詩「辭意淺率，終非佳構，不必再煩多辯已。」方玉潤講解《詩經》，常有新意，我一向非常佩服，但以上的這些評論，我實在不敢苟同。

東門之楊

東門之楊，
其葉牂牂。
昏以為期，
明星煌煌。

東邊城門的白楊，
它的樹葉多青蒼。
黃昏約定爲佳期，
啓明星光多燦爛。

東門之楊，
其葉肺肺。
昏以為期，
明星晢晢。

東邊城門的白楊，
它的樹葉沛沛響。
黃昏約定爲佳期，
啓明星光多閃亮。

〈毛詩序〉解題如下：

〈東門之楊〉，刺時也。昏姻失時，男女多違，親迎，女猶有不至者也。

只說是「刺時」，卻沒有說是反映哪個時代，這表示不知道是哪一個君王；所刺的「時」，則指明是「昏姻失時，男女多違」，甚至在男方去親迎時，女方還有逃婚的情形。

〈毛詩序〉的說法，據王先謙的《詩三家義集疏》說，「三家無異義」。有些讀者可能會有疑問，從經文字面上看，從哪裡可以看出這些有關婚姻失時的意義來。短短的兩章八句經文中，每章的前二句寫景物，後二句寫約會，有的讀者甚至會覺得字裡行間，不但不見憂傷諷刺的意味，反而有期盼歡樂的情調。

宋代以後，很多讀者閱讀《詩經》，嫌惡《毛詩正義》以前的舊注過於繁瑣，同時喜歡「以意逆志」，別出新裁，不用〈毛詩序〉，而按照自己的理解來詮釋作品。像北宋王質的《詩總聞》，就主張廢《序》而另起新解，例如他解釋〈宛丘〉篇是「望其從良」的「士大夫之辭」，〈東門之池〉是「安分君子之辭」等等。如果說〈毛詩序〉是穿鑿附會，那麼可以說，這是另一種穿鑿附會。這種廢《序》言《詩》的風氣，到了南宋朱熹的《詩序辨說》、《詩集傳》中，更是大行其道。他主張「涵詠本文，體會詩義」，同時重訓詁，重實證。像〈東門之楊〉這首詩，朱熹《詩集傳》是這樣解題的：

> 此亦男女期會，而有負約不至者，故因其所見以起興也。

顯而易見，他不用〈毛詩序〉之說。他一切求之本文，以爲兩章的後二句是寫「男女期會，而有負約不至者」，前兩句則是所見景物，藉以起興。他把「刺時」、「昏姻失時」等等話語一概刪去了。如果僅從經文字面看，朱熹的說法，是確然無誤的。他的說法足可與舊說相抗衡，而爲一般讀者所樂用。

但是，問題來了。如果體會詩義，唯「本文是求」，那麼，朱熹的說法也不完全正確。因爲經文中只說「昏以爲期」，並沒有說是「男女期會」。而且朱熹所說的「有負約不至者」，多少已受了《毛傳》「期而不至也」等等的影響。

因此，在朱熹之後，講《詩經》而另立新說的人，比比而是。以〈東門之楊〉此詩爲例，如元代劉玉汝《詩纘緒》即云：「此只言其負期耳」，「此篇不必爲男女期會」；如明代何楷《詩經世本古義》即云：「刺陳靈公淫於夏姬也」；如清代黃中松《詩疑辨證》即云：「此疑是朋友之間負約不至，故刺之。」牟庭《詩切》更結合前幾篇而發揮想像力云：「詠張燈夜遊也」、「陳之東門，有枌榆神祠，神祠之側有池，池之四圍多植楊柳，此游覽之勝處也」、「詩人以楊葉比遊人之多也」、「明星喻燈燭之光也」，更有人拿《楚辭》的「曰黃昏以爲期，羌中道而改路。初既與予成言兮，後悔遁而有他」、「昔君與我成言兮，曰黃昏以爲期。羌中道而回畔兮，反既有此他志。」來比附此詩，說是比喻君臣不合，孤臣被棄。人各爲說，不一而足。甚至有人直接批評朱熹「男女期會」「因其所見起興」的說法，例如郝敬《毛詩原解》即云：「暮夜郊外，林莽相期，惟恐人知，又自詩以傳乎？非情也！」雖然吹毛求疵，大殺風景，但你也不能說他完全沒有道理。

因此，談論《詩經》，宋元以後，百家爭鳴，他們的著作往往別立新解，頗有思辨之功，值得參考，但數量實在過於繁多，很難一一檢閱。相對而言，唐以前一脈相承的傳統傳箋注釋，雖似老生常談，卻彌足珍貴，值得細細涵泳玩味。論閱讀古書的理解能力，論了解古代的文化常識，古人不必遜於今人，有些代代相傳的傳統舊說，一定有其值得尋索之處。也因此，《詩經》作品之中，只要今古文經學派的四家詩說法都相同互通，我們就不應該輕言廢棄。

〈東門之楊〉這首詩，〈毛詩序〉所以說它反映「昏姻失時，男女多違」等等，主要是依據「昏以爲期」那一句。昏，原指黃昏。它是古代男女約會的好時辰，也是古人結婚的代名詞。歐陽修（一作朱淑眞）〈生查子〉詞云：「月上柳梢頭，人約黃昏後。」這是人所共知的名句，描寫黃昏時分，昏黃朦朧的月光，增添了浪漫的情調，這時候情人相約在楊柳樹下見面，人與楊柳都予人依依之感。這是後人心目中屬於情人的黃昏。《詩經》那個時代反映的「昏」，雖然也指黃昏時分，但它卻另有它特定的含義。「昏」，古通「婚」，而它指的是古人婚禮進行曲中「親迎」的那個階段。

古人重視禮節，以冠禮爲起始，以婚禮爲根本，對其他的喪禮、祭禮、朝禮、聘禮、鄉飲酒禮、鄉射禮也都非常重視。對古人而言，婚姻是人生大事，也是家庭大事。婚禮的進行，要經過納采、問名、納吉、納徵、請期、親迎六個階段。前五個階段都是迎娶那天以前所進行的，親迎則是娶妻當天所要進行的禮節。親迎的禮節，據《儀禮．士昏禮》云「期，初昏，陳三鼎於寢門外東方……主人爵弁、纁裳緇袘，從者畢玄端，乘墨車，從車二乘，執燭前馬」，即是說到結婚娶妻的當天，天剛昏黑，就要在新郎寢室門外的東邊陳列三個鼎，預備豬肉、魚、兔肉乾等食品，還有一些饌具食物。同時新郎要戴上赤而微黑的帽子，穿上淺紅色的纁裳，裳上要有黑綢鑲邊。陪他去迎娶新娘的人，都要穿著黑而微赤的禮服，坐著漆黑的車，後面還要有兩乘車馬跟隨著。僕人拿著火把，走在馬的前面引路。到了新娘家，仍然要照禮制，拜見岳父母，然後才可以把新娘迎娶回家。這整個過程，就叫「親迎」。根據《儀禮・士昏禮》的記載，親迎的時間，正是「初昏」、「執燭前馬」的時分。因此，「昏」也就是「婚」的時辰了。二者的關係，是這樣來的。〈毛詩序〉所以用「昏姻失時」等語來解說此詩，就是這樣來的。

明白以上的道理，就可以回頭來讀〈東門之楊〉這首詩了。

此詩兩章，每章四句，形式複疊。據《毛傳》所言，前二句是「興」，「言男女失時，不逮秋冬」；後二句則寫「期而不至也」，顯然是用賦筆。

按照《毛傳》的說法，兩章前二句以東門之楊，其葉「牂牂」、「肺肺」來起興。牂牂、肺肺都是「盛貌」，就是茂盛的樣子。有人從聲韻的角度去解釋「牂」與「強」、「肺」與「沛」的關係，亦可參考。但光是這樣注解，一般讀者是不懂的，《鄭箋》因此進一步解釋：「楊葉牂牂，三月中也。興者，喻時晚也，失仲春之月。」意思是說，仲春二月，楊葉初生，正是《周禮》所謂「令會男女」之時。《周禮・地官・媒氏》云：「男三十而娶，女二十而嫁」，又云：「中春之月，令會男女。於是時也，奔者不禁。」可見仲春二月，正是男女幽會的好時節。《鄭箋》既然說楊葉牂牂、肺肺，是「三月中」的景象，那也就是說：已經過了男女幽會、奔者不禁的最佳時節了。《毛傳》所謂「男女失時」，應該就是這個意思。古人以秋冬爲婚娶正時，〈邶風・匏有苦葉〉云：「士如歸妻，迨冰未泮。」〈衛風・氓〉云：「秋以爲期」，《毛詩正義》引《荀卿書》云：「霜降逆女，冰泮殺止」，都足以爲證。因此，首二句可以說是借楊葉盛茂，已非初生，轉眼春去夏至，來說明仲春幽會佳期既已過時，秋冬婚娶佳期又還沒到，這也就是〈毛詩序〉所說的「昏姻失時，男女多違」。如果此時還約會，那當然是失禮的行爲。

兩章的第三、四句，都是說本來「昏以爲期」，可是現在時間已晚，眼前早已「明星煌煌」、「明星晢晢」了。晢晢，猶煌煌，都是燦爛閃亮的樣子。「昏以爲期」上文已有解釋，不必贅論。簡而言之，「昏」既是指黃昏，也同時指結婚時的「親迎」。就前者言，原指「人約黃昏後」，以黃昏爲相見之期，可是一直等到星斗滿天，啓明星都已經出現了，卻仍然不見情人的蹤影；就後者言，是說早已定下婚約，到了親迎那一天黃昏，男方去迎娶時，卻發現新娘不見了。《毛詩正義》解釋〈毛詩序〉的「親迎，而女猶有不至者」說，「是終竟不至，非夜深乃至也。」可謂得其要。就前者言，恰如朱熹《詩集傳》所言「男女期會而有負約不至者」，只是關係著個人的感情；就後者言，那就正如〈毛詩序〉所言，反映了「昏姻失時，男女多違」的社會現象，所以說是「刺時」之作。

墓門

鴞

墓門有棘，
斧以斯之。
夫也不良，
國人知之。
知而不已，
誰昔然矣。

墓門有棵酸棗樹，
斧頭用來劈開它。
那個人呀不善良，
全國人都知道他。
知道了卻不制止，
是誰從來如此呀。

墓門有梅，
有鴞萃止。
夫也不良，
歌以訊之。
訊予不顧，
顛倒思予。

墓門有棵酸梅樹，
有貓頭鷹棲息它。
那個人呀不善良，
編歌用來警告他。
咱的警告如不聽，
跌倒就會想起咱。

〈毛詩序〉解題如下：

〈墓門〉，刺陳佗也。陳佗無良師傅，以至於不義，惡加於萬民焉。

說得很明確，詩是爲刺陳佗而作。陳佗，據孔子《春秋》經文及《左傳・桓公五年》的記載：「文公子佗，殺大子免而代之。」可知他是陳文公的兒子，陳桓公的弟弟。他在陳桓公三十八年（即魯桓公五年，當西元前七〇七年），乘兄王病卒時，殺了太子免，自立爲君。是爲陳厲公。陳國因而大亂，國人離散奔亡。後來與陳國有甥舅之國關係的蔡國，爲陳平亂，殺了陳佗。這是春秋時代陳國發生的一件大事。〈毛詩序〉以爲此詩即爲刺陳佗而作。《毛傳》還指出詩中「夫也不良」的「夫」，即指其惡師。但作於陳佗自立爲君之後或桓公尚存之時，則歷來頗爲爭議。

《鄭箋》解釋〈毛詩序〉的「以至於不義」一語，云：「不義者，謂弒君自立。」孔穎達《毛詩正義》申論之曰：「詩者，民之歌詠，必惡加於民，民始怨刺。陳佗未立爲君，則身爲公子，爵止大夫，雖則惡師，非民所恨。今作詩刺之，明是自立之後也。」又曰：「經二章皆是戒佗令去其惡師之辭。」這是主張作於陳佗自立爲君之後。

宋代以後學者揣摩詩中語氣，頗有人不同意前者之說。例如蘇轍《詩集傳》云：「桓公之世，陳人知佗之不臣矣，而桓公不去，以至於亂，是以國人追咎桓公，以爲桓公之智不能及其後，故以〈墓門〉刺焉。」如魏源《詩古微》云：「（佗）每微行淫佚，國人皆知其無行，而桓公不早爲之所。其後佗竟殺嫡篡國，而佗亦以外淫被殺於蔡。詩人早見其微，故刺之。」劉沅《詩經恆解》亦云：「陳佗將為亂，國人知之而莫敢言，詩人以此訊陳桓公。」這是主張作於陳桓公尚存之時。這兩種說法，基本上都還比附歷史，繞在陳佗身上打轉。另外還有一種說法，認為詩與陳佗未必有關。朱熹《詩序辨說》即云：

陳國君臣事無可紀，獨陳佗以亂賊被討，見書於《春秋》，故以無良之詩與之。《序》之作，大體類此，不知其信然否也。

後來在《詩集傳》中更進一步說：「所謂不良之人，亦不知其何所指也。」朱熹的這種說法，審慎客觀，不全然否定，但總予人否定之感，對後世當然有很大影響。但恰如陳子展在《詩經直解》中根據詩句所說「國人知之」，認為：「如此人物，非指陳佗而指誰乎？」雖然他後來在《詩三百解題》中語氣不是很肯定，說：「《詩序》以為『刺陳佗』，大概是的。」畢竟還是同意詩與陳佗有關的說法。

至於詩是作於陳佗自立為君之後，或桓公在世之時，則有待作進一步的認定。

此詩二章，每章六句。如就經文字面求其義理，宋代理學家程頤已經講得非常簡明。《伊川經說》卷三有云：

人情不修治則邪惡生，猶道路不修治則荊棘生，故以興焉。墓門，墓道之門也。有荊棘，則當以斧斤開析之；佗才不善，宜得賢師良傅以道義輔正之。今「夫也不良」，眾皆知之。而不去之，自昔誰如是乎？此追咎自佗幼小不擇師傅致成其惡。「誰昔然矣」，猶云從來誰如是乎？

前章言有棘，言佗之不善。後章言有梅，深咎輔道之使然。梅，美木。雖美木，生墓門荊棘荒蕪之處，則惡鳥萃矣。雖有良心善性，與不善人處，則惡歸矣。「夫也不良」，詩人作詩以告責之。告責之而不我顧，必待顛沛，當思我言。

他對此詩的義理脈絡，講得眞是明白透徹。對於「興」的部分，清代陳奐《詩毛氏傳疏》也同樣有相當精闢的分析：

案：棘、梅喻佗，斧與鴞以喻師傅。一章言墓道之門有棘，維斧可以開析之；以興陳佗之不義，維良師傅乃有以訓教之。二章言墓道門有梅，又有鴞以集止之；以興陳佗之不義，維師傅之不良，又有以交引之。一反喻，一正喻也。

只要讀懂程頤和陳奐的上述析論文字，對此詩的篇章結構，也應該有充分的了解了。下面僅就可以補充說明的部分，略作交代。

首章所說的「墓門」，從《毛傳》開始，一直解作「墓道之門」，到了王質《詩總聞》才據《左傳》鄭國有「墓門」，認爲此「墓門」應該也是陳國都城門之一。到了清代的王引之，在《經義述聞》卷五中引經據典，認爲〈陳風〉中的「衡門」、「墓門」，應該和「東門」一樣，都是城門的名稱。這是値得參考的意見。我們甚至可以推測此一城門所以名爲「墓門」的原因，一定是因爲此一城門外，是通往墓地，比較幽僻，荊棘特多，行人較少，因此詩人藉此以興禮義未洽，缺乏良傅之教。

另外，首章次章的最後兩句：「知而不已，誰昔然矣」、「訊予不顧，顚倒思予」，也往往有不同的解讀。「知而不已」的「知」，承上文，應指「夫也不良，國人知之」兩句。既然國人皆知，由來已久，則如〈毛詩序〉所言，陳佗既乏良傅之教，並非一朝一夕之事，陳桓公焉有不知之理?而且子弟不教，父兄之過，陳桓公於此亦自有失。「訊予不顧，顚倒思予」這兩句，是一種假設、未然之辭，意思是說我編唱詩歌來警告勸誡你，如果你不聽，有朝一日你跌了交，遇到災難才想起我的話，那就後悔莫及了。就因爲這是假設、未然之辭，所以前人解釋此詩，才說它應成於陳佗自立爲君之前，即桓公尚存之時。如果陳佗已經自立爲君，就沒有必要說這種勸誡警告的話了。

歷來解釋此詩的學者，也有人根據《列女傳·陳辯女》和《楚辭·天問》王逸注等資料來立論的。事實上，上述兩種俱屬於魯詩之說。所述故事，簡述如下。

前者說：陳國有個採桑之女，善於言辯。有一天，晉國大夫解居甫出使宋國，路經陳國，遇見她，戲之曰：「女爲我歌，我將舍女。」採桑女就唱了此詩的首章六句。大夫又說：「爲我歌其二。」採桑女貞的又唱了此詩次章六句，唱完之後，卻以貞正之辭說了一段類似訓誡的話。後者也是說解居父（「父」通「甫」）的故事。說解居父應聘出使到吳國去，「過陳之墓門」，經過陳國的墓門，看見一個婦人「負其子」，即背著小孩。解居父不知何故，竟淫心大發，「欲與之淫泆，聘其情欲」。婦人立即「引詩刺之」，蓋引了此詩的「墓門有棘」、「有鴞萃止」等句。意思是「墓門有棘，雖無人，棘上猶有鴞，女（即汝）獨不媿也？」

這兩個故事，雖然都引用了〈墓門〉這首詩的詩句，但讀者千萬不要據此認爲此詩是陳國採桑辯女或陳國「負其子」的婦人所作。前者引文中，既然晉大夫又說：「爲我歌其二」，顯然他早已熟習此詩，而且知道詩有二章，否則不會說「爲我歌其二。」後者引文中，也顯然可以見到婦人「引詩刺之」的字眼，既然說是「引詩刺之」，則非其自作，亦不辯而明。三家詩之引詩，多推衍詩義，不可呆看。

不過，也由於有這兩個例子，讓我們今日之讀者，可以知道春秋時代，陳國淫佚成風，否則外國大夫經過陳國時，豈敢隨便調戲採桑之女，甚至想與婦人「騁其情欲」呢？而且，藉此也讓我們知道了一個事實：〈墓門〉這首詩早已成為陳國「國人知之」的流行歌謠，所以採桑之女或負子的婦人才都能隨口歌之引之。

防有鵲巢

綬草

防有鵲巢，
邛有旨苕。
誰侜予美，
心焉忉忉。

堤防上有喜鵲巢，
山丘上有好苕草。
誰在欺騙我愛人，
內心裡如此煩惱。

中唐有甓，
邛有旨鷊。
誰侜予美，
心焉惕惕。

庭中步道有磚瓦，
山丘上有好綬草。
誰在欺騙我愛人，
內心裡如此憂勞。

〈毛詩序〉解題如下：

〈防有鵲巢〉，憂讒賊也。宣公多信讒，君子憂懼焉。

陳宣公名杵臼，是陳桓公的兒子，陳莊公的弟弟。陳厲公(即上文之陳佗)殺桓公太子免，自立為君之後六年，即西元前七〇〇年八月因淫亂被殺，桓公的另外兩個兒子利公躍、莊公林，相繼即位，但爲時都不長。到了西元前六九三年十月，莊公卒，乃由宣公繼位。宣公在位四十五年，時間頗長，卻沒有什麼建樹，主要的原因，就是由於他喜歡聽信讒言。據《史記‧陳世家》云：「宣公後有嬖姬生子款，欲立之，乃殺其太子御寇。御寇素愛厲公子完，完懼禍及己，乃奔齊。」王質《詩總聞》即據此以爲陳宣公「多信讒」之證。看起來，《史記‧陳世家》所記載的宣公因嬖姬進讒殺太子禦寇之事，眞的與晉國驪姬進讒亂晉，太子申生被殺之事，頗爲類似，所以說陳宣公喜歡聽信讒言，應該是可以採信的。

〈毛詩序〉說此詩即宣公時君子憂讒畏譏之作。據王先謙的《詩三家義集疏》，今文學派三家詩，當無異義。

不過，從宋代朱熹以男女之情解釋此詩之後，後人信從其說的，大有人在。朱熹《詩集傳》是這樣說的：「此男女之有私，而憂或間之之辭。」顯然他將「誰侜予美」的「予美」，解爲男女之私。而且，在他之前，「心焉惕惕」一句的「惕惕」，魯詩解作「愛也」，韓詩解作「說(悅)人也」，愛、悅這兩個常涉及男女之私的語詞，也都似乎可以用來支持他的見解。所以像魏源的《詩古微》也主張此詩「爲刺男女之詞，明非憂讒賊之詩。」

其實「予美」的「美」，不一定非指女性不可，而「惕惕」之解釋爲「愛」或「說人」，也未必即指男女之間的感情。胡承珙《毛詩後箋》就說：

《韓詩》以爲說人者，蓋因「予美」而云然，說其人，故憂其被讒，然不必爲男女之離間。

孟子云：「爲我作君臣相說之樂」，又曰：「說賢不能舉」，是君臣亦可言「說」，不必定屬男女也。

這是說：「說(即悅)」和「愛」一樣，不一定要囿限於男女之間的感情，即使是君臣朋友之間的相得相知之樂，也都可以用來形容的。因此，〈防有鵲巢〉的後面兩句，「誰侜予美」的「予美」，即我所喜歡的人，本來也可以指君王，全句意思是：誰在欺騙我們所敬愛的君王。就因爲擔心我們所敬愛的君王被騙了，所以內心才會「忉忉」「惕惕」。〈毛詩序〉應該是採用這樣的觀點來立論的，《毛傳》、《鄭箋》、《孔疏》也應該是站在同樣的觀點來訓解的，可是，《毛傳》、《鄭箋》和《孔疏》的解釋，卻留給了讀者一些難以解決的問題。

《毛傳》說：「防，邑也。邛，丘也。」並且說此詩以「防有鵲巢」發端，是「興也」。《鄭箋》因此申述道：「防之有鵲巢，邛之有美苕，處勢自然。興者，喻宣公信多言之人，故致此讒人。」孔穎達的《毛詩正義》更作進一步的闡述：

言防邑之中，有鵲鳥之巢；邛丘之上，有美苕之草，處勢自然。以興宣公之朝，有讒言之人，亦處勢自然。何則？防多樹木，故鵲鳥往巢焉；邛丘地美，故旨苕生焉。以言宣公信讒，故讒人集焉。

這些話中至少有兩個問題，會引起後人的討論：一是「防」和「邛」究竟是不是陳國的邑名和丘名，一是所謂「處勢自然」，該作何解。

從《毛傳》到《孔疏》，「防邑」和「邛丘」應是指專有的地理名詞。惠棟《九經古義》據《後漢書》注引《博物志》即云：「邛地在陳國陳縣北，防亭在焉。」陳奐《詩毛氏傳疏》說得更清楚：

防邑、邛丘，陳邑丘之名。《續漢書·郡國志》「陳國陳縣」，劉昭注引《博物記》曰：「邛地在縣北，防亭在焉。」然於古未聞也。

雖然肯定了防邑和邛丘是陳國的地名，但最後一句「然於古未聞也」，卻又似否定了《博物記》的說法。

鍾麐《易書詩禮四經正字考》對此有一番話值得我們注意。他說：「邛」和「卭」在古代傳抄時，字體常常混用，像《說文·邑部》云：「邛，邛成，濟陰縣。」隸書「邛」即變作「卭」。同時他又說：

《釋文》本作「邛」，云：「其恭反，丘也。」

可見「邛」也可寫成「卭」。它原是小土丘的意思。有時候某個地方的小土丘，被拿來作專有名詞用，並不奇怪。從上文〈墓門〉等篇，可知陳國都城北爲墓門，附近爲墓葬之地，其爲土丘必也無疑。因此，《毛傳》以迄《孔疏》一方面訓「邛」爲「丘」，一方面又指出陳國有此一「邛」，其實都不算錯。同樣的道理，「防」，照一般的解釋，就是堤防的意思。程頤《伊川經說》說的「起土爲防壟」，朱熹《詩集傳》說的「人所築以捍水者」，即指此而言。從上文〈東門之池〉等篇，我們也可以知道，陳國都城有池有水，河水縈繞，通往他地，水邊「起土爲防壟」，堤防上栽些樹木，也是自然而然之事。因此，《毛傳》以迄《孔疏》，一方面訓「防」爲「邑」，一方面又指出陳國有此一「防」，前者是泛稱，後者是專稱，其實也沒有矛盾。

至於《鄭箋》和《孔疏》所謂「處勢自然」的問題，那是解釋《毛傳》的「興也」一詞，用來解釋經文中前兩句的起興作用。按照他們的說法，堤防上種植了樹木，叢林蔽翳，則喜鵲自然來巢，山丘上土地高闊，苕生美草，自然會蔓延牽連，這些都是「處勢自然」，作者藉此來比喻宣公位高權大，一些善於阿諛、曲意奉承的小人，自然會紛沓群集而至，這些也都是「處勢自然」。這樣講解，應該是說得通的，但是第一章說得通，第二章的「中唐有甓」卻不好解。歐陽修的《詩本義》就這樣說：「至於中唐有甓，則無所解，蓋其理不通，不能爲說也。」

歐陽修《詩本義》以爲「讒言惑人，非一言一日之致，必由累積而成。」他是以「漸積累成」來解釋各句的，防之有鵲巢，固漸積累成，「中唐有甓，非一甓也，亦以積累而成。」不過，他卻似乎把「邛」視同「卭」，意思即「我」，因此把「邛有旨苕」解作「如苕繞蔓引牽連，將及我也」。如此講法，與其他有起興作用的句子不相類，因此，胡承珙《毛詩後箋》力斥之，曰：「以邛爲卭，訓我，尤非。」

與歐陽修同時稍後的范處義，他在《(逸齋)詩補傳》中，有另一種說法。歐陽修是疑古派，敢於懷疑，勇於創新；范處義則是傳統派，大致以〈詩序〉爲據，兼取諸家之長，並且能揆之情性，參之物理。他對此詩的說法如下：

> 鵲，必以大木爲巢。爲防以止水，必無大木，安有鵲巢？陵苕，生於下濕；邛，高仰之地，必無潤澤，安有美苕？中唐，在堂塗之間，人朝夕所掃除，必無瓴甓；旨鷊，綬草也，與陵苕性相類，亦邛之所必無。而讒者皆以爲有，彼好聽者遽信之，何哉！

范逸齋的說法，簡明中肯，後人如馬瑞辰等，都採信之，我也以爲比較合乎情理。

古人在河邊堆土成丘，築堤防以防洪水。堤防上雖可栽種樹木，但和一向喜歡築巢於高大喬木上的喜鵲是不相宜的。苕，又名苕饒、紫雲英，一向生於下濕之地，因此與山丘也不相宜。鷊也一樣，它又名綬草、海珠草，一向長在田草濕潤之地，不可能生於山丘上。至於甓，毛傳訓爲「瓴甋」，就是瓦片磚塊之類，同樣不可能出現於日常有人經過或掃除的庭除道路之中。不管把「中唐」解釋爲廟中的道路或庭中的道路都一樣。這些不應該出現於堤防上的鵲巢，山丘上的苕饒和綬草，以及不應該出現於步道中的瓦礫，一旦都出現了，那就是表示說話的人無中生有，歪曲事實。這也就是〈詩序〉中所說的「讒賊」之人。方玉潤《詩經原始》有云：「鵲本巢木，而今則曰防有鵲巢矣；苕生下濕，而今則曰邛有旨苕矣」，「中唐非甓瓴之所，高丘豈旨鷊所生？人皆可以僞造而爲謠。」斯言得之！

這首詩共兩章，每章四句。前兩句說的，就是以上所說的道理。它們是詩人藉物起興，來引出後兩句「君子憂懼」的本意。「予美」是我所喜歡的人，也就是容易聽信讒言的人。不管是否指陳宣公，都講得通的。越喜歡他，就越擔心他受欺騙，也因此難免心中「忉忉」「惕惕」了。

月出

月出皎兮，
佼人僚兮。
舒窈糾兮，
勞心悄兮。

月出皓兮，
佼人懰兮。
舒懮受兮，
勞心慅兮。

月出照兮，
佼人燎兮。
舒夭紹兮，
勞心慘兮。

月光出來閃耀喲，
姣麗人兒俊俏喲。
舒展窈窕形貌喲，
惹人內心煩惱喲。

月光出來潔白喲，
姣麗人兒可愛喲。
舒展憂愁情態喲，
惹人內心憐愛喲。

月光出來普照喲，
姣麗人兒美好喲。
舒展妖嬌容貌喲，
惹人內心焦躁喲。

〈毛詩序〉解題如下：

〈月出〉，刺好色也。在位不好德而說美色焉。

據王先謙《詩三家義集疏》說，三家無異義。從經文詩句看，寫的就是「說美色」，喜歡容貌姝麗。喜歡容貌姝麗的人兒，是人之常情，如果容貌姝麗，而又品德賢淑，那就是品貌雙全，值得人人讚美。如果只是容貌美、色藝佳，而不注重內在品德的修養，那麼，古人以爲親近這樣的人，只是取其貌而已，容易迷惑心志而荒廢正事。經文中用「佼人」來稱呼這個「美色」之人，用「僚」、「劉」、「燎」來形容其容光之明麗，用「窈糾」、「懮受」、「夭紹」來描寫其曲線體態的宛轉之美，最後用「勞心」之「悄」、「慅」、「慘」，來說明悅其美色者心中之焦躁不安，在在說明了這位「佼人」固然容貌姝麗，卻無德性可言。因此，說詩者爲了寓勸戒之意，就說是「刺好色」了。〈毛詩序〉所謂「在位不好德而說美色」，並未說明是哪一位「在位」者，大概是認爲這是陳國普遍的社會風氣。有人說是作於陳宣公之世，應該是從上篇說是刺宣公去推測的。

朱熹不願意比附史實，主張「依文求義」，所以《詩序辨說》云：「此不得爲刺詩。」《詩集傳》也說：「此亦男女相悅而相念之辭」。如果僅從經文字面看，此篇內容的確如朱熹所言，只是「男女相悅而相念之辭」而已。這也符合朱熹〈國風〉多出於里巷歌謠、「乃是男女相與詠歌，各言其情」的一貫主張。

不過，如果像朱熹那樣主張「依文求義」，根據詩句直尋本義，那麼，朱熹的說法也有商榷的餘地。他說的「此亦男女相悅而相念之辭」這句話，馬上就出現兩個問題：一是從何得知這是「男女」相悅而相念，二是從何確定這是「相悅而相念」，而不是單戀之辭。

從詩中的「佼人」到下文對體態容貌的描寫，就一般而論，當然會理解所描寫的對象，是容貌姣好的女子。但是，「佼」、「姣」在古代，其實也可以用來形容男人的。例如《荀子．非相篇》就說過：「古者桀、紂長巨姣美」，夏桀、商紂都是歷史上著名的暴君，說他們「長巨」，長得高大，一點不奇怪，但古書卻也用「姣美」來形容他們，可見「姣」、「佼」，不一定非專屬美女不可。這是第一個問題。至於第二個問題，比較容易解釋。所謂「相悅」「相念」，或者一般人所說的「相思」，那是指兩者雙方之間的事。我想你，你也想我，這固然是「相」思，但即使是一方單戀，另一方不知道或不接受，古人仍然稱之爲「單相思」，因爲這還是兩者雙方的事。朱熹《詩集傳》解釋此詩首章是這樣說的：

月出則皎然矣，佼人則僚然矣。安得見之而舒窈糾之情乎？是以爲之勞心而悄然也。

把「舒窈糾兮」解作「安得見之而舒窈糾之情乎？」可見他說的應是男方在害「單相思」。

由此可知，「依文求義」，據詩句字面直尋本義，很容易各說各話，莫衷一是。像這首詩，在朱熹之後，就有不少新說歧解出現。例如僞託明人豐坊的《詩說》，就說此爲「朋友相期不至而作」；清代劉沅的《詩經恆解》，就說此乃憂「不得見」君子之辭。牟庭的《詩切》，更是一空依傍，說「此詩詠中秋月也。」像這樣的拋棄舊說來臆解《詩經》的態度，相信大家都會認爲不可取，也不可據。

不過，「依文求義」，不只上述不理會史實者有其流弊，有時候過於比附史實，也同樣有其流弊。前者之失在空疏，後者之失在穿鑿。例如此詩各章的第三句，開頭都有個「舒」字，宋代以後的說詩者，有的就據以指實，說是指「夏徵舒」而言。夏徵舒是陳大夫御叔和夏姬的兒子，他知道母親夏姬與陳靈公有私，有意殺害陳靈公，詳見下篇〈株林〉一篇。此不贅述。有人就把此詩和夏徵舒聯想在一起，甚至以爲詩中的「舒」字，即指夏徵舒而言。明代朱謀㙔的《詩故》、何楷的《詩經世本古義》，都是這樣主張的。清代魏源的《詩古微》說得更明白：「〈月出〉，刺靈公淫夏姬也。舒，征舒也。詩人知徵舒之懟而危之也，故列〈株林〉之前。」事實上，這種講法核諸詩句，是講不通的。夏徵舒何「窈糾」「懮受」「夭紹」之有？

有人說此篇作於陳宣公之世，當周莊王、周釐王之時，那是受了上篇〈防有鵲巢〉詩序的影響。同樣的，有人說此篇作於陳靈公之世，當周匡王、周定王之時，那也是受了下篇〈株林〉說是刺靈公的影響。與其比上附下，不如還是採信〈毛詩序〉由來已久的說法。

此詩共三章，每章四句，這是〈國風〉中常見的形式。而三章之中的字句，採用了複沓的手法，只換了幾個不同的詞彙，就鮮活地呈現了月下美人的情狀，可謂極要眇流麗之妙。尤其是在用韻及句法方面，更是拗峭出奇。姚際恆的《詩經通論》就這樣分析說：

似方言之聱牙，又似亂辭之急促，尤妙在三章一韻。此眞風之變體，愈出愈奇者。每章四句，又全在第三句使前後句法不排。蓋前後三句皆上二字雙，下一字單；第三句上一字單，下二字雙也。後世作律詩，欲求精妙，全講此法。

姚際恆的分析，說得眞好。方玉潤的《詩經原始》，也有類似的說法。事實上，除了上述的優點之外，此詩之遣詞用字，還運用了雙聲疊韻的技巧。順著讀，從第一章的「皎」「僚」「窈糾」「悄」以下，是一個韻；即使橫著讀，把三章各句按順序比對，「皎」「皓」「照」、「僚」「懰」「燎」、「窈糾」「懮受」「夭紹」、「悄」「慅」「慘(懆)」，也都是聲母相同的雙聲，或韻母相同的疊韻。後來的舊詩詞中，這種技巧常被詩人詞家用來製造聯緜不已的聲韻效果。王國維的《人間詞話》就曾說過：「蕩漾處多用疊韻，促節處用雙聲，則其鏗鏘可誦，必有過於前人者。」我們可以說，在這方面，《詩經・國風》如〈月出〉這一篇，早已開其先河。

爲了寫出月下美人的形容體態之美，作者用了上述許多雙聲疊韻的聯緜字，這些聯緜字往往同義而異辭，要加以區分譯解，有時候非常困難。例如「皎」「皓」「照」，都是形容「月光」，但說月亮的光芒「皎」，或「皓」，或「照」，除了形容它潔白之外，要嚴加區別，就頗有詞窮之感。依據〈國風〉中常見的層遞修辭手法，我們或可理解爲：「皎」指月光的閃耀，「皓」同「皓」，指月光有如日光，潔白異常，是比「皎」進一步的形容；「照」，則不只是閃耀、皓潔，而是無所不在的普照。

同樣的道理，「僚」「懰」「燎」都是「好」的意思，都是形容「佼人」的姣美。但「尞」這個字，按甲骨文和金文的寫法，它原是架柴焚燒的樣子，《說文》也說是「柴祭天也」，意思就是焚柴祭天。這樣說來，這位「佼人」，好像是巫覡之流了。此與陳國「好祭祀，用史巫」的風俗，深相契合，而且與第三章的「燎」，也前後呼應。「劉」，原是砍殺之意，亦當與砍柴供祭有關。「尞」加人旁或火旁，「劉」加人旁或心旁，都只是易其字而不易其義。上句說月光皎潔照耀，此句說佼人焚柴祭天，火星飛揚，同樣有閃耀明亮之意。「僚」「懰」「燎」三字，不過是形容層次之不同而已。前人把這三個字都釋之爲「好」，甚至有人以爲「懰」應該作「嬼」解，意思是「妖」。

「舒窈糾兮」的「舒」，《毛傳》云：「遲也」，也就是慢慢、緩緩的意思。「佼人」不只有姣麗的容貌，而且動作儀態也非常迷人。「窈糾」猶「窈窕」，是「舒」之動作的形容。《毛傳》即云：「窈糾，舒之姿也。」一舉一動都那樣舒緩、輕盈，展現了窈窕宛轉的姿態。第二章的「懮受」，第三章的「夭紹」，易其辭而音義相近。胡承珙《毛詩後箋》說「窈糾」如同〈洛神賦〉所謂「矯如游龍」；「懮受」如同〈梁冀傳〉所謂「愁眉啼裝」、「善爲妖態」；「夭紹」如同〈西京賦〉所謂「要紹脩態，麗服颺菁。」分別舉例說明了佼人動態顰笑的不同情態。不管是憂是喜的神情，都扣人心弦。

末句的「勞心悄兮」，是說看了月下美人的容貌、儀態和動作之後，爲之沈迷陶醉而意亂心煩。用白話說，就是：害得我內心煩悶不堪。意亂而情迷，這是相思的煩惱。第二章的「慅」，第三章的「慘」(戴震《毛鄭詩考正》云「慘」當係「懆」之譌字)，也應該同樣是這個意思，只是程度上的不同。由煩悶而不安而焦躁，正是寫其迷惑的過程。不敢表白或付諸行動，可能是由於身分的不同，也可能是由於當時社會的規範和限制。

至於有人把全篇解釋爲月下思美人，全係幻想之筆，那是太著重於最後一句所寫的相思之情。把前兩三句當成心所憶念，還是需要曾經有此事實體驗做爲前提的。如何抉擇，端看讀者自己了。

株林

胡為乎株林，　何事到株邑野外，
從夏南？　是爲了去找夏南？
匪適株林，　不是到株邑野外，
從夏南。　是爲了去找夏南。

駕我乘馬，　駕著我四匹駿馬，
說于株野。　歇息在株邑郊野。
乘我乘駒，　乘著我四匹良駒，
朝食于株。　早餐享用在株邑。

〈毛詩序〉解題如下：

〈株林〉，刺靈公也。淫乎夏姬，驅馳而往，朝夕不休息焉。

意思很明顯，這是一首諷刺陳靈公與夏姬淫亂的詩歌。根據《左傳・宣公九年》的記載：

陳靈公與孔寧、儀行父通於夏姬，皆衷其衵服，以戲於朝。

陳靈公名平國，是陳共公的兒子，亦即宣公的曾孫，胡公的十八世孫。周頃王五年（即魯文公十三年，西元前六一四）立，在位十五年。他非常淫亂，竟然與孔寧、儀行父二卿同時和夏姬私通。夏姬是鄭穆公的女兒，嫁與陳國大夫夏御叔爲妻，生了夏徵舒。可是她不守婦道，在丈夫死後，不但與陳靈公有染，而且還私通孔寧、儀行父等人；不但不怕人知，而且還把貼身穿的衵（音昵）服，送給這些不以淫亂爲恥的君臣。陳靈公知道了，也毫不以爲意，還就此事在朝廷上與孔寧、儀行父公然嬉鬧。有位諫官名叫泄冶，犯顏直諫，還被他們殺死了。

這是魯宣公九年《左傳》所記載的事情。到了次年，《左傳》又有下列的記載：

陳靈公與孔寧、儀行父飲酒於夏氏。公謂行父曰：「徵舒似汝。」對曰：「亦似君。」徵舒病之。公出，自其廄射而殺之。二子奔楚。

這是說陳靈公眞不像話，竟然和孔寧、儀行父公然去夏姬住處飲酒作樂。古代女子，在家從父，出嫁從夫，夫死從子，因此在丈夫死後，夏姬當然與兒子夏徵舒一起生活。上述引文「飲酒於夏氏」的「夏氏」，既指繼承祖業的夏徵舒，也可以指夏姬。就因爲這樣，所以陳靈公與儀行父那種謔而穢甚的戲言，夏徵舒才會聽到。此可忍，孰不可忍？夏徵舒氣憤之下，利用靈公乘馬車離開時，從馬廄中用箭射殺了他。陳靈公死了，孔寧、儀行父逃到楚國去。夏徵舒自立為陳侯。

這個故事還有下文。據《左傳》等書的記載，孔寧、儀行父逃到楚國之後，請求楚莊王出兵伐陳，殺了夏徵舒，迎接逃到晉國的太子午回到陳國，是為陳成公。可是，連楚莊王君臣也迷於夏姬的美色，雖然聽從申公巫臣的勸告，把夏姬送與連尹襄老，但襄老死了之後，其子里要卻又與夏姬有染。最奇怪的是，申公巫臣勸別人不要迷戀夏姬，可是他自己對此天生尤物，卻不能忘情，在這時候設計讓夏姬先回鄭國，再設法娶她。最後竟因此無法在楚國立足，與夏姬同奔晉國。這是發生在春秋時代陳、鄭、楚、晉等國之間的一件大事。

從〈株林〉這首詩的語氣看來，它應該著成於陳靈公被殺之前。陳靈公被夏徵舒射殺而死，是在魯宣公十年，即周定王八年，亦即西元前五九九年。因此，這首詩必然成於是年之前。有人以為這是《詩經》三百多篇中最晚的作品，例如鄭玄《詩譜》就說：「孔子錄懿王、夷王時詩，訖於陳靈公淫亂之世，謂之變風變雅。」但也有人不同意，例如陳子展《詩三百解題》就以為〈邶風・燕燕〉成於魯成公(周定王十六年，即西元前五九一年立，周簡王十三年，即西元前五七三年卒)末年，顯然比〈株林〉的著成年代還晚。雖然孰早孰晚，還有待作進一步的論定，但〈株林〉此詩是《詩經》中晚期的作品，殆無爭論。

〈株林〉這首詩諷刺的對象，不但〈毛詩序〉說得明確，今文經派三家詩遺說也無異義。王先謙《詩三家義集疏》所引齊詩之說，例如《易林・巽之蠱》說的：

平國不均，夏氏作亂。
烏號竊發，靈公隕命。

平國，陳靈公名。烏號，弓名。所說正是夏徵舒暗中射殺陳靈公之事。可見對於此詩的主題，今古文派的看法是一致的。

不但如此，連朱熹在《詩序辨說》中也說了「〈陳風〉獨此篇爲有據」的話，而且後來在《詩集傳》中，一再引用《左傳》的記載來解釋詩句。這樣的例子，讀者應該可以信而不疑了。

此詩比較簡短，共二章，每章四句。篇幅雖短，前人卻多加稱讚。元代劉玉汝《詩纘緒》就說：「此詩既得婉曲譏刺之體，尤得作詩省文之法。」清代的陳繼揆，他在《讀風臆補》中說得更清楚：

若疑，若信；似羞，似隱。極得立言之體。
首章兩「株林」，兩「夏南」，轉換七個閒字，將當時車馬簇擁，鄉民聚觀，囁嚅附耳，道旁指摘，無不一一勾出。

姚際恆的《詩經通論》也從章法、句法、字法等方面加以分析：

首章詞急迫，次章承以平緩，章法絕妙。曰「株林」，曰「株野」，曰「株」，三處亦不雷同。「說于株野」、「朝食于株」兩句，字法亦參差。短章無多，能曲盡其妙。

以上的這些分析，都頗得其宜，能言其妙，把詩中之情和言外之意，具體地勾勒出來，真的深獲我心。

恰如上引陳繼揆所言，第一章四句十五個字中，用了兩個「株林」，兩個「夏南」，剩下的七個虛字，看似閒字，卻在一問一答之中，引起讀者無窮的想像。陳靈公未被射殺之前，與孔寧、儀行父同時和夏姬私通。他們彼此知道，卻毫不避諱，公然在朝廷上和夏姬家裡互相戲弄。〈鄘風・牆有茨〉所說的「中冓之言，不可道也。所可道也，言之醜也。」也可以用在這裡。這種君臣聚淫之事，從當時有諫官泄冶犯顏進諫來看，民間老百姓也必然有所耳聞。「胡為乎株林，從夏南？」這是詩人的設問，也是大家的疑問。陳靈公無端端地不在都城之中，老遠跑去「株林」幹什麼呢？株，是陳國的邑名，在今河南省西華縣附近，與陳國都城宛丘有段距離。它是當時夏徵舒的封邑。林，是指城郊之外的地方，它與第二章的「株野」相對成文，但二者實有差別。據《爾雅》云：邑外謂之郊，郊外謂之牧，牧外謂之野，野外謂之林。我們上面讀過的〈邶風・燕燕〉篇，第一章有云：「之子于歸，遠送于野。」第三章有云：「之子于歸，遠送于南。」有人說，「南」同「林」。像姚際恆《詩經通論》就說：「南、林古聲近，字通。」可見「株林」、「株野」都是指株邑城外很遠的地方。「株林」比「株野」還要遠些。陳靈公一國之君，跑到這麼遠的地方幹什麼？

「從夏南」的「夏南」，原指夏徵舒，但此兼指夏姬而言。《毛詩正義》說得好：

> 邑在國外，夏姬在邑，故適邑而從夏姬也。

> 徵舒祖字子夏，故爲夏氏。徵舒字子南，以氏配字，謂之夏南。

> 楚殺徵舒，《左傳》謂之「戮夏南」，是知夏南即徵舒也。

> 實從夏南之母，言從夏南者，婦人夫死從子，夏南爲其家主，故以夏南言之。

古代婦人夫死從子，夏姬在丈夫死後，跟兒子夏南(即夏徵舒)住在一起，夏南是一家之主。現在陳靈公要去找夏姬，按理說，當然要先知會夏徵舒；如果怕別人知曉他去株林的眞正目的，那麼更要說是去株林找夏南談公事了。第一章前二句是問，後二句是答，在這一問一答之中，一正一反，藉大家的疑問和靈公的觝拒之辭，把靈公和夏姬幽會之事，很巧妙的表達出來。有人說兩句「從夏南」後都應有「兮」字，讀起來語氣會更舒緩。

第二章四句，前二句說駕著四匹大馬拉的車，在株邑的牧野下車休息；後二句說乘著四匹駒馬拉的車，到株邑去吃早餐。由前章的「株林」，而「株野」而「株」，那是說明陳靈公所駕乘的馬車，由遠而近，越來越靠近株邑，即夏姬的所在。因爲《毛傳》有云：「大夫乘駒」，駒是五尺以上、六尺以下的馬，爲大夫所乘。因此有人以爲後二句是寫陳靈公在株野休息之後，再改換大夫所乘的馬車去找夏姬，甚至有人主張此係指靈公曾經變裝易冠，以避人耳目。事實上，前二句寫「說于株野」，「說」即「舍」，有休息、投宿之意，可以理解爲夜宿，而後二句寫「朝食于株」，是說早上就趕到夏姬住處，一起用早餐。一「夕」一「朝」，與〈毛詩序〉說陳靈公「淫乎夏姬，驅馳而往，朝夕不休息焉。」是相契合的。爲了要說明他們早也相聚，晚也相聚，這可能才是詩人「變文以協韻」的眞正目的。

澤陂

蒲

彼澤之陂，
有蒲與荷。
有美一人，
傷如之何。
寤寐無為，
涕泗滂沱。

那個池塘的隄岸，
生有蒲草和荷花。
有美麗的一個人，
傷心對他沒辦法。
醒時睡時沒心情，
眼淚鼻涕如雨下。

彼澤之陂，
有蒲與蕑。
有美一人，
碩大且卷。
寤寐無為，
中心悁悁。

那個池塘的隄岸，
生有蒲草和蓮花。
有美麗的一個人，
身材高大又鬈髮。
醒時睡時沒心情，
內心多麼掛念他。

彼澤之陂，

那個池塘的隄岸，

有蒲菡萏。　　生有蒲草和菡萏。
有美一人，　　有美麗的一個人，
碩大且儼。　　身材高大又莊嚴。
寤寐無為，　　醒時睡時沒心情，
輾轉伏枕。　　翻覆抱枕心不安。

〈毛詩序〉解題如下：

〈澤陂〉，刺時也。言靈公君臣淫於其國，男女相說，憂思感傷焉。

據王先謙《詩三家義集疏》云，三家無異義。可見前人舊說，多視此爲刺時之作。陳靈公與孔寧、儀行父等人，同時與夏姬私通，可謂君臣聚淫，帶頭敗壞了社會風氣。陳國民俗一向好巫鬼，多淫祀，本來就風氣欠佳，現在的上位者又寡廉鮮恥，敗壞倫常，自然會對民間戀愛中的男女，起了負面的影響。王禮卿《四家詩恉會歸》有一段話，從「作詩者」與「序詩者」不同的角度來分析這首詩，說得很有道理：

此蓋詩人見靈公君臣共淫，染其民俗，遂致男女聚會，沈於淫泆，別後則憂思感傷，涕泗滂沱，輾轉伏枕。故託男女合離之事，寫其思傷之情，以刺時世之淫亂。是則作詩者之刺也。

亦或相悅之男或女，述其憂樂互念之情，發之於吟詠，序詩者即所作而錄之，於以見時世之淫亂，觀政教之衰亡，題而刺之，則為序詩者之刺矣。

陳靈公君臣聚淫，民間男女相悅，淫佚成風，這是事實，當時的作詩者藉男女之情來刺時世之淫亂，以及采詩序詩者錄此以觀政教之衰亡，都說的合情合理，切中肯綮。朱熹《詩集傳》說：「此詩之旨，與〈月出〉相類。」言下之意，此詩自是「亦男女相悅而相念之辭。」這是從經文詩句去直尋本義，和〈毛詩序〉舊說系統的《毛傳》、《鄭箋》、《孔疏》，從寓勸戒、美教化的觀點去解釋題旨，說法當然有所不同。

從經文詩句看，由澤陂的花草起興，來寫愛慕之意和相思之情，說是男女相悅而相念也好，說是男與男、女與女相悅而相念也好，歷來說詩者都有人主張過。原因是因為詩中的「有美一人」，詩人描述時說是「碩大且卷」、「碩大且儼」，古今一定有很多讀者認為這樣的描寫，非男人莫屬，而詩中的第一人稱主人翁，本來就可男可女。事實上，春秋時代的審美觀念，和後代不盡相同。像〈衛風．碩人〉篇寫莊姜之美，就以「碩人」稱之，說她「碩人其頎」、「碩人敖敖」。可見在當時人們心目中，男性固以碩大爲美，女性也同樣以碩大爲美。因此，要據詩句本身來直尋作者原意，事實上也一樣會見仁見智，各說各話。如果透過這個層面，願意從歷史背景或文獻資料中，去尋求詩句字面以外的言外之意，那麼，長久以來代代相傳的〈詩序〉，也自然有其參考的意義了。

陳子展《詩三百解題》曾經這樣說：

究竟這詩語氣是以女言女呢？是以男言女，如《鄭箋》所說呢？或是以女言男，如顧鎮《虞東學詩》所說呢？抑或以男言男，如《毛傳》、陳奐《傳疏》所說呢？

他檢討眾說，最後還是參考了〈毛詩序〉的說法，認爲所謂「刺時」，是「推本詩人言外之意來說的」，而揆諸全詩語氣，則「詩的作者和詩中對象都是婦女」，並且「指實來說，這詩當是夏姬的女奴憫傷夏姬之詞，作在陳靈公、夏徵舒相繼被殺的一段時期。」這種說法是不是想當然耳，能不能夠成立，恐怕還是要看讀者怎麼抉擇。不過，有一點是研究者基本上認定的，〈毛詩序〉不能不參考，也不應該全面廢棄。

此詩共三章，每章六句。形式複疊，基本上單數句文字不變，雙數句則變文以協韻。全篇前興後賦，前二句皆以澤陂之蒲、荷起興，既以蒲、荷並喻男女，又以之說明會聚所在；後面四句是賦，先寫對方形體之美，後寫相思憂傷之情。

第一章先說在那常相聚會的池塘隄岸旁，有蒲草，有荷花。蒲草生在水邊或池沼之中，常與荷花爲伴。蒲的花穗，俗稱蒲棒，有人借指男性；荷花，又名蕑、芙蕖、芙蓉、菡萏、蓮藕，據《爾雅》說：「其莖茄，其葉蕸，其華菡萏，其實蓮，其根藕」，亭立水中，葉如傘蓋，古人借指女性。這裡的蒲草、荷花，既是澤隄水中的實境，也是男性女性的象徵。第二句的「荷」，魯詩作「茄」，指荷的莖部，有人以爲較「荷」爲優，因爲與第二章的「蕑」，第三章的「菡萏」合看，較有層次感。荷應該是總稱。

第三四兩句寫愛慕的對象，「有美一人」，用現在的白話講，當然是指有一個美麗的人，但「有美」這樣的句型是《詩經》常見的，「有美」就是夠美麗、夠漂亮的意思。這個人究竟怎麼樣的美麗漂亮，以致令詩人神魂顛倒、寢食難安呢？第二章說是「碩大且卷」，第三章說是「碩大且儼」，都是形容其身材的高大肥壯，並以「碩大」爲美，可是第一章的第四句，卻作「傷如之何」。按字面講，「如之何」就是「奈他何」，也就是對他無可奈何之意。那麼「傷」該作何解？只能說是爲對方神魂顛倒，雖傷心也無可如何了。「傷」這個字，魯詩、韓詩作「陽」，韓詩另將「如」字作「若」。「若之何」與「如之何」意思一樣，可以不論，但「傷」作「陽」則有進一步探討的必要。《爾雅．釋詁》：「陽，予也。」郭璞注：「今巴濮之人，自呼爲阿陽。」可見古人是有「陽」即第一人稱「我」的說法。照這樣的講法，「陽如之何」就是「我對他莫可奈何」，除了自嘆願受相思之苦以外，似乎眞的別無良策了。我以爲這樣講，仍然不能與第二三兩章描寫形體之美的「碩大且卷」、「碩大且儼」相呼應。我一直以爲《鄭箋》釋「傷」爲「思也」，言相思之苦，是講得通的，所以我的白話譯文直譯爲「傷心」，但我仍然以爲「陽如之何」，如果把「陽」當成陽剛開朗之類的解釋，與後面的「碩大」更能前後對應。

第三四兩句寫對方形體之美，是〈毛詩序〉中所說的「男女相說」，第五六兩句寫相思的殷切，則是〈毛詩序〉中所說的「憂思感傷」。兩情相悅，見面時固然如膠似漆，歡樂無限，但分別之後，則往往不能忍受片刻的分隔之苦。愈愛對方，就愈恐失去對方。對方形體之美，既能令我沈迷，當然也就容易令他人動心。特別是在一個淫蕩成風的社會，更是如此。一方面愈想愈愛，另一方面卻愈想愈怕。「寤寐無爲」，是說深爲相思所苦，不管是日夜朝夕，不管是醒是睡，都精神恍惚，什麼事也做不成。「涕泗滂沱」是說禁不住相思之苦的折磨，而涕淚俱下。「涕」，原指眼淚，「泗」才是今天大家所說的鼻涕，會傷心到眼淚鼻涕同時流出來，猶如下雨一般，正是要形容相思之苦，憂思之深。

第二、三兩章的字句，既與第一章複疊，相對應的句子，常常是意義不變而文字稍改。第二章的「有蒲有蕳」，蕳，《毛傳》說是「蘭」，《鄭箋》說是：「當作蓮。蓮，芙蕖實也。」就是指根部而言，這裡的蘭、蓮、芙蕖，其實都是荷花的別名。第一章的「荷」，指莖部，第三章的「菡萏」，指荷花的花，與第二章的蕳所指的根部，合起來正是荷花的總稱。

同樣的，第二章的「碩大且卷」，第三章的「碩大且儼」，都是形容「有美一人」的「美」。「卷」、「儼」，舊注都說是美好的樣子。朱子說「卷」是形容「鬢髮之美」，韓詩說「儼」即「嬌」，意思是下巴豐滿。如此美好的對象，無疑的會令人牽腸掛肚，相思不已。如果用今文經「陽如之何」的版本，而且把「陽」解釋陽剛碩大之類的意思，前後更相對應，自不在話下。

至於第二三章的末句：「中心悁悁」、「輾轉伏枕」，說內心悒悒不安，說輾轉反側，翻過來又覆過去，趴在枕頭上，就是不能好好睡覺，那與第一章的「涕泗滂沱」，都是「憂思感傷」極言相思之苦的不同形容。「中心悁悁」是說明的性質，「涕泗滂沱」與「輾轉伏枕」則是具象的描寫。

檜風

檜，一作「鄶」(見《左傳》、《國語》)，又作「會」(見《漢書．地理志》)，是春秋時代的一個子男爵位的小國。相傳其君妘(一作邧)姓，是遠古祝融的後裔。周朝開國後，分封諸侯，檜的封地在今河南密縣的東北一帶，是洧水與溱水合流處。

《左傳．襄公二十九年》記述吳公子季札論《詩》，已有「自鄶以下無譏焉」的說法，可見在春秋時代，檜已不被重視。《漢書．地理志》說：「濟洛河潁之間，子男之國號、會為大。恃勢與險，崇侈貪冒。」就因為地勢險峻，易於防守，當「周夷王、厲王之時，檜公不務政事，而好絜衣服，大夫去之。」(見鄭玄《詩譜》)後來在東周初年，為鄭國所滅。滅之者，《史記》說是鄭桓公，《漢書．地理志》說是鄭武公。

〈檜風〉所收詩歌，共四篇。屈翼鵬師《詩經詮釋》云：「鄭因檜地，都於溱洧之間；鄭詩既數言溱洧，此又別出檜詩，明檜詩之別出，非因方域及樂調與鄭詩不同，蓋以其為未被併於鄭以前之詩也。然則檜詩四篇，皆平王東遷以前之作矣。」斯為的論。

羔裘

羔

羔裘逍遙，　穿著羔裘去遊遨，
狐裘以朝。　穿著狐裘來上朝。
豈不爾思，　難道不曾把你想，
勞心忉忉。　憂悶的心眞煩惱。

羔裘翱翔，　穿著羔裘去遊逛，
狐裘在堂。　穿著狐裘在公堂。
豈不爾思，　難道不曾把你想，
我心憂傷。　我的內心眞憂傷。

羔裘如膏，　羔裘閃亮像油膏，
日出有曜。　太陽出來有光耀。
豈不爾思，　難道不曾把你想，
中心是悼。　內心是如此哀悼。

〈毛詩序〉解題如下：

〈羔裘〉，大夫以道去其君也。國小而迫，君不用道，好絜其衣服，逍遙游燕，而不能自強於政治，故作是詩也。

是說檜國地小而勢迫，國君卻喜歡終日衣服光鮮，逍遙遊樂，而不知奮發圖強，所以關心政事的大夫，以道去之。王先謙《詩三家義集疏》也引用了王符的《潛夫論》說：

會，在河、伊之間。其君驕貪嗇儉，滅爵損祿，群臣卑讓，上下不臨。詩人憂之，故作〈羔羊〉，閔其痛悼也。

王符的《潛夫論》，用魯詩之說，齊詩、韓詩雖然未聞，但核之他篇，諒必相近。可見今文派三家詩的看法，和〈毛詩序〉一樣，都以爲此詩寫賢臣見檜君好逸惡勞，諫之不聽，所以勞心悄悄而紛紛離去。但王符《潛夫論》中有幾句話値得我們特別留意：「其君驕貪嗇儉，滅爵損祿」，這是爲君者之大忌。經文詩句中說檜君喜歡「絜其衣服，逍遙遊燕」，這在一般人心目中，實在不算是什麼大毛病，代表魯詩之說的王符《潛夫論》，才從另一個角度，告訴我們關於檜君之爲人是「驕貪嗇儉」。一個平常人「驕貪嗇儉」的話，一定不能成大事；一個統率群臣的國君，如果這樣的刻薄寡恩，那更無法治理國政，「自強於政治」。因此有人以爲經文詩句中所寫，是賢臣不願多斥國君之過，僅借此微小之事諷之而已。像黃櫄《毛詩集解》就這樣說：

> 觀〈羔裘〉一詩，見臣子愛君之心，未嘗一日忘。雖去國矣，而不敢無憂國之念；君雖不明道矣，而不敢言其君之過；託其意於羔裘，而寓其情於憂傷。……檜君之好潔衣服，必有大不可救正者，不止於此。大夫不忍言其君之過，而特曰逍遙遊燕，此其微意也。作〈序〉者謂大夫以道去其君，可謂深於詩矣。

這是說賢臣不願直斥檜君之非，僅就其好鮮麗衣服、逍遙遊樂之事，點到為止。「託其意於羔裘，而寓其情於憂傷。」孔穎達《毛詩正義》於此特別引用《禮記・曲禮》所說的「為人臣之禮，不顯諫。三諫不聽，則去之。」來說明臣子的「以道去其君」之道。《鄭箋》曾云：「三諫不從，待放於郊，得玦乃去。」臣子見君王有過失，進諫幾次之後，如果發現君王不聽，就可以離去。但古人仍然有所謂「待放之禮」，就是去國出郊之後，仍須等待君王作進一步的指示，如果君王「賜之環則還，賜之玦則往。」賜環就表示君王回心轉意，要他回朝；如果君王派來的人賜給他玦，就表示君王真的不再要他，他要離開，可以離開了。這就是所謂賢臣去國之道。〈毛詩序〉說的「大夫以道去其君也」，即指此而言。〈羔裘〉一詩各章的最後兩句，都表示對國無政令，憂心忡忡，對國君似乎尚有冀其悔悟之一念，因此最可能的寫作時間，應該是賢大夫去國前不久。

此詩共三章，每章四句，基本上是複沓疊詠的形式。每章的前兩句，都是寫衣服穿著以及出現的場合。寫的衣服穿著有兩種，一是羔裘，一是狐裘。古人重視衣冠服飾，什麼身分，什麼場合，應該穿什麼樣的衣服，都有一定的規制。羔裘是用羔羊皮製成的裘服，爲大夫所常穿用，〈召南．羔羊〉、〈鄭風．羔裘〉、〈唐風．羔裘〉等篇都曾經出現過。狐裘是用狐狸皮製成的裘服，爲諸侯所常服用，〈小雅．終南〉等篇曾有描述。不過，所謂大夫所常服用、諸侯所常服用，並不是指這些服裝只有什麼身分的人才能穿，它還要看出現在什麼樣的場合，以及搭配什麼樣的服飾。陳奐《詩毛氏傳疏》有云：

諸侯朝服、燕居、燕飲，皆用羔裘。今遊燕而羔裘，是其好絜衣服也。諸侯在天子朝，衣狐裘白；在祭，衣狐裘青，皆禮裘也。……此狐取厚者，所謂褻裘也。此以褻裘適朝，是其不能自強於政治也。

馬瑞辰的《毛詩傳箋通釋》也說：

古者狐裘之用不一。〈玉藻〉：「君衣狐白裘，錦衣以裼之」，諸侯朝天子之服也。「狐裘，黃衣以裼之」，大蜡而息民之服也。……詩言「羔裘逍遙」者，謂其以朝服燕，是好絜其衣服，逍遙游燕也。言狐裘以朝者，謂其以燕服朝，以見其不能自強於政治也。

這些說法都是在說明羔裘基本上是朝服，狐裘基本上是祭服，但在不同的場合，它搭配了不同的服飾，它就有不同的作用。像狐裘基本上是諸侯之服，但裼之以錦衣，就是朝見天子之服；裼之以黃衣，就是大蜡冬祭時所穿的禮服。而羔裘固爲大夫之所常服用，但諸侯在「朝服、燕居、燕飲」時也都可以穿用。因此有人主張羔裘必爲大夫之服，而狐裘必爲諸侯之服，不完全對，是値得商榷的。

事實上，陳奐、馬瑞辰的解釋，是推闡《毛傳》、《鄭箋》而來的。《毛傳》解釋首章四句說：「羔裘以遊燕，狐裘以適朝。」「國無政令，使我心勞。」意思就是檜君穿著上朝的羔裘去閒逛、去遊樂，穿著祭服上朝會、到公堂，是荒廢禮教，怠忽政事，所以令人煩憂。《鄭箋》說得更清楚：「諸侯之朝服，緇衣羔裘；大蜡而息民，則有黃衣狐裘。今以朝服燕，祭服朝，是其好絜衣服也。先言燕，後言朝，見君之志不能自強於政治。」朝會和祭祀，是國之大事，衣服不可穿錯，檜君不理會這些，一味遊樂任性，待人卻又「驕貪嗇儉」，自然令人憂心其政事之不治了。

第一章和第二章的第一句，是應該合看的。「逍遙」和「翺翔」同義，都是說檜君穿著上朝會公堂的羔裘去遊樂讌飮。孔穎達《毛詩正義》云：「逍遙、翺翔，是游戲燕樂，故言燕耳，非謂行燕禮，與群臣燕也。」這是提醒讀者要知道〈毛詩序〉所說的「逍遙遊燕」的「燕」，是指讌飮遊樂，而不是去參加燕禮。檜君穿著羔裘參加燕禮，不成問題，但穿著羔裘去遊樂，當然不適宜。

第一章和第二章的第二句，也應該合看。「以朝」和「在堂」同義，都是指朝會、公堂的所在，是國君視朝聽政的地方。詩人說檜君穿著參加祭禮時所用的狐裘赴朝會、上公堂，當然也不適宜。

上述二句寫檜君穿著羔裘不是因公辦事，而是去遊樂，而且還逍遙自在，流連不已；穿著狐裘不是去參加冬天十二月舉行的蜡祭，而是去開朝會、上公堂。本來開朝會、上公堂，只要穿羔裘就可以了，他卻偏偏慎重其事似地穿上狐裘。《毛詩正義》即云：「人君日出視朝，乃退適路寢，以聽大夫所治之政，二者於禮，同服羔裘。」可見檜君早上去參加朝會，會後到路門內寢堂去聽大夫報告政務，都應該穿羔裘才對，可是他卻隆重的穿上祭禮用的狐裘。

第三章的開頭二句，寫羔裘在日光映照之下，閃閃發亮，既寫其華美，亦寫其遊樂無度。

詩人這樣寫，當然有其用意，所謂見微而知著。蘇轍《詩集傳》有云：「檜君好盛服，然而非大惡也。而大夫以是去之，何哉？蓋諱其大而以微罪行，大夫之羔裘，則孔子之燔肉也歟，此所謂以道去其君也。」方玉潤的《詩經原始》也說：「此必國勢將危，其君不知，猶以寶貨爲奇，終日遊宴，邊幅是修，臣下憂之，諫而不聽，夫然後去。」關於這些，上文已有說明，此不贅述。

也就因爲這樣，此詩前後三章的最後兩句，詩人都再三表示思君憂國的心情。「豈不爾思」，表示忠君之意，「勞心忉忉」、「我心憂傷」、「中心是悼」，在同樣表達憂傷之餘，語氣卻逐步加深，說明了諫之不聽，自己將以道去之。

姜炳璋的《詩序補義》曾經引用《國語》、《左傳》等文獻資料，說鄭桓公曾向史伯請教，周王室衰微，諸侯漸相吞併，他該知何自處。史伯這樣回答他：「虢叔恃勢，檜仲恃險，而加之以貪冒。」可見檜地形勢險要，檜君因而有驕慢之心，而且鄭桓公之時，即周幽王之世，檜國之君名檜仲者，還特別貪冒無禮，也因此有人寫了這首詩來諷諫。

素冠

庶見素冠兮，　希望見到白帽呀，
棘人欒欒兮。　瘦的人好枯乾呀。
勞心慱慱兮。　惹人想念不安呀。

庶見素衣兮，　希望見到白衫呀，
我心傷悲兮。　我的心裡悲傷呀。
聊與子同歸兮。　但願與您同往呀。

庶見素韠兮，　想見到白蔽膝呀，
我心蘊結兮。　我的心裡鬱積呀。
聊與子如一兮。　但願與您一體呀。

〈毛詩序〉的解題只有一句話：

〈素冠〉，刺不能三年也。

所謂「不能三年」，應指不能爲父母守三年之喪。《鄭箋》就這樣說：「喪禮：子爲父，父卒爲母，皆三年。時人恩薄禮廢，不能行也。」孔穎達《毛詩正義》說得更周延：

> 喪服：子爲父斬衰三年。父卒，爲母齊衰三年。此言不能三年，不言齊、斬之異，故兩舉以充之。
>
> 喪禮：諸侯爲天子，父爲長子，妻爲夫，妾爲君，皆三年。此《箋》獨言父母者，以詩人所責，當責其尊親至極而不能從禮耳，故知主爲父母。父母尚不能三年，其餘亦不能三年可知矣。

斬衰、齊衰，都是喪服的名稱。衰，音催，指喪服的上衣。兒女爲父親穿的喪服叫斬衰，爲母親穿的叫齊衰。它們都用粗麻布製成，前者不緝邊，後者緝邊。按照古禮，父母死，兒女要守喪三年，後來推而廣之，甚至有人主張「諸侯爲天子，父爲長子，妻爲夫，妾爲君」，也都要服喪三年。事實上，理想歸理想，眞正能確實做到的不多。〈毛詩序〉以爲〈素冠〉一詩，諷刺的重點在於「不能三年」，雖然沒有明言是爲父母守喪三年，也可以理解爲「諸侯爲天子，父爲長子，妻爲夫，妾爲君」等等，但基本上談三年之喪，還是以兒女爲父母所服爲主，所以歷來說詩者以不能爲父母守喪盡孝來解釋此詩，可謂其來有自，而且其言有據。

今文經學派的說法，據王先謙的《詩三家義集疏》說：「三家無異義」。並且針對陳喬樅的《魯詩遺說考》的不同說法加以駁斥：

或引《魏書・李彪傳》：「周室凌遲，喪禮稍亡。是以要絰即戎，〈素冠〉作刺。」並舉《列女・杞梁妻傳》引《詩》「我心傷悲，聊與子同歸」二句，以爲《魯詩》異義。不知「要絰」、「素冠」二事並引，文不相屬，非可以此溷入戎事。又《列女傳》引《詩》「與子同歸」，以妻殉夫死，斷章取義。此篇專刺短喪，大恉明白，執禮匡時，所繫綦重，尤不當傅會曲說，淆亂正經也。

事實上，如前所述，陳喬樅引用魯詩遺說，來說明〈素冠〉之作，不限於兒女爲父母守喪三年，也不算錯，一樣可以說是「無異義」。

不過，自從清代姚際恆《詩經通論》列舉了十個證據，來反對〈毛詩序〉守三年喪之說以後，頗有些學者紛紛直尋詩意，各立新說。其實，姚際恆所提出來的論證，像「時人不行三年喪，皆然也，非一人事，何必作詩以刺凡眾之人，於情理不近。」「『勞心』和『與子同歸』諸句，必實有其人，非虛想之辭。」等等，都只是質疑，而非確證。他最後所下的結論：

此詩本不知指何事何人，但「勞心」、「傷悲」之詞，「同歸」、「如一」之語，或如諸篇，以爲思君子可，以爲婦人思男亦可，何必泥「素」之一字，遂迂其說以爲「刺不能三年」乎！

這等於沒有結論，只要詩句講得通，怎樣解題都可以。姚際恆的經學造詣，提出這樣的意見，自然有其道理，但對於淺學者而言，卻正好可以利用它來掩飾自己的不學，是有流弊的。

《論語・陽貨》篇有云：「子生三年，然後免於父母之懷。夫三年之喪，天下之通喪也。」孔子的這段話，說明在春秋時代，三年之喪是「天下之通喪」，即使沒有普遍推行，也一定有人這樣實踐過，至少這是一些思想家的理想。寫這首詩的詩人，或者說，想要匡扶禮教的〈毛詩序〉作者，以及重視禮教風化的漢代經學家如鄭玄者，藉此來諷刺當時的人「恩薄禮廢」，不能守三年之喪，是可以理解的。

此詩共三章，每章三句，形式上大致是複疊的。三章的首句，都以「庶見」開頭。「庶」，《毛傳》云：「幸也。」用現在的話講，是表示「希望」的口氣。希望見到什麼呢？第一章說是「素冠」，第二章說是「素衣」，第三章說是「素韠」。合三章而觀之，詩人希望見到的是素冠（白色絲帛或麻布製成的帽子）、素衣（白色熟絹或麻布製成的長衣）、素韠（白色皮製的像圍裙一樣的蔽膝）。光講「素」，即白色或白色的生絹熟麻，不一定與喪事喪禮有關。姚際恆的《詩經通論》，就曾引用《論語》的「素衣麑裘」，《孟子》的「冠素」，《士冠禮》的「主人緇帶素韠」等等，來說明「古人多尚素，不似今人以白爲喪服而忌之，蓋等之爲常服也。」而且他還說：「《喪禮》本無素衣、素韠之文，何必泥素之一字曲爲之云？」意思很明白，他以爲「素冠」、「素衣」、「素韠」的「素」，就是指白色而言，不必與喪服劃上等號。徐灝《通介堂經說》也說：「素韠，大夫之制。皮弁以白鹿皮爲之，則素韠、素冠非喪服，甚明。」而且他還以〈鄭風〉的「有女如荼」爲例，說《毛傳》以爲喪服，亦同此誤。他說「如荼」只是「言其白，言其美」，「非以其喪服也」。可見是有人以爲此詩的「素」，不必與喪服相等的。這樣的講法，自然會像姚際恆一樣，認爲此詩之作，「以爲思君子可，以爲婦人思男亦可」了。

不過，所謂三年之喪，據《禮記・三年問》云：「三年之喪，二十五月而畢」，雖然跨了三個年度，但實際上只有二十五個月就結束了。又據《儀禮・士喪禮》所說的重要時日及儀節，滿了一周年的第十三個月，即可行「小祥」之祭，「服練冠」，也稱「練祭」，就是換穿素色的練治的衣冠，可以喝點酒了；到了滿二周年的第二十五個月，就行「大祥」之祭，除喪服，服朝服縞冠，可以彈琴奏樂，回復平常的生活了。

《毛傳》解釋詩中的「素冠」，說是「練冠」，解釋「素衣」時又說：「素冠，故素衣也。」又在解釋「素韠」時，引用子夏、閔子騫等人三年之喪畢，「援琴而絃」的故事。其用意皆在於，說明此詩確與三年之喪有關。陳奐《詩毛氏傳疏》說：「素冠，白布冠也。十三月爲練(祭)，已練之冠謂之練冠。」「小祥之後，大祥之前，皆練冠。」又說：「小祥大祥皆用麻衣，大祥之麻衣配縞冠，小祥之麻衣配練冠。」其用意也同樣是在闡釋詩中對於「素冠」等等的描述，確與三年之喪有關。

我們讀《詩經》，除非要把流傳久遠的舊說古注一概摒棄，一筆抹殺，否則這種說法也仍然有參考的價值。我一向所抱持的態度，就是「三家詩」只要與《毛詩》沒有異義，其說法即可採信。對於這首詩，當然也是如此。

回到原來的問題上。三章首句說詩人希望見到「素冠」、「素衣」、「素韠」，也就是希望見到大家執行三年之喪的禮儀。由冠而衣而韠，是由上而下，說明所服的喪服。韠，指皮製的蔽膝，圍在腰際，遮蔽下體，這在古代，應是大夫以上的貴族才有的服飾，一般平民不可能有。因此有人說此詩所寫，是大夫階層，本來就是如此，不成問題。至於這些「素冠」、「素衣」等等，是小祥之後所服，或者是大祥之時所服，歷來說法容有不同，但其與三年之喪有關，則無可疑。

各章的第二句，皆詩人自稱。「棘人」，《鄭箋》云：「急於哀慼之人」；「欒欒」，《毛傳》云；「瘠貌」，就是病瘦的樣子。詩人哀傷政衰禮廢，三年之喪不行，也就表示不念父母之恩，國小而迫，君不用道，風俗澆薄如此，所以憂傷成疾。這跟第二章的「我心傷悲兮」，第三章的「我心蘊結兮」，再三強調內心的悲傷鬱結，都可以前後呼應。最後一句，則都是前文的延伸強調。「勞心慱慱兮」，強調詩人的「憂勞」；「聊與子同歸兮」、「聊與子如一兮」，呼應首句，

「聊」，即聊且，但願之意。同樣是表示「希望」的語氣，但有點無可奈何的意味。「同歸」只是同往同在，「如一」則進一步予人融爲一體、長在一起的聯想。

至於此詩每一句的句末，都以「兮」字結尾，使人在吟誦時，增加了舒緩詠嘆的情味，也可以說是它的另一特色。

隰有萇楚

隰有萇楚，　　低濕田地有楊桃，
猗儺其枝。　　婀娜多姿它樹枝。
夭之沃沃，　　嫩枝這樣的光澤，
樂子之無知。　高興您的無相知。

隰有萇楚，　　低濕田地有楊桃，
猗儺其華。　　婀娜多姿它花朵。
夭之沃沃，　　嫩枝這樣的光澤，
樂子之無家。　高興您的無配偶。

隰有萇楚，　　低濕田地有楊桃，
猗儺其實。　　婀娜多姿它果實。
夭之沃沃，　　嫩枝這樣的光澤，
樂子之無室。　高興您的無家室。

〈毛詩序〉解題如下：

〈隰有萇楚〉，疾恣也。國人疾其君之淫恣，而思無情慾者也。

疾恣，就是痛恨放縱淫欲的意思。照〈毛詩序〉的講法，詩人痛恨檜君的恣放無禮，所以藉萇楚來諷刺他。

萇楚，即楊桃，一名銚弋、獼猴桃、羊桃、陽桃等等，是大型的藤本植物，生長在低濕地區。幼枝長滿褐色柔毛；花初爲乳白色，漸變而爲橙黃色，漿果酸甜多汁，有芳香。這種樹木，剛生長時，枝正莖直，但等到長大之後，因爲枝莖柔弱，就會披垂引蔓於草木之上。因此，《鄭箋》說此詩爲：「興者，喻人少而誠愨，其長大無情慾。」意思是萇楚這種樹木初生時正直，長大後也不會放縱，不像檜君那樣恣放無禮。

據王先謙《詩三家義集疏》云：「三家無異義」，還對詩中的「猗儺」一詞，除了說是「枝柔之狀」外，特別引用了胡承珙的《毛詩後箋》，列舉很多漢人辭賦的例子，來說明它與「阿難」、「旖旎」等同義，既可釋爲「美盛」，也可解作「柔順」，近於今日所謂婀娜多姿，而且這樣說：「華實皆附於枝，枝既柔順，則華實亦必從風而靡，雖概稱猗儺不妨。」這對於我們欣賞此詩，大有助益。

朱熹《詩集傳》對於〈隰有萇楚〉一詩，因爲把「樂子之無知」的「子」，說是指萇楚而言，而且說全篇都用賦筆，所以他的解題，與〈毛詩序〉不同。他這樣說：

政煩賦重，人不堪其苦，歎其不如草木之無知而無憂也。

這種說法，宋人已有質疑問難者。像黃震《黃氏日抄》就曾經說：

晦庵《詩傳》以「子」指萇楚，言草木無知也。然下章「樂子之無室」、「樂子之無家」，恐難指萇楚。

他說的有道理。「樂子之無知」的「無知」，還可以說是草木無知，但要說是草木「無室」「無家」，則有點離譜了。因此，後來清代頗有些說詩者，既不服膺漢儒的舊說，也不採用宋儒的新解，例如姚際恆的《詩經通論》和方玉潤的《詩經原始》，就批評朱熹《詩集傳》的「政煩賦重，人不堪其苦」之說，以爲既然如此，「何以怨及室家乎？」「賦重，不必怨及室家也」。因而他們直尋詩意，另立新解。姚際恆認爲「此篇爲遭亂而貧窶、不能贍其妻子之詩。」方玉潤認爲是「傷亂離也」，「此必檜破民逃，自公族子姓以及小民之有室有家者，莫不扶老攜幼，挈妻抱子，相與號泣路歧，故有家不如無家之好、有知不如無知之安也。」都比朱熹的「人不堪其苦」，作了更進一步的闡述。

事實上，以上的這些說法，就其不同者而觀之，固然紛紛擾擾，各有不同，但若就其同者而觀之，則其仍有相通之處。〈毛詩序〉說「國人疾其君之淫恣」，這意味著：如果檜君放縱淫欲，不守禮制，自然容易發生朱熹《詩集傳》所說的「政煩賦重，人不堪其苦」的情形；而所謂「人不堪其苦」，與姚際恆、方玉潤所說的「遭亂而貧窶、不能贍其妻子」、「傷亂離」云云，也立意相近，只是說法稍有不同而已。也因此，詩人才會寫詩來諷刺，來陳怨訴苦。怨的不是妻子，怨的是檜君的淫恣、檜國的政煩賦重；苦的是自己，在國勢不安、遭亂傷離之餘，面對無情的草木兀自繁華如昔，不由自嘆不如草木，更羨慕所興之人沒有家室之累。誠然，《詩經》中興語後的「子」或「之子」，像〈桃夭〉、〈燕燕〉等篇，都是指所興之人，而非指物。但我以為即物即人，所興之人與所寫之物常相混合。所興之人無家無室，甚至無相知之人，在亂世之中，竟然反而成為詩人羨慕的對象。這種厭世的思想、悲觀的色彩，是潛藏在萇楚「猗儺」「沃沃」的枝葉花果背後的。其實，歷來很多所謂《詩經》的不同解讀，也是應該如此理解才對。

至於民國以來，頗有些學者以男女戀歌來解釋這首詩，則是對舊說反動的一時風氣。清人龔橙《詩本誼》是曾以「男女之思」來解釋此篇，但還說得含蓄，民國以來的說詩者，如聞一多《風詩類抄》說是：「幸女之未字人也」，慶幸女方尚未許身於人，高亨《詩經今注》說是：「這是女子對男子表示愛情的短歌」，就說得非常明白。為什麼與舊說差別這麼大，主要的原因，是因為他們覺得詩中瀰漫著喜悅的情調，而沒有什麼愁苦的味道。但也有人反對這種說法，認為「樂子之無知」這一類的語氣，已將詩人的愁懷和盤托出，欣賞詩歌，不應如此呆看文字。

錢鍾書《管錐編》第一冊就這樣說：

此詩意謂：萇楚，無心之物，遂能沃沃茂盛，而人則有身爲患，有待爲煩，形役神勞，唯憂用老，不能常保朱顏青鬢，故睹草木而生羨也。家室之累，於身最切，舉示以概憂生之嗟耳，豈可以「無知」局於俗語所謂「情竇未開」哉？

他並以元結〈壽翁興〉詩的「唯云順所然，忘情學草木」來解釋詩意，以姜夔〈長亭怨〉詞的「樹若有情時，不會得青青如此」，來解釋詩中的「夭之沃沃」。比起同時代的《詩經》學者，顯然他不爲時代風氣所囿。

此詩共三章，每章四句，形式結構是複疊的。每一章的前兩句，都寫楊桃的枝垂葉茂，花繁果實。對楊桃而言，低濕的地方是得地之宜；「猗儺」一詞，上文已經說過，既可解作「柔順」，亦可解作「美盛」，都是形容楊桃繁茂披垂的樣子，由第一章的「其枝」而第二章的「其華」而第三章的「其實」，則是說明楊桃由春天發萌到夏天開花到秋天結果的過程，這是得時之宜。前兩句都是詩人對眼前景物的描述，並藉此以起興。

每一章的後面兩句，是詩人的託意所在。「夭之沃沃」，一方面是總結上文，說明楊桃枝葉的繁盛，一方面是用來反襯詩人的苦悶。

「樂子之無知」、「樂子之無家」、「樂子之無室」，是沈痛語。爲對方的「無知」、「無家」、「無室」而高興，正是爲自己的有知、有家、有室而悲傷。這裡的「知」，有人說是知識、知覺，有人說是同「匹」，即「匹配」或「相知」的情人或朋友。核對下文的「家」「室」，我個人採取「匹配」、「相知」這個說法。一般而言，每一個人都希望有相知的人，都希望有家有室。這樣子，感情才有寄託，家庭才會美滿。然而，這微小的願望，在國君淫縱、政煩賦重的亂世之中，不要說贍養家人，照顧妻子，光是要養活自己都不容易，因此，面對年年依時萌芽、開花、結果的草木，有人不禁「感時花濺淚」了。「樹若有情時，不會得青青如此！」在詞人姜白石充滿感情的投射之下，彷彿這原本沒有感情、沒有知覺的草木，也一時變得有情有知起來。但是，寫〈隰有萇楚〉的詩人，卻覺得萇楚雖然長得繁盛，但畢竟是「無知」、無情之物，自己的苦悶既無法向它傾訴，又覺得自己無法排遣內心的愁苦，因而不由羨慕起那萇楚的無情無知來。詩人越覺得有知心的人，有家有室，心裡的負擔就越沈重。有的事情，有的愁苦，是要自己一個人承受的，不能告訴別人，更不能告訴最親近的家人。這種辛酸和痛苦，詩人對於那些沒有家室之累的人，只借一句「樂子之無知」就含蓄的表達出來。表面上看不出來，背後卻有無限辛酸。

拿這首詩來和前面〈周南．桃夭〉篇比較，在表現藝術上，兩篇都有相同的地方：寫樹木的「夭夭」，既寫其枝葉，亦寫其花實。〈桃夭〉的「灼灼」、「有蕡」、「蓁蓁」，和此篇的「猗儺」、「沃沃」，都一樣有鮮明柔美、繁盛披垂之意，而且，詩人都由它們而聯想到家人妻子。不同的地方是：〈桃夭〉篇寫的是夭夭的桃花，藉其歌頌新嫁女子，宜其「室家」「家室」「家人」，是正面的讚美，而此篇寫的是沃沃的萇楚，藉其描寫亂世男子羨慕他人沒有家室之累，是反面的諷喻。但不管是正面的讚美或反面的諷喻，兩篇都同樣有強烈的感染力量。

匪風

匪風發兮，　不是風在刮著呀，
匪車偈兮。　不是車在跑著呀。
顧瞻周道，　回頭望向大公路，
中心怛兮。　內心多麼苦惱呀。

匪風飄兮，　沒有風在迴旋呀，
匪車嘌兮。　沒有車在奔跑呀。
顧瞻周道，　回頭望向大公路，
中心弔兮。　內心多麼悲悼呀。

誰能亨魚？　有誰懂得烹煮魚？
溉之釜鬵。　清洗牠們在鍋裡。
誰將西歸？　有誰準備向西去？
懷之好音。　請他捎個好消息。

〈毛詩序〉解題如下：

〈匪風〉，思周道也。國小政亂，憂及禍難，而思周道焉。

這是說詩人擔心國小政亂，自己可能遭遇災難，因而懷念以前周朝的王道。《毛傳》云：「下國之亂，周道滅也。」即此之意。據王先謙的《詩三家義集疏》說：「三家無異義」。代表齊詩的《易林》所說的：「棄古追思，失其和節，憂心惙惙。」代表韓詩的《韓詩外傳》所說的：「國無道則飄風厲疾，暴雨折木。……當成周之時，陰陽調，寒暑平，群生遂，萬物寧。」都與〈毛詩序〉一樣有「思古傷今」之意。思古，指顧念周道；傷今，指憂心檜政。甚至代表魯詩的王符《潛夫論》所說的：「冀君先教也」，也應該是這個意思。

唐孔穎達《毛詩正義》對「思周道」一語，說得更清楚：「若使周道明盛，必無喪亡之憂，故思之。」而且還分析章法，說：「上二章言周道之滅，念之而怛傷；下章思得賢人輔周興道，皆是思周道之事。」這是把檜國的存亡和周道的興滅連繫在一起了。

宋儒的說法也大致相同。歐陽修《詩本義》從詩人「思古」的立場說：「思天子治其國政，以安其人民。」朱熹《詩集傳》從詩人「傷今」的立場說：

周室衰微，賢人憂嘆而作此詩。

言常時風發而車偈，則中心怛然。今非風發也，非車偈也，特顧瞻周道而思王室之陵遲，故中心爲之怛然耳。

范處義的《詩補傳》說得更清楚：

周之盛時，衆建諸侯，使小事大，大庇小；有相侵伐者，命方伯連帥以正之。故諸國不失分地，庶民保其生業。今檜，小國也。政亂而民不安其居，惴惴然惟恐大國之呑并，故思周建國親侯之道，而賦是詩。

可見在宋代以前，說詩者多取〈毛詩序〉之說，而各有所申述。周朝盛時，衆建諸侯，小國事奉大國，大國保護小國，本來就是周朝王道的一種表現，《鄭箋》把詩中的「周道」，解釋爲「周之政令也」，很多人不贊成其說，事實上，從王道與政令二者的關係去思考，《鄭箋》說的也自有其道理。

前文說過，檜國在東周初年，爲鄭國所滅，而當周夷王、厲王之時，檜國之君即以不務政事，恣放無禮，爲人所譏，這首詩應該也就著成於同一時期。清代傅恆《詩義折中》就從當時的歷史背景來評述這首詩：

〈匪風〉，思西周也。鄭桓公寄孥於虢、檜之間，武公繼桓公為平王司徒，乃得虢、檜之地而徙封焉。是東遷之初，虢、檜猶在也。檜之君子，睹平王之政令，非復文武之舊，是以中心怛弔而思西歸也。夫其思西歸者，非直為河山之固也，蓋為惠鮮懷保，西周之所以撫其民者，東周不復見矣；禮樂征伐，西周之所以經其世者，東周不復存矣。故慨然興懷，欲以文武之道治之也。

這些說法，其實與〈毛詩序〉大同小異，差別僅在於詩篇的著成時間，是在鄭國滅檜之前，或檜將滅亡之時。文獻不足，這種事只能推測，無法確定。

這首詩，共三章，每章四句。前兩章是複疊而詠的形式。第一章和第二章的前面兩句，都是在形容風在吹，車在跑，風由「發」而「飄」，車由「偈」而「嘌」，都是語氣的加強，層次的累進。發發是形容風的暴疾，「飄」則是迴風旋風的異稱。偈偈是形容車的輕快，「嘌」則是飄搖不安的樣子。開頭的這兩句，都是說風太暴疾，車太輕快，有風車失常、不知節度之意。歷來的注解大致如此，沒有什麼不同。但句首「匪風」、「匪車」的「匪」，該作「非」、「不」講，或該作「彼」講，從清代開始，卻有很大的不同。

《毛傳》云：「發發飄風，非有道之風；偈偈疾趨，非有道之車。」可見《毛傳》是把「匪」解釋爲「非」，即「不是」、「沒有」之類的意思。上述朱熹的《詩集傳》，除了說明篇旨是「周室衰微，賢人憂嘆而作」之外，還說：「今非風發也，非車偈也」，顯然也把「匪」解作「非」。另外，宋人像王質在《詩總聞》中，也是這樣說的：

非風飄忽使我不安也，非車馳疾使我不安也，但顧趨周之路而傷心爾。

這都是把「匪」解作「非」的例子。按照這樣的解釋，前兩句的意思應該是：不是沒有風在刮著呀，只是它刮得太兇猛；不是沒有車在奔跑呀，只是它跑得太輕忽。《毛傳》所說的「非有道之風」、「非有道之車」的「有道」，指的是合乎周朝禮制規定的意思。合乎周朝禮制規定的車，有一定的規格，有一定的速度，它即使奔馳時快速如風，也還是有一定的頻率。上文引《韓詩外傳》所要說的，就是這個道理。古人有的把車奔馳時的聲音，比喻爲「輕雷」，形容得很恰當，是輕輕的雷聲，不是狂風暴雨式的發發或嘌嘌。詩人說在路上仍然車來車往，仍然來去如風，但就是沒有合乎周朝禮制的車子，因此在「顧瞻周道」的時候，不由得一陣傷心。第一、二兩章的前兩句和後兩句，就是如此連繫起來的。「顧瞻」是既前看，又後顧，瞻前顧後，就是看不到合乎周道的車子。換句話說，看不到車子奔向周朝的大道，詩人因而感到傷心。「中心怛兮」的「怛」和第二章的「弔」，都是傷心的另一種說法。

以上說的，是把「匪」解釋爲「非」的說法，底下要說的，是把「匪」解釋爲「彼」時，該怎麼講。

把此詩句首的「匪」解釋爲「彼」，據我所知，是從清代王引之開始的。他在《經義述聞》卷五中說：

《詩》中「匪」字多「彼」字用者。〈鄘風．定之方中〉篇：「匪直也人，秉心塞淵。」言彼正直之人秉心塞淵也。〈檜風．匪風〉：「匪風發兮，匪車偈兮」，言彼風之動發發然，彼車之驅偈偈然。《毛傳》曰：「發發，飄風，非有道之風。偈偈，疾驅，非有道之車。」《漢書．王吉傳》引《詩說》曰：「是非古之風也，發發者；是非古之車也，偈偈者。」皆失之。

這種說法爲很多的後來說詩者所接受，因而頗有些人棄舊說於不用。事實上，把「匪」解作「彼」固然有根有據，但舊說把它解作「非」，也同樣是有根有據。說「那風在強烈的刮著呀」，跟說「不是沒有風在刮著呀，只是它刮得太兇猛」，二者意思並沒有什麼不同。

前兩章的形式是複疊而詠，全用賦筆，第三章則託興烹魚之道，來說明對周朝王道的懷念。

對古人而言，尤其在內陸地區，魚與熊掌都是難得的食物。所以很多人家不知道烹魚的方法。《毛傳》云：「亨魚煩則碎，治民煩則散，知亨魚則知治民矣。」這和《老子》所說的：「治大國，若烹小鮮。」道理是相通的。第三章開頭二句，說烹煮魚的方法，是用清水洗乾淨，放在釜鍋裡。方法看似簡單，卻常有人做不到。《韓非子．解老篇》有云：「亨小鮮而數撓之，則賊其澤」，意思是說烹煮小鮮魚的方法，就是要注意不要常去翻攪牠，免得鮮魚碎散了。韓非子還進一步的對老子之說加以申論：「治大國而數變法，則民苦之。是以有道之君貴靜，不重變法，故曰：治大國，若亨小鮮。」拿這一段話來對照〈匪風〉的最後兩句，當可得言外之意。治理國家，遵守周朝王道，政令簡靜即可，何必變法擾民呢？風太急，車太快，有時候反而有顚覆的危險。

「誰將西歸」的「西歸」，指周朝王室所在。《鄭箋》就說：「檜在周之東，故言西歸。」這與前兩章的第三句「顧瞻周道」，是相呼應的。詩人所前瞻後顧者，即在於來來往往、奔馳如風的車子，是否有西歸周之大道的。《毛傳》云：「周道在乎西。懷，歸也。」把「懷之好音」的「懷」，解釋爲「歸」，當然有恢復王道之意，所以陳奐的《詩毛氏傳疏》也就把「好音」解釋爲「善政令」了。

曹風

曹，原是周武王既定天下之後，封其弟叔振鐸之地，在今山東省西南部菏澤、定陶一帶。相傳古帝堯、舜都到過此地，風化所及，多君子，務稼農。但傳至十幾世之後，因為國家寡於患難，漸趨驕侈。第十五世曹昭公(西元前六六二年立，在位九年)時，好奢而任用小人，政衰而變風始作。到了魯哀公八年，即周敬王三十三年(西元前四八七年)，第二十六世曹伯陽為宋景公所殺。曹亡。

曹國在春秋時代，處於齊、晉之間，國小而君奢，民勞而政僻，今存詩四篇，多悲觀之辭。〈侯人〉一詩，前人以詩中有「三百赤芾」之語，與《左傳．僖公二十八年》所記曹共公「乘軒者三百人」合，故定為曹共公時作品；〈下泉〉一詩，前人亦以詩中言及「郇伯」，或定其為美荀躒之作。不過，是否能夠成立，尚待論定。

〈曹風〉與〈檜風〉一樣，都是季札觀樂時不點評的小國之風，歷來不受重視。方玉潤《詩經原始》即云：「其國小事微，其詩亦無足輕重。」但政衰事微，不代表其詩就寫得不好，讀者宜分別觀之。

蜉蝣

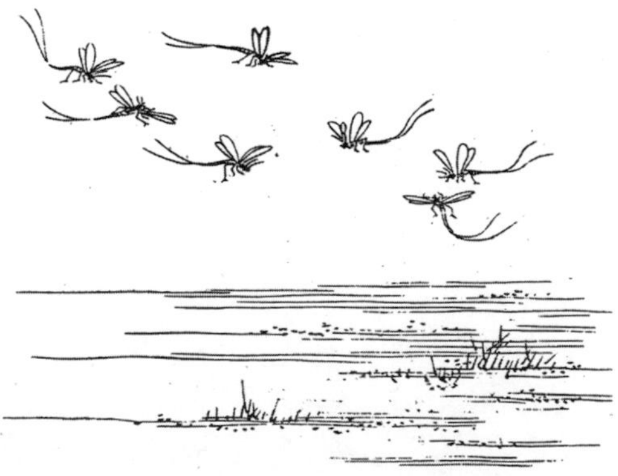

蜉蝣

蜉蝣之羽，　像那蜉蝣的翅膀，
衣裳楚楚。　衣裳多麼的漂亮。
心之憂矣，　心裡這樣憂傷呀，
於我歸處。　在我歸宿的地方。

蜉蝣之翼，　像那蜉蝣的羽翼，
采采衣服。　多麼華麗的衣服。
心之憂矣，　心裡這樣憂傷呀，
於我歸息。　在我安息的去處。

蜉蝣掘閱，　蜉蝣蛻皮飛出來，
麻衣如雪。　薄麻衣服像雪白。
心之憂矣，　心裡這樣憂傷呀，
於我歸說。　在我歇息的所在。

〈毛詩序〉解題如下：

〈蜉蝣〉，刺奢也。昭公國小而迫，無法以自守，好奢而任小人，將無所依焉。

這是說明此詩係爲刺曹昭公之奢而作，王先謙的《詩三家義集疏》引用代表齊詩之說的《漢書・古今人表》：「曹昭公班，釐公子，作詩。」並加按語：「魯、韓當同。」可見三家詩的看法，和〈毛詩序〉應無差異。

曹國，是周朝姬姓的諸侯國，開國君主是周武王的弟弟叔振鐸。周武王姓姬，名發，是文王之子，約在西元前一一二二年二月滅殷，建立周王朝，而分封諸侯。叔振鐸之封於曹，當在是年。後來曹國歷太伯脾、仲君平、宮伯侯、孝伯雲、夷伯侯、幽伯彊、戴伯蘇、惠伯雉、石甫、穆公武、桓公終生、莊公射姑、釐公夷，而至昭公，已是第十五位君主。昭公名班，魯莊公三十二年，即周惠王十五年立；魯僖公七年，即周惠王二十四年卒。在位九年。鄭玄《詩譜》云：「昭公好奢而任小人，曹之變風始作。」大概曹國風氣之由好變壞，就是從這個時候開始的。在此之前，是承堯舜之遺風，厚重多君子，務稼穡，薄衣食；在此之後，則是驕侈成習，政衰國弱。這跟曹昭公的「好奢而任小人」當然有直接的關係。

〈毛詩序〉和三家詩都以爲〈蜉蝣〉這首詩，寫的就是曹昭公時的朝生暮死、無所依托的社會風氣。

朱熹對此詩的看法，則前後略有不同。他起先在《詩序辨說》中說：「言昭公，未有考。」這是明顯的質疑漢儒相傳之舊說。後來，他在《詩集傳》中卻又說：「此詩蓋以時人有玩細娛而忘遠慮者，故以蜉蝣爲比而刺之。」「〈序〉以爲刺其君，或然，而未有考也。」意思是：〈毛詩序〉說是刺曹昭公，「或然」，或許是對的，可惜沒有考證，不如說是諷刺當時的社會風氣。語氣上的變化，說明了他後來並不否定詩爲刺曹昭公之作。

不過，我們回頭去看經文詩句，卻也不能不同意朱子的懷疑有些道理，因爲實在很難從詩中找到〈毛詩序〉對曹昭公「任小人」的直接描述。「好奢」是有的，每章的前兩句，就是藉蜉蝣之朝生暮死、衣服的光鮮，來描寫昭公奢侈恣放的，但所謂「任小人」則眞的無從見證。關於這個，有些說詩者，把「好奢」與「任小人」之間的關係，說得非常透徹，值得讀者參考。例如范處義的《詩補傳》就這樣說：

> 檜、曹皆小國，詩亦相似。檜之變風，始於〈羔裘〉；曹之變風，始於〈蜉蝣〉。〈羔裘〉刺絜其衣服，〈蜉蝣〉刺好奢，亦類也。〈羔裘〉之詩，不及政治，序詩者以其逍遙游燕，而知其必不能自強於政治；〈蜉蝣〉之詩，不及小人，序詩者以其將無所依，而知其所用皆小人，故不足恃。然不能自強，猶愈於無所依，此曹所以又出檜下也。

「以其將無所依，而知其所用皆小人」，這句話說的眞是可以開人心眼。事實上，社會之隆污，人心之振靡，往往繫乎在上位者「一二人」心之所向，古今皆然。古人說：上有所好，下必有甚焉者。說的都是一樣的道理。曹昭公好奢喜侈的話，自然有小人去迎合他，即使有忠臣賢人犯顏直諫，也會被排斥，久而久之，社會風氣就敗壞了，民心士氣就萎靡不振了。

這首詩要說人的奢侈，卻藉蜉蝣來起興。蜉蝣，究竟是怎樣的一種蟲類呢？

《毛傳》云：「蜉蝣，渠略也。朝生夕死，猶有羽翼以自修飾。」但「渠略」又是怎樣的動物呢？現代人一樣不了解。據孔穎達《毛詩正義》所引，陸璣、郭璞等人以爲這是一種土生有角的甲蟲；但郭璞注《淮南子》，又說牠是水生短命的昆蟲，郭義恭《廣志》也說：「蜉蝣，在水中翕然生，覆水上，尋死，隨流而去。」（見陳子展《詩三百解題》引）這兩種說法，一直爭論到現在。如果把蜉蝣解釋爲土生有角的甲蟲，那麼詩中第三章首句的「掘閱」，才可以訓解爲「掘地而出」，穿出地穴飛出來，否則，與「水生」的昆蟲，「翕然生，覆水上，尋死，隨流而去」，畢竟有些捍格難入。胡淼《詩經的科學解讀》一書對此有以下一段說明文字：

> （蜉蝣）幼蟲期極長，全部生活在水中，需經十多次至二十多次蛻皮，最多蛻五十次皮才羽化爲成蟲。成蟲期壽命極短，僅一天左右，最短一二小時，最長不超過七天。一般於傍晚羽化，並於當晚至凌晨，雌雄婚飛群舞，數量多得如霧如雪。不足半分鐘完成交配，雌雄

雙雙自空中墜落，落到近水面時分開。雄蟲當即死亡，成為魚餌。雌蟲產完卵亦死亡，或產卵時落水死，故有「朝生暮死」之說。……

《大戴禮記．夏小正》說，五月蜉蝣有殷殷眾也，朝生而暮死。蜉蝣成蟲的足，嬌弱退化，無力行走。但本詩中「蜉蝣掘閱(穴)，麻衣如雪」句，說明這種蟲不是來自水中的柔弱的蜉蝣，而是一種能在地面掘洞穴居的昆蟲。

胡淼甚至以為詩中的蜉蝣，實際上指的是有翅的白蟻或螞蟻，是詩人誤把有翅的白蟻或螞蟻誤認為蜉蝣了。這當然只是推測之詞。不管如何，胡淼的說明，至少讓我們知道了以下的事實：一、蜉蝣由幼蟲而成蟲，必須經過蛻皮的過程；二、成蟲期極短，真是所謂「朝生而暮死」，而且羽化時雌雄群舞，多得如霧似雪，婚飛交配後，即落水而死，容易予人「樂極而生悲」的聯想。另外，胡淼完全接受了「掘閱」即「掘地而出」的說法，所以懷疑詩中的「蜉蝣」，應是指有翅的白蟻和螞蟻，因為牠們才可能掘地穿穴而出。其實，「掘閱」的解釋，歷來頗為紛歧，不止掘地穿穴而出之一說，筆者就以為它指的仍是水生昆蟲的蜉蝣，「掘閱」正是形容牠們由幼蟲蛻皮羽化的過程。第一章的「衣裳楚楚」，第二章的「采采衣服」，第三章的「麻衣如雪」，都一樣指此而言，藉以形容衣服的奢麗。

此詩共三章，每章四句，形式複疊。第一章前二句藉蜉蝣的羽翼起興，說其羽翼就如鮮明的衣裳一般。《毛傳》云：「興也。蜉蝣，渠略也。朝生夕死，猶有羽翼，以自修飾。楚楚，鮮明貌。」可見前二句一組，詩人藉以起興。有人說首句是興，第二句是賦，直寫曹昭公的衣服鮮麗，這恐怕有點失之支離了。首二句應是合寫蜉蝣雖是朝生暮死的水上昆蟲，但在蛻皮羽化的過程中，牠們的羽翼，有的黃白，有的綠黑，就像楚楚鮮麗的衣裳一般，群舞紛飛，最後才落水而死。詩人藉此來諷刺曹國的統治者，雖然衣裳鮮麗，卻只圖一時逸樂，沒有目標，沒有定見，有如朝生暮死的蜉蝣一般，可是蜉蝣「猶有羽翼，以自修飾」，而這統治者卻虛度一生，什麼也沒有留下。

第二章的前兩句，與第一章同一手法。「采采衣服」的「采采」，《毛傳》說是「眾多」的意思，這與第一章的「楚楚」作「鮮麗」解，是互文見義，都有既多且麗之意。第三章首句的「掘閱」，和第一、二兩章的「羽」、「翼」同義。《鄭箋》釋之為「掘地解閱，謂其始生時也。以解閱喻君臣朝夕變易衣服也。」其實說得不錯。只是後人看死了「掘地」二字，以為一定是指掘地穿穴而出。事實上，上文已經引述過，蜉蝣生活在水中，通常要經過幾十次的蛻皮，才能羽化成蟲的。《毛傳》把「掘閱」解作「容閱」，戴震說：「閱與脫通」，這跟《鄭箋》所說的「喻君臣朝夕變易衣服也」，正是形容蜉蝣不斷蛻皮羽化的過程。它仍與羽翼有關。而「麻衣如雪」的「麻衣」，在古人生活中，固與布衣、深衣同類而混稱，與上文「衣裳」、「衣服」也同義而相次，但它與蜉蝣婚飛群舞，最後落水而亡的景象，實在容易引人死亡舉喪的聯想。「如雪」也與上文的「楚楚」、「采采」一樣，既眾多，又鮮麗。這些描寫，非常切合蜉蝣群飛落水時的情景。

三章的最後兩句是一組，前兩句藉蜉蝣起興，說明曹國的在上位者奢侈自恣，國家有危亡之虞，因而詩人心中憂傷不已，怕自身和整個國家君臣一樣，都無所歸宿。「歸處」、「歸息」、「歸說」，都是歸宿的意思，指的是可以安頓身心的地方。《毛傳》說「朝生夕死」的蜉蝣，「猶有羽翼，以自修飾」，萬一自己死時沒有留下什麼值得紀念的東西，那可眞是虛度一生哪！

候人

彼候人兮，　那些迎賓的人呀，
何戈與祋。　肩扛著戈祋武器。
彼其之子，　他們那樣的人士，
三百赤芾。　三百人赤皮蔽膝。

維鵜在梁，　是鵜鶘在魚垻上，
不濡其翼。　不曾沾濕牠翅膀。
彼其之子，　他們那樣的人士，
不稱其服。　不能配上那服裝。

維鵜在梁，　是鵜鶘在魚垻上，
不濡其咮。　不曾沾濕牠嘴尖。
彼其之子，　他們那樣的人士，
不遂其媾。　不能配上那姻緣。

薈兮蔚兮，　濃濃而又密密呀，

南山朝隮。　南山早上彩雲起。
婉兮孌兮，　嬌小而又美妙呀，
季女斯飢。　小女兒如此受飢。

〈毛詩序〉解題如下：

〈候人〉，刺近小人也。共公遠君子而好近小人焉。

共公，就是曹共公。他是曹昭公之子，在周惠王二十四年(西元前六五三)立爲曹君。當晉公子重耳因晉國內亂，逃經曹國時，據《左傳・僖公二十三年》的記載：「曹共公聞其駢脅，欲觀其裸。浴，薄而觀之。」說曹共公在重耳洗澡時，偷看了重耳的裸體，看他是不是眞的腋下肋骨是駢脅。這種行爲當然惹怒了重耳，所以等到重耳後來回到晉國，嗣位爲君，不久就派兵討伐曹國。據《左傳・僖公二十八年》的記載，晉軍三月之內，就攻入曹國，而且「數之以其不用僖負羈，而乘軒者三百人也」，意思就是數說責備曹共公的罪狀：乘軒在位的貴族高官有三百人之多，爲什麼偏偏不用賢人僖負羈。因此可見曹共公是一位行爲不檢的君主。〈毛詩序〉說他「遠君子而好近小人」，或許與此不無關係。《毛傳》有云：「芾，韠也。」就是蔽膝、綁腿。又說：「大夫以上，赤芾，乘軒。」而此詩中的「三百赤芾」，說有三百位大紅皮蔽膝的臣子，和《左傳》所說的「乘軒者三百人」同義，因此歷來都以爲此詩乃刺曹共公之作。

當然，這還存在一個問題，曹共公時有三百位大紅皮蔽膝的乘軒者，難道別的曹君就沒有嗎？此詩究竟是不是眞的刺曹共公？因爲沒有直接充分的證據，所以無法確定。《國語・晉語》就有記載說：晉公子重耳逃亡時，到了楚國，楚成王以周禮饗之。令尹子玉請殺公子重耳，楚成王不許；令尹子玉又請求留下陪伴重耳的賢臣狐偃，楚成王還是不許。而且楚成王還引用了此詩的「彼其之子，不遂其媾」，說不爲非義之事。有人根據這個記載，認爲〈候人〉這首詩，不可能著成於曹共公之時。像清人陸奎勛的《陸堂詩學》就說：

楚成王之立，在惠王六年；曹共公之立，在惠王二十五年；晉公子如楚，在襄王十四年。楚成與曹共雖爲同時，然豈有曹之新詩，而楚君已成誦在口者。（宏一案、曹共公之立，一說在周惠王二十四年）

又有人根據《左傳・僖公二十四年》的記載，說鄭國子臧出奔宋國，好聚鷸冠，被鄭伯誘殺於陳、宋之間，當時就有君子曰：「服之不衷，身之災也。」意思就是說：服飾不合身分，也會引來殺身之禍。這位君子在感嘆之餘，也引用了此詩的「彼己之子，不稱其服」二句。魯僖公二十四年，當周襄王十六年，即西元前六三六年，時曹共公十七年。這樣說來，〈候人〉這首詩，在曹共公即位十幾年間，又似乎眞的已流傳於列國之間。是耶非耶，眞難斷定。所以又有人以爲此詩應成於共公之前，係刺曹君而非刺共公之詩，至於刺哪一位曹君，則不得而知。

此詩除了「三百赤芾」一語與《左傳・僖公二十八年》所記曹共公「乘軒者三百人」可能相應之外，其他還有幾個詞語，在析論全篇之前，應該先作一些說明，供讀者參考。

一是「候人」。據《周禮・夏官》說這是在道路上送迎賓客的官吏，保護賓客的安全，同時負責邊境道路的司察和禁令，其編制是「上士六人，下士十有二人，史六人，徒百有二十人。」總共一百四十四人。此詩所寫的候人，說是「何戈與祋」，肩上扛著戈和殳等兵器，可見指的是候人及其徒屬，不會單指上士而言。候人，應是他們的總稱。有人把此詩首章末句「三百赤芾」的「三百」，當成是這些候人的數目，應該是誤解。

二是「彼其之子」。「彼其之子」此一語句，先後見於〈王風・揚之水〉、〈鄭風・羔裘〉、〈魏風・汾沮洳〉、〈唐風・椒聊〉以及本篇之中，有人在引用時，「彼其」也作「彼己」或「彼記」。上文在析論〈唐風・椒聊〉篇時已經說過，此「其」應爲具實義的名詞，雖然在語譯時可以譯爲「那樣」，但它所指的皆爲姬姓國的子孫無疑。王、鄭、魏、唐、曹這幾個諸侯國，都是姬姓。這首詩的前三章，分別描述「彼其之子」，出身貴族，「三百赤芾」，卻「不稱其服」、「不遂其媾」，以與末章的「季女斯飢」相對照，應有其言外之意。

三是「三百赤芾」。《毛傳》云：「芾，韠也。一命，緼芾黝珩；再命，赤芾黝珩；三命，赤芾葱珩。大夫以上，赤芾，乘軒。」這段話可以拿來和《禮記・玉藻》所說的相對照。《禮記・玉藻》有云：「韠：君朱，大夫素，士爵韋。」又說：「一命，緼韍幽衡；再命，赤韍幽衡；三命，赤韍葱衡。」韠和韍同物異名，都是蔽膝，綁腿的意思，用在祭服時叫做韍，用在其他用途時就叫韠。命，就是官階，一命最低。被國君一命的官員，蔽膝赤黃色，旁佩黝黑色的玉珩；二命的官員，蔽膝赤色，玉佩也是黑色；三命的官員蔽膝還是赤色，但佩的玉珩則是葱青色。至於官階在大夫以上的，才可以繫赤色蔽膝，乘大軒車。一切都有一定的規制。

這裡的「三百赤芾」的「三百」，承上文，應指「彼其之子」而言。「三百」極言其人數之多。《左傳・僖公二十八年》所說的「乘軒者三百人」，意思也是說晉文公重耳責備曹共公，曹國大夫以上的貴族不下三百人，為什麼偏偏不用僖負羈？這句話在《史記・晉世家》裡作：「晉師入曹，數之，以其不用釐負羈言，而用美女，乘軒者三百人也。」不同的是，在「乘軒者三百人」之上，還有「美女」二字。可見曹共公在濫命大夫之外，也盛於女寵。《孔疏》有云：「諸侯之制，大夫五人。今有三百赤芾，愛小人過度也。」〈毛詩序〉的所謂「刺近小人」，或即由此而來。就古人而言，女寵與近小人常常被聯想在一起。

四是「鵜」。鵜是江河湖邊的一種大型水鳥，又名鵜鶘。牠非常貪惡，常把水面攪渾，把魚蝦吃光，所以古人又稱之為洿澤、淘河。每天除了捕食之外，牠多用於睡懶覺、曬太陽或梳理羽毛。

詩人藉牠的好吃懶做，來諷刺曹君的濫權好色、貪得無厭，是非常恰當的比喻。

最後是「朝隮」和「季女斯飢」。隮，有二義，一指虹，一指彩雲升起。因為古人認為虹是男女性愛的一種象徵，而雲霞的變幻，也令古人覺得「朝霞不出門，晚霞行千里」，因此它和「季女斯飢」的「斯飢」，有人都以為實指少女的懷春情緒。季女，即少女，指曹君之女寵或所欲婚娶之對象。下文有說。

此詩凡四章，每章四句。第一章全是賦體，開頭二句寫候人及其徒屬，早就在道路上排好隊伍，扛著戈殳等等兵器，在恭候國君賓客的到來。同時陪伴國君迎接賓客的，是那些「彼其之子」的「三百赤芾」人士。曹是姬姓國，「彼其之子」的「其」，也是泛指姬姓的大夫。這些人身上都有赤色皮製的蔽膝，人數有三百之多，眞可謂大排場矣。按規定，大夫人數不該這麼多的。詩人藉此直寫曹君的好大喜功以及喜歡親近迎合他的小人。

第二、三兩章都是上興下賦，以鵜鳥興「彼其之子」，然後刺其「不稱其服」、「不遂其媾」。鵜鶘是貪食兇惡之鳥，現在說牠們在魚梁上，不沾濡翅膀、嘴巴，就想「混水摸魚」，貪求而無厭，實在可惡之極，並藉此來描寫那些迎合曹君的「彼其之子」，不進諫，不阻止曹君的惡行，實在不配他們所穿服飾所代表的身分，也不相稱於國家所給予的深恩厚義。《毛傳》云：「媾，厚也。」上文即從「厚」為「欠厚」「寵待」去說的。歐陽修認為「媾」應為「婚媾」之意。《白虎通義》（《一切經音義》卷二十二引）說：「重婚曰媾」，蓋重婚媾者，情必深厚云云。

我覺得這種說法頗爲可取，它還可以與第四章所寫的「季女斯飢」等句互爲呼應。本來古代異國之君娶妻時，就有郊迎之禮，這在〈衛風・碩人〉篇已曾述及。因此此詩上文所寫的大排場，藉鵜鳥所欲興寄的貪求無厭，俱可與此婚媾之意合觀了。

第四章是寄興於賦。前二句說曹國南面的山上，現在正雲蒸霞蔚，彩雲紛起，令人興雲雨之思。末二句寫曹君所欲迎者，亦即候人之所勞、「三百赤芾」之所待，即此年輕美麗之季女。孔穎達《毛詩正義》說得好：

以季女謂少女、幼子，故以婉爲少貌，孌爲好貌。〈齊・甫田〉亦云：「婉兮孌兮」，而下句云：「總角丱兮」，丱是幼稚，故《傳》以婉孌並爲少好貌。〈野有蔓草〉云：「清揚婉兮」，思以爲妻，則非復幼稚，故以婉爲美貌。〈采蘋〉云：「有齊季女」，謂大夫之妻，〈車舝(同轄)〉云：「思孌季女逝兮」，欲取以配王，皆不得有男在其間，故以季女爲少女。

原來，曹君君臣所欲迎接者，是一位婉孌的少女。候人排好了，「三百赤芾」的大夫也早已陪侍在旁，而「季女斯飢」，少女也欣然來歸，即將成爲新的受寵美女矣。《史記・晉世家》所說的：「用美女、乘軒者三百人也」，其斯之謂乎！

鳲鳩

鳲鳩

鳲鳩在桑，
其子七兮。
淑人君子，
其儀一兮。
其儀一兮，
心如結兮。

鳲鳩棲在桑樹上，
牠的雛兒七隻呀。
善良人兒眞君子，
他的言行一致呀。
他的言行一致呀，
心像繩結結實呀。

鳲鳩在桑，
其子在梅。
淑人君子，
其帶伊絲。
其帶伊絲，
其弁伊騏。

鳲鳩棲在桑樹上，
牠的雛兒在梅枝。
善良人兒眞君子，
他的衣帶是絲織。
他的衣帶是絲織，
他的皮帽是騏飾。

鳲鳩在桑，
其子在棘。

鳲鳩棲在桑樹上，
牠的雛兒在棗窩。

淑人君子，	善良人兒眞君子，
其儀不忒。	他的儀度沒差錯。
其儀不忒，	他的儀度沒差錯，
正是四國。	垂範這四方諸侯。
鳲鳩在桑，	鳲鳩棲在桑樹上，
其子在榛。	牠的雛兒在榛林。
淑人君子，	善良人兒眞君子，
正是國人。	垂範這全國人民。
正是國人，	垂範這全國人民，
胡不萬年？	哪裡能不萬萬年？

〈毛詩序〉解題如下：

鳲鳩，刺不壹也。在位無君子，用心之不壹也。

意思是詩藉其儀前後一致的鳲鳩，來諷刺用心不一的在位者。雖然王先謙《詩三家義集疏》說：「三家無異義」，他還引用了《荀子》、《易林》、《韓詩外傳》等等，來說明漢儒之說並無差異，並加按語說：「愚謂刺詩不在顯言，〈關雎〉、〈鹿鳴〉皆其例也。」顯然他認爲看似頌美而實諷刺的例子是有的，並不奇怪，但這也反映了後人對此詩的不同看法。因爲從詩中字面去看，從頭到尾，幾乎都是頌美之辭，每一章都對「淑人君子」加以歌頌，所以歷來質疑〈毛詩序〉的人，頗不少見。從宋代開始，質疑〈毛詩序〉這種說法的人，越來越多。

朱熹《詩序辨說》說得很清楚：「此美詩，非刺詩。」後來在《詩集傳》中，先是引用《毛傳》所言鳲鳩之飼子，「朝從上下，暮從下上，平均如一」，進而配合經文說明：「詩人美君子之用心均平專一」。在朱熹看來，經文字面上盡是對淑人君子的頌美之辭，完全看不出什麼諷刺之意，因此他認爲此詩旨在頌美，而非諷刺。後來，明代季本的《詩說解頤》說的：「此美其君德之足以正人也」，持論相同。至於頌美哪一位曹君？《申培詩說》說：「曹叔(振鐸)爲政有度，國人美之，而作是詩。」認爲頌美的是始封曹君的叔振鐸；朱謀㙔《詩故》說：「美公子欣時之一其德也」，認爲頌美的是曹宣公的兒子公子臧，字欣時，他以德性辭讓爲人所稱，事見《左傳》成公十三年、十五年、十六年；何楷的《詩經世本古義》說：「曹人美晉文公也」，認爲頌美的是上篇說過的，那位因曹共公無禮而伐曹、後來又原諒了曹共公的晉文公。可見明人之說此詩，多承朱子之說而來。清儒之中，像姚際恆的《詩經通論》，是贊成何楷「曹人美晉文公」之說的；像方玉潤的《詩經原始》，是贊成「美振鐸」之說的，大致上多從頌美的觀點來解釋。這與〈毛詩序〉以下的《毛傳》、《鄭箋》、《孔疏》等等舊說，可謂一美一刺，大不相同。

陳子展在《詩經直解》中就曾經這樣說：

> 究竟此詩主題維何？歧解之多，爭論之烈，頭緒紊亂，不可爬梳，在《詩三百》中亦爲突出之一篇。
>
> 或謂此美君子之用心均平專一，而不指實君子爲何等人，如《朱傳》是。
>
> 或謂此美開國賢君曹叔振鐸，如僞《申公詩說》、方玉潤《詩經原始》是。
>
> 或直以爲此曹叔振鐸訓誡子孫之作，如姜炳璋《詩序廣義》（按：《詩序補義》）是。
>
> 或以爲此美公子臧，如黃中松《詩疑辨證》引董氏、錢氏說是。
>
> 或以爲此美周公，《曹風》、《豳風》相聯屬，脫誤在此。如《詩疑辨證》……。或以爲此曹人美晉文公使曹伯復國，如何楷《古義》、姚際恆《詩經通論》是。
>
> 相反，或據《詩序》刺不一，以爲此刺晉文公釋衛侯，執曹伯，同罪異罰，是謂不一，如李黼平《紬義》、魏源《詩古微》、王闓運《補箋》是。
>
> 或不指實其人爲誰，但以爲此思古刺今之作，如胡承珙《後箋》是。
>
> 《詩三百》中類此者多，此其顯例。

以上引錄的，還有刪節，不是全文，讀者由此可知：此詩歷來歧解、爭論眞的很多，無法在此一一縷述。不過，歸納起來，除了一美一刺之外，這裡可以補充說明的是：

一、主張頌美的多爲後起之說，主要是根據經文字面去解題，而且多附會《左傳》等書若干史實而各自爲說。說是頌美開國賢君叔振鐸，頌美曹宣公子欣時(即公子臧)，甚至說是曹人頌美晉文公等等，其實皆爲附會之詞，並無實證。

二、主張諷刺的是秉承舊說，漢代所傳四家詩即已如此。四家詩所據爲何，已無從查考。但它與經文字面之盡爲頌美之辭，又似有牴觸。王先謙所說的：「刺詩不在顯言」，是有道理，但一般讀者卻未必接受。

因此，我們不妨從經文字面先求了解，然後再回來談相關問題。

詩共四章，每章六句，章法是複疊而詠。每章的開頭二句，都以鳲鳩起興，說牠養育了七隻小鳥，分別棲息在桑、梅、棘、榛等樹上。鳲鳩，一名戴勝，有人說就是布穀鳥。牠的嘴尖長，頭上有高大的羽冠，羽毛上有黑白交織的花紋。據《毛傳》云：「鳲鳩之養其子，朝從上下，莫從下上，平均如一。」牠養育的雛鳥，即使多到七隻，牠仍然公平一致，早上由上而下，晚上而下而上，非常平均。《左傳・昭公十七年》記載「郯子來朝」的對話中，說過：「鳲鳩氏，司空也。」杜預注：「鳲鳩平均，故爲司空，平水土。」可見鳲鳩養子平均如一之說，早已有之。此詩中說鳲鳩養子在桑、梅、棘、榛等樹上，這四種樹木，都是可供食用、祭祀的貴重樹木，和下文的「正是四國」的「四國」，恰可前後呼應。而這開頭的二句，和下文所要頌美的「淑人君子」之愛護人民，儀度均一，也前後呼應。

每一章的第三句到第六句，都是對「淑人君子」的頌美之辭。然而，各章又各有側重的地方。第一章稱讚「其儀一兮」，是說淑人君子的儀容不改常度，用心專一堅定。第二章稱讚他的衣冠之美，說「其帶伊絲」、「其弁伊騏」，正是形容淑人君子的衣帶以素絲緣邊，而且以青黑色的騏文玉飾來裝飾皮帽，一則可與鳲鳩的羽毛顏色相應，一則可以顯示他的身分。根據《禮記・玉藻》和陳奐《詩毛氏傳疏》的說法，大夫以上大帶用素絲，而皮弁配素帶，也是天子諸侯大夫之所同，因此絲帶騏弁不但顯示了此淑人君子的威儀，而且也預留了下文描寫他有「正是四國」的職位。第三章重點在「其儀不忒」，這與第二章寫衣冠之美，分別呼應了第一章的「其儀一兮」。衣冠即「儀」，「不忒」即「一」。這是頌美淑人君子既有威儀，又用心專一，言行一致，因此可以做爲四方諸侯的表率。最後一章是總結，在讚美中祝福淑人君子千秋萬歲。第三章說是「正是四國」，這裡卻說是「正是國人」，由四方諸侯的表率而天下人民的領袖，這樣的人當然是「淑人君子」了。

這樣說來，全篇字面上確實是頌美之辭，藉鳲鳩養子之均一，來比喻淑人君子愛民之周洽。但問題來了，此一「淑人君子」究竟是指誰而言？歷來說詩者紛紛就《左傳》等書與曹國有關之史實記載中去尋章摘句，而加以附會，有的說是叔振鐸，有的說是公子臧，甚至有人說是晉文公或周公，這當然都是附會之辭，有其政教之意義，而無史實之確證，固無足深辯，但〈毛詩序〉等所謂「刺不壹」又該如何解釋呢？

歐陽修《詩本義》說此詩末句「胡不萬年」是「已死之辭」，胡承珙《毛詩後箋》也說此詩「連舉淑人君子，以寓其懷念之情，則當定為思古人之作，而非現在也。」意思都是：尋繹詩中語氣，寫的應該都是思古之意。換句話說，他們以為這是一篇頌古刺今之作。表面是頌，其實是刺；表面是頌古之淑人君子，事實上是刺今之在位者。諷刺不在顯言，反而常常主文而譎諫，寓挖苦於奉承之中。所以，〈毛詩序〉所言，蓋經師相承，其說甚古，讀者應善讀之而不該妄生疑義。至於所頌美的古代淑人君子究竟指誰，文獻不足，無從確定，闕之可也，本來就不必牽強附會。

下泉

著

洌彼下泉，　清冷的那地下泉，
浸彼苞稂。　浸淹那叢生童粱。
愾我寤嘆，　感慨我醒後長嘆，
念彼周京。　想念那周都洛陽。

洌彼下泉，　清冷的那地下泉，
浸彼苞蕭。　浸淹那叢生蒿草。
愾我寤嘆，　感慨我醒後長嘆，
念彼京周。　想念那偉大周朝。

洌彼下泉，　清冷的那地下泉，
浸彼苞蓍。　浸淹那叢生蒿蓍。
愾我寤嘆，　感慨我醒後長嘆，
念彼京師。　想念那偉大京師。

芃芃黍苗，　蓬勃茂美的黍苗，

陰雨膏之。　　陰雨紛紛滋潤它。
四國有王，　　四方諸侯有君主，
郇伯勞之。　　荀氏大夫效勞他。

〈毛詩序〉解題如下：

〈下泉〉，思治也。曹人疾共公侵刻，下民不得其所，憂而思明王賢伯也。

意思是說：曹共公之時，刻薄百姓，因而曹人憂而思治，希望有明王賢伯來解除人民的痛苦。明王賢伯指的是誰？序中沒有明言。據王先謙《詩三家義集疏》所引的《易林》有云：

下泉苞稂，十年無王。
荀伯遇時，憂念周京。

荀、郇字同。所謂「十年無王」、「荀伯遇時」，王先謙以爲當如何楷《詩經世本古義》所言，指晉國荀躒納周敬王一事而言。《易林》承齊詩之說，其說如此，魯、韓雖未聞，料亦如是。

根據《左傳》、《史記》等書的記載，魯昭公二十二年，即周景王二十五年（西元前五二〇）四月十八日，周景王死，王子猛繼位，是爲周悼王。但因庶子朝不服，作亂，周悼王四月立，十月即亡。周朝於是陷入混亂之中，尹氏擁立王子朝，而悼王同母弟王子匄（即丐）當時居於狄泉（在今洛陽東郊），得到同是姬姓的晉頃公的援助。該年十一月，晉頃公派大夫荀躒帥九州之戎等攻王子朝，而納王子匄於王城，是爲周敬王，在位四十三年。王先謙《詩三家義集疏》有云：

《左傳》昭二十二年十月，荀躒與籍談帥師納王於王城。二十六年七月，知躒與趙鞅帥師納王。荀氏在晉爲名卿，納王之事，身著勤勞，詩美其遇王室危亂之時，能以周京爲憂念。

可見王先謙視荀躒與知躒爲一人。知氏和中行氏都是荀氏後裔，所以此說可以成立。荀躒在周敬王與王子朝兄弟之間的鬥爭中，一直稟晉頃公之命，率領軍隊勤勞於周敬王，至少有四年之久。周敬王即位十年，曾使告於晉，說：「天降禍於周，俾我兄弟並有亂心，以爲伯父憂。我一二親昵甥舅不遑啓處，于今十年，勤戍五年，余一人無日忘之。」除了感謝晉頃公以往的支持，還希望晉能召集諸侯，修築成周城。王先謙據此《左傳・昭公三十二年》的記載，下判斷說：「自春秋昭二十二年王子朝作亂，至三十二年城成周爲十年，與《易林》『十年無王』合。」

這樣的說法，其實明代何楷的《詩經世本古義》早已發之，除了王先謙表示同意之外，像馬瑞辰的《毛詩傳箋通釋》以迄屈翼鵬師的《詩經詮釋》等等，也都力主其說。其中說得最通融明白的，是糜文開、裴普賢合著的《詩經欣賞與研究》第三集裡所說的：

現在查考王子朝之亂，荀躒與籍談於亂起之年，即帥師納悼王于王城。悼王卒，敬王立，荀躒更以十國聯軍統帥的身分，帥師納敬王于成周，王子朝之亂平。就軍事而言，荀躒是晉國勤王平亂的大功臣。

蓋亂起於(魯)昭公二十二年，亂平于二十六年，各國又派兵戍守成周五年，至三十二年城成周，放棄王城，改以成周為京師，不多不少，剛巧是京師(王城)無王者十年。王子朝之亂的勤王之役，曹人參加到底。二十五年輸粟戍人的黃父之會，二十七年令戍成周的扈之會，三十二年的城成周的狄泉之會等，《春秋經》都明載有曹國參加。所以〈曹風．下泉〉詩，所說的「四國有王，郇伯勞之」，的確是詠王子朝之亂諸侯勤王、荀躒為聯軍十國統帥，對他們慰勞有加之語。

因為認定這樣的時代背景，又因為詩中有「郇伯勞之」句，所以主張此一說法的古今學者，多以為此篇作於魯昭公二十六年，即周敬王四年、曹悼公八年，亦即西元前五一六年。如此則比起〈陳風・株林〉的著成年代魯宣公九年(西元前六〇〇),要晚八十多年。著成年代這麼晚,這眞是《詩經》學史的一件大事!

不過,以上的這種說法,因爲把《詩經》著成的年代拉晚了好幾十年,這和鄭玄《詩譜》說孔子錄詩迄於陳靈公淫亂之事,〈株林〉一詩最爲晚出的說法有所牴觸,因此從清代魏源以來,就常有學者提出反對的意見。魏源的《詩古微》同樣根據齊詩「十年無王」之說,卻這樣考定:

考西周時十年無王,惟厲王流汾,共和攝政之世。共伯和攝之於內,郇伯勞來於外,皆同姓諸侯釋位,以閒王政之事。故十年無王。

周厲王三十七年(西元前八四二年)被人民流放,出奔於汾水之上的彘(今山西霍縣),諸侯擁戴共伯和代行王政,次年稱共和元年,直至十四年厲王卒,宣王繼位爲止,這十幾年間就是所謂「共和攝政之世」。魏源以爲齊詩所說的「十年無王」,應該即指這段時期而言。在這段時期之中,共伯和在內攝政,郇伯則在外勤勞,他們都是安定周朝天下的功臣。對於何楷等人苟躒納周敬王之說,魏源也駁之說:

周敬王事,在晉頃、魯昭之世,距陳靈已九十二年(定王八年至敬王四年),距晉文則百有餘年。又、納王亦是晉侯之功，何得歸美荀躒，決非詩人所指。

魏源一直以爲〈曹風〉四篇，都是晉文公入曹所陳，因此〈下泉〉一詩，不應該晚至魯昭公、晉頃公之世。

魏源的說法，有其道理，但魯昭、晉頃之世固然太晚，而共和攝政之世，又難免被人質疑太早，因此哪一種說法比較可取，歷來頗難定論。〈毛詩序〉所說的曹人思治，在內有曹共公剝削，外有霸君如晉文公環伺之下，希望有明王賢伯出現，來解除人民痛苦，反而與詩中所呈現的情感比較貼近。

詩共四章，每章四句，前三章複疊而詠，再三慨嘆懷念周京。周京，指天下共主周天子所在，這是寫對「明王」的懷念。第四章句調變化，末二句「四國有王，郇伯勞之。」則不止寫「明王」，同時也寫對「賢伯」的期盼。

每一章的開頭二句，都藉水草起興。前三章說清涼寒冷的地下流出的泉水，浸灌著叢生的童粱和蕭、蓍之類的蒿草。古人說：小人之德，草。草本來就可以借指百姓。上有高溫，下有冷泉，草恐怕難以成長，這就猶如內有暴君、外有強敵的曹國一樣，一般老百姓無法安居樂業。因此前三章的後面兩句，都直接寫出了受苦受難的人民的願望。他們在慨嘆暴政虐民卻無力抗拒強敵之餘，不禁懷念起以前那可以安定天下、庇護小國的周王室。那是偉大的周朝。

第四章筆勢一轉，前二句不寫地下冷泉之浸泡稂蕭，而是藉天降雨露來沾溉黍苗，潤澤大地，來正面描寫四方諸侯都遵守王命，萬一有事，周天子也會派像郇伯這樣的賢臣來解除患難。這是一種對比的寫法。事實上，不止第四章和前三章是個對比，全篇之中，「下泉」和「陰雨」，「稂」「蕭」「蓍」和「黍苗」，「愾我寤嘆」之諷今和「念彼周京」等之思古，也都是對比。這是此篇在寫作技巧上的特色。至於詩中如「周京」「京周」「京師」等皆指宗周，如「苞稂」「苞蕭」「苞蓍」等皆指叢草，都是爲了前後協韻，因而易字以變調，這是不待贅言的。

從詩中的語氣來看，當然有思古諷今之意。但確切的時代，以及「郇伯」究竟指何人而言，至今卻是個謎。胡承珙的《毛詩後箋》和陳奐的《詩毛氏傳疏》都說：曹共公在魯僖公八年(西元前六五二)即位之後，齊桓公的幾次會盟諸侯，他都曾參與，但自晉文公爲報私仇侵曹，入曹分地之後，一直到曹共公去世(西元前六一八)，曹國不得儕於盟會，自此而不振。因此《左傳》才有齊桓爲會封異姓、晉文爲會滅同姓之言。陳奐還說此詩之作，「疾共公並以惡晉侯，故疾其侵刻而因念周之賢伯也」，或許有值得讀者參考的價值。

豳風

豳，一作邠，在今陝西省栒邑、邠縣一帶。它原是戎狄之地，周朝的祖先，自郃（今陝西武功）移居於此，才從事農桑的墾拓，成爲周朝的發祥地之一。

《漢書・地理志》說：「昔后稷封斄，公劉處豳，太王徙岐，文王作酆，武王治鎬。其民有先王遺風，好稼穡，務本業，故豳詩言農桑衣食之本甚備。」周朝的始祖棄，在虞夏之時，因治生有功，稱爲后稷，封於郃。郃也稱爲斄。夏衰，后稷失官，其子不窋，逃到戎狄之地；曾孫公劉，仍作后稷，立國於豳地。從公劉經十世到太王（即古公亶父），值商之末世，又避戎狄移居岐山之南，即今陝西岐山縣。公劉和太王皆修后稷之業，勤恤愛民，因此民歸而國成。後來傳到文王、武王，終於滅了殷商。周朝以農立國，特別重視農桑衣食之事。相傳武王卒、成王立之時，周公曾避流言之難，出居東都二、三年，後來回朝代理國政，乃作豳詩〈七月〉追念后稷、公劉之教化，以誡成王。歷來學者也多以爲〈豳風〉中的詩篇，雖未必起於豳地，卻有不少反映周公的事實，應該全是西周初期的作品。

屈翼鵬師《詩經詮釋》云：「豳地與周公無關，而豳詩多言周公東征事，此必有故。疑周公東征時所率者多豳地之民，所爲歌詩，皆豳地之聲調，故其詩雖作於東國，而仍以豳名之也。……然豳詩語皆平易，非如周頌及大雅中若干篇之艱奧難解，似非西周初年作品。」這是值得讀者參考的意見。

又，《左傳・襄公二十九年》記載吳公子季札到魯國觀周樂之事，當時〈豳風〉的排列次序，在〈齊風〉之後，〈秦風〉之前，何以如此？有人以爲：此係周平王東遷洛陽之後，豳地爲秦國所有，二者在音調上原有淵源之故。至於後來何人置於〈國風〉之末？一般人皆以爲出自孔子。《論語・子罕篇》說孔子自衛返魯，然後樂正，雅頌各得其所。顯然他對《詩經》的次序，作過調整。爲何如此？有人根據《周禮・籥章》及鄭玄的注，認爲〈豳風〉雖屬〈國風〉，卻又可與雅頌的樂調配合演唱，可在風及雅頌之間，起承上啓下的特殊功用。這也應該就是孔子置之於〈國風〉之末的原因。

七月

鵙

七月流火，
九月授衣。
一之日觱發，
二之日栗烈。
無衣無褐，
何以卒歲？
三之日于耜，
四之日舉趾。
同我婦子，
饁彼南畝，
田畯至喜。

七月偏西火星移，
九月交辦送寒衣。
新曆一月風強烈，
新曆二月天冷冽。
沒有衣裳沒粗服，
拿什麼來過年節？
新曆三月修鋤犁，
新曆四月下田地。
會同我妻子兒女，
送飯到那南田裡，
田官來了很歡喜。

七月流火，
九月授衣。
春日載陽，
有鳴倉庚。

七月偏西火星移，
九月交辦送寒衣。
春天開始暖洋洋，
爭鳴的黃鶯歌唱。

女執懿筐，
遵彼微行，
爰求柔桑。
春日遲遲，
采蘩祁祁。
女心傷悲，
殆及公子同歸。

七月流火，
八月萑葦。
蠶月條桑，
取彼斧斨，
以伐遠揚，
猗彼女桑。
七月鳴鵙，
八月載績，

姑娘手拿大竹筐，
沿著那小路前往，
去找柔嫩的新桑。
春天白晝漸漸長，
採蒿人兒多又忙。
姑娘內心暗悲傷，
怕被公子把人搶。

七月偏西火星移，
八月荻草蘆葦齊。
養蠶月份要挑桑，
拿起斧頭拿起斨，
來砍去枝條過長，
攀拉那柔嫩的桑。
七月爭鳴伯勞唱，
八月開始紡織忙。

載玄載黃，
我朱孔陽，
為公子裳。

四月秀葽，
五月鳴蜩，
八月其穫，
十月隕蘀。
一之日于貉，
取彼狐狸，
為公子裘。
二之日其同，
載纘武功。
言私其豵，
獻豜于公。

又要黑的又要黃，
我的大紅最漂亮，
可以做公子衣裳。

四月長穗狗尾草，
五月鳴叫是知了。
八月莊稼將收穫，
十月凋零草木落。
新曆一月獵貉狗，
捉取那狐狸野獸，
來做公子的皮裘。
新曆二月將集合，
開始繼續練武功。
自己留下那小豬，
獻上大獸給王公。

五月斯螽動股，
六月莎雞振羽。
七月在野，
八月在宇，
九月在戶，
十月蟋蟀入我床下。
穹窒熏鼠，
塞向墐戶。
嗟我婦子，
曰為改歲，
入此室處。

六月食鬱及薁，
七月亨葵及菽。
八月剝棗，
十月穫稻。

五月飛蝗彈腿響，
六月草螽拍翅膀。
七月還在田野上，
八月已在屋簷下，
九月就在門窗間，
十月蟋蟀飛入我床下。
清掃垃圾薰老鼠，
關上北窗塞門戶。
可憐我的妻與子，
說是爲了過新年，
搬進這屋子裡住。

六月吃李和葡萄，
七月煮葵菜和豆。
八月撲打棗子落，
十月收割稻米熟。

為此春酒，
以介眉壽。
七月食瓜，
八月斷壺，
九月叔苴。
采荼薪樗，
食我農夫。

九月築場圃，
十月納禾稼。
黍稷重穋，
禾麻菽麥。
嗟我農夫，
我稼既同，
上入執宮功。
晝爾于茅，

釀成這些新春酒，
來祈求秀眉長壽。
七月可吃小甜瓜，
八月摘下老葫蘆，
九月撿拾大麻子。
採些苦菜砍椿樹，
供養我們的農夫。

九月打好曬穀場，
十月把莊稼收藏。
米粟不管早晚熟，
粟麻豆麥都入倉。
可憐我們的農夫，
我們莊稼才收齊，
還要入宮服勞役。
白天你要割茅草，

宵爾索綯。
亟其乘屋，
其始播百穀。

二之日鑿冰沖沖，
三之日納于凌陰。
四之日其蚤，
獻羔祭韭。
九月肅霜，
十月滌場。
朋酒斯饗，
曰殺羔羊。
躋彼公堂，
稱彼兕觥，
萬壽無疆。

晚上你要搓繩套。
急急去蓋好房屋，
又將開始播百穀。

新曆二月把冰敲，
新曆三月放冰窖。
新曆四月要起早，
獻上羔羊長生韭。
九月天高又氣爽，
十月清掃曬穀場。
兩樽美酒共分享，
說還宰了小山羊。
登上那王公大堂，
高舉那牛角酒杯，
齊聲祝萬壽無疆。

〈毛詩序〉解題如下：

〈七月〉，陳王業也。周公遭變，故陳后稷先公風化之所由，致王業之艱難也。

這是說周公遭變之後，藉此詩來陳述周朝祖先教化的根本和王業的艱難。《鄭箋》說：「周公遭變者，管蔡流言，辟居東都。」意思是此詩乃周公被管叔蔡叔流言所傷，避居東都時所作，用意在說明周朝祖先以農立國，所謂農桑衣食之本。這與《左傳．襄公二十九年》記季札見歌〈豳〉時所說的「其周公之東乎」是相呼應的。王先謙《詩三家義集疏》引用了《漢書．地理志》的「昔后稷封斄，公劉處豳，……其民有先王遺風，好稼穡，務本業，故豳詩言農桑衣食之本甚備。」又引用了《後漢書．王符傳》的「明王之養民也，愛之勞之，教之誨之，慎微妨萌，以斷其邪。」前者為齊詩之說，後者為魯詩之說，所申述者皆與明王之教養風化有關，亦皆與〈毛詩序〉所說的「陳王業」相合。朱熹《詩集傳》也說：「武王崩，成王立，年幼，不能莅阼。周公以冢宰攝政，乃述后稷、公劉之化，作詩一篇，以戒成王。」又說：「周公以成王未知稼穡之艱難，故陳后稷、公劉風化之所由，使瞽矇朝夕諷誦以教之。」這種說法古今相承，都大致一樣。

不過，也有人存疑的，像方玉潤《詩經原始》就說：「所言皆農桑稼穡之事，非躬親隴畝久於其道者，不能言之親切有味也如是。周公生長世冑，位居冢宰，豈暇為此？且公劉世遠，亦難代言。此必古有其詩，自公始陳王前，俾知稼穡艱難并王業所自始，而後人遂以爲公作也。」話雖說得有些道理，但詩中既已用周曆，自不可能是公劉時代所作。

這首詩共八章，每章十一句，是〈國風〉中篇幅最長的一篇。全篇多言農桑衣食之事，按月份記流火寒風之遞嬗，鳥蟲草木之變化，上自朝廷纘武鑿冰，下至閭閻衣食瑣屑之事；大自耕桑養蠶之法，小至績麻索綯之類，不分大小，盡在其中，可以藉此看到周朝早期的風俗和生活習慣，因此，它不但在文學上有其價值，在歷史社會文化等方面，也自有其意義。

詩從七月寫起，按月記敘農家衣食住等方面的勞動和生活狀況。皮錫瑞《經學通論》云：「此詩言月者皆夏正，言一二三四之日者皆周正，改其名不改其實。」戴震《毛鄭詩考證》也說：「周時雖改爲周正，但民間農事仍沿用夏曆。」這裡所說的「夏正」、「周正」的「正」，是指正月而言。夏商周三代曆法不同，所立的正月也不一樣。夏曆正月叫建寅之月，殷曆正月叫建丑之月，周曆正月叫建子之月，這就是古代曆法中所說的「三正」之說。因此，拿周曆和民間沿用的夏曆對照起來，周曆是以夏曆的十一月爲正月，也因此，此詩中的「一之日」用周正，指夏曆的十一月。以此類推，「二之日」指夏曆十二月，「三之日」則指夏曆一月(正月)，「四之日」，指夏曆二月。詩中的四月至十月，都用夏曆，跟現在華人社會所採用的農曆差不多。這是讀這首詩時，首先要了解的事情。

其次，要了解古今習俗觀念的不同。首章末句「田畯至喜」，說田官大老爺來巡視農耕活動；

第二章末句「女心傷悲，殆與公子同歸」，說採桑的姑娘怕被公子看上了，帶回家去做丫環或偏房；第三章末句「我朱孔陽，為公子裳」，說織染的布料大紅色的最漂亮，可給公子做衣裳等等，都是描述古代農業社會的實際情況，當時的階級意識和社會觀念，跟我們今天不一樣。我們在解釋作品時，千萬不可「以今律古」。否則下文的「為公子裘」、「獻豜于公」、「嗟我婦子」、「食我農夫」、「嗟我農夫」等等句子，都要被拿來「鬥爭」一番了。

前三章都以「七月流火」開頭，主要寫種田採桑、養蠶紡織之事。陳子展的《詩經直解》、《詩三百解題》，都曾解釋了詩何以此句發端之故。他說：「蓋由於上古時代劃分季節是從火星昏見以決定之。《史記》載顓頊命火正黎、司地以屬民。即為觀測大火星昏見而專設此官耳。」又說：「中國古代定一年四季的方法，最初以黃昏星宿的出沒為主。《尚書・堯典》以鳥、火、虛、昴四宿為仲春、仲秋、仲夏、仲冬黃昏時之中星。殷墟甲骨文中已有火和鳥的星名。司馬遷《史記》稱古代有火正，專門觀測大火星的昏見。」中國的天文曆算，很早就很發達，由此可見。「七月流火，九月授衣」，是寫季節的變化，由炎熱而轉為寒涼，「衣」正是前三章的寫作重心。第四章的「一之日于貉，取彼狐狸，為公子裘。」也與「衣」有關。但第四章同時也寫了夏熟、秋收和冬獵之事。「一之日于貉」的「貉」，有人解作《周禮・甸祝》所說的「兵祭」，指公家舉行田獵以講武治兵，這與下文的「二之日其同，載纘武功」等句，可相呼應。

第五章以後，以食、住為主。第五章藉斯螽、莎雞和蟋蟀等動物的活動，來描寫季候的變化，重點在「住」；第六章藉鬱、薁、葵、菽、棗、稻、瓜、壺等植物的成熟，來說明月令的不同和農民的生活，重點在「食」。第五章寫蟋蟀由七月在野到十月入我床下，四句連寫，最後才點明是蟋蟀；第六章寫釀酒祝壽，由八月的棗寫到十月的稻，這些都是釀酒的原料，由此也都可見詩人的構句之妙。在這篇作品中，像首章的「同我婦子」以下三句，第二章的「女執懿筐」以下三句，第三章的「蠶月條桑」以下四句等等，也都有構句新奇而異於他篇的地方。

第七章先寫秋收和冬藏。秋天是收穫的季節，也是繁忙的季節。九月築土爲場曬穀子，十月就要全部收藏。等到大家忙完農事之後，還要到公家宮室中去做勞動服務。工作有哪些呢？下文的「晝爾于茅」等四句，就是答案。最後一句「其始播百穀」，說明農事是忙不完的，是終始循環、無有止息的。

從第一章到第七章，都大致以衣食爲經，月令爲緯，寫出農家的忙碌和辛勤，第八章則寫爲公家取冰、藏冰，爲祭祀準備祭品，在歲時歡宴時，齊祝萬壽無疆。終年的辛苦，只有在這時候，才能享受到收穫的喜悅。《禮記．月令》說季冬十二月「冰方盛，水澤腹堅，命取冰，冰以入」，又說仲春二月「天子乃獻羔開冰，先薦寢廟」。我們從這些文獻中，可以了解到第八章所寫的鑿冰、納冰，獻上羔羊韭菜，以及朋酒等等，原來都與周朝的禮法有關。〈毛詩序〉所說的「陳王業」，或許其癥結就在於此。

鴟鴞

鴟鴞

鴟鴞鴟鴞！
既取我子，
無毀我室。
恩斯勤斯，
鬻子之閔斯。

貓頭鷹啊貓頭鷹！
已經抓去我孩子，
不要再毀我家庭。
這要愛護要辛勤，
養小孩如此可憐。

迨天之未陰雨，
徹彼桑土，
綢繆牖戶。
今女下民，
或敢侮予。

趁天的尚未陰雨，
拆去那桑樹根皮，
來紮緊窗子門戶。
如今你們底下人，
有誰還敢欺負我。

予手拮据，
予所捋荼，
予所蓄租，
予口卒瘏，

我的手彎曲發僵，
我還在採取白茅，
我還在儲藏草料，
我的嘴累得酸痲，

曰予未有室家。　我還沒修好室家。

予羽譙譙，　我的羽毛憔悴了，
予尾翛翛。　我的尾巴枯萎了。
予室翹翹，　我的住家要倒了。
風雨所漂搖，　風雨卻還在飄搖，
予維音嘵嘵。　我只有嘵嘵地叫。

〈毛詩序〉如此解題：

〈鴟鴞〉，周公救亂也。成王未知周公之志，公乃爲詩以遺王，名之曰鴟鴞焉。

據《尚書・金縢》的記載：「武王既喪，管叔及其群弟乃流言於國曰：『公將不利於孺子。』周公乃告二公曰：『我之弗辟，我無以告我先王。』周公居東二年，則罪人斯得。于後公乃爲詩以貽王，名之曰〈鴟鴞〉。」意思是說：周武王死後，管叔（武王弟，周公兄）和他的幾個弟弟蔡叔、霍叔等人，在國內散布謠言誹謗周公，說周公將不利於年幼的成王，暗示周公可能篡位。周公於是告訴太公和召公，自己如果不執法討伐他們(一說不避開他們)，將無以告慰先王於地下。兩年後，分封在周東邊殷商故土上的管叔、蔡叔等人，都被定罪誅放了，然後周公才寫了這首〈鴟鴞〉，來說明自己歷盡艱辛、救亂扶傾的心志。

這種說法，和王先謙《詩三家義集疏》所引述的魯詩、齊詩之說，並無不同。《史記・魯世家》說周公當國，管、蔡、武庚等率淮夷而反。周公奉命東征，誅管叔，殺武庚，放蔡叔，安定淮夷東土，二年而畢定，歸報成王，爲〈鴟鴞〉以貽成王。《易林》說：「寧鴂鴟鴞，治成遇災。綏德安家，周公勤勞。」這些說法都認爲詩乃周公所作，而且在東征誅管、蔡之後，送給成王。

朱熹的《詩集傳》，大致上也依《尚書・金縢》爲說。〈金縢〉是寫周公忠心王朝的一篇歷史文獻，在天下流言之時，周成王在雷風中發現它，才完全相信周公。雖然〈金縢〉一篇有人疑出春秋之末或戰國之初，但孔子曾說：「爲此詩者，其知道乎！」《孟子》也引過此詩第二章，可見其成詩甚早，而其文字也頗爲古奧，因此歷來說詩者多從之。有人曾經懷疑此詩全用比體，文字既如此古奧，周公用以誡陳成王，成王當時年幼，如何能懂。朱熹《朱子語類》卷七十九中有一段問答，朱子的回答是：「當時事變在眼前，故讀其詩者便知其命意所在。自今讀之，既不及見當時事，所以謂其詩難曉。然成王雖得此詩，亦只是『未敢誚公』，其心未必能遂無疑。及至雷風之變，啓〈金縢〉之書後，方始釋然開悟。」說得合情合理，應該可以釋讀者之疑。

這首詩全用比體，藉禽鳥對鴟鴞的呼告哀叫之辭，來說明周公維護王朝的辛勤和輔佐成王的忠心。全詩共四章，每章五句，起結俱爲禽言，這在《詩經》中風格奇特，頗引人注目。姜炳璋《詩序補義》說：「詩通篇予、我，俱指鳥，俱周公自比。」這話說得不錯，詩是以母鳥或大禽的身分，哀告鴟鴞，說自己築巢辛勤，維護家庭，雖然一身疲憊，但風雨相侵，窠巢岌岌可危，足見養育幼雛是多麼的不容易，這正符合成王初立，周公輔佐卻遭流言的情況。起先是兄弟管叔、蔡叔等人，結合了商紂後裔武庚以及淮夷起來叛亂，危及周室，後來變亂平定了，周成王對於周公有意篡位的流言，還是半信半疑，在金縢尚未開啓之日，在周公忠心武王的證據尚未被發現之前，周公眞是有口難言，所以藉這首禽言詩來表明心跡。鴟鴞，就是貓頭鷹，有人說牠別名鸋鴂、鵩鳥，不管如何，在詩中都是惡鳥的代稱。朱熹《詩集傳》以之比武庚，而以「無毀我室」的「我室」，來比喻周朝王室。可以說這句「無毀我室」，就是全篇的重心，底下的文字，皆因此抒發而來。

第一章的「既取我子」二句，《毛傳》說是：「寧亡二子，不可以毀我周室。」顯然是將管叔、蔡叔兄弟二人，解釋爲「我子」，亦即周王室的後裔了。管叔、蔡叔既是周公的兄弟，也是周王室的後裔，爲什麼又跟武庚等人一起叛亂呢？武庚是商紂之子，爲父報仇自是人情之常，被封到殷商故土去監管商遺民的管叔、蔡叔，又因什麼緣故跟他們一起造謠誹謗周公？朱熹《朱子語類》卷八十一有一段話說得很好：

> 管、蔡必是被武庚與商之頑民每日將酒去灌啗它，乘醉以語言離間之曰：你是兄，卻出來

在此，周公是弟，反執大權以臨天下！管、蔡呆，想被這幾個唆動了，所以流言說：公將不利於孺子。這都是武庚與商之頑民教他，使得管蔡如此。後來周公所以做〈酒誥〉，丁寧如此，必是當日因酒做出許多事。

就因為認定管叔、蔡叔是被武庚所誘，所以詩中才在呼告貓頭鷹之後說：「既取我子，無毀我室。」說武庚既已害得管、蔡二人叛國被殺了，殘餘的叛變之人就不應該再繼續破壞我們周朝國家的安定了。「無毀我室」一句，涵蓋下文各章所言。「恩斯勤斯，鬻子之閔斯」二句，寫養育孩子非常辛苦，其實就是寫輔助成王之不易，以及周朝立國之艱難。馬瑞辰《毛詩傳箋通釋》說，「恩」當從《毛傳》訓「愛」，「勤」當解作「勤勞」，即「憂」之意，並且這樣說：

愛之欲其室之堅，憂之懼此室之傾也，恩勤皆指王室言。

「恩斯勤斯，鬻子之閔斯」的「斯」字，以前的學者大都說是語尾助詞，其實就承上句「無毀我室」而言，說它是指「我室」，也很通順。第二、三兩章就是承應此句而來。

第二章寫未雨綢繆。從經文字面講，是說護巢之禽鳥，趁天氣尚未陰雨之時，就剝取桑樹根皮來彌補窠巢的空隙。「徹」，與「撤」通。現在閩南語中的「徹」字，猶存此義。「桑土」，《毛傳》注云「桑根也」，據揚雄《方言》云：「東齊謂根曰杜」，可見以桑杜（即桑根）來訓解桑土，也合乎古訓。「綢繆牖戶」一句，仍是擬人化的延伸寫法，把禽鳥棲息的窠巢之有空隙處，比爲人之所居室的門窗。綢繆，這裡是指修補緊密，也就是把門窗關緊，沒有空隙，以策安全。這句話也是全篇的要點所在，在管、蔡天下流言、尙未正式叛變之前，就要未雨綢繆，防患未然；在禍患平定之後，也要思慮深遠，以防變亂再起。這才是此詩命意所在。現在成語所謂「未雨綢繆」，即由此而來。末二句「今女下民，或敢侮予」，孟子曾經引用，「女」作「此」，並且還引孔子之言曰：「能治其國家，誰敢侮之。」可見對於周公之能防患於未然，是大加讚許的。

第三章寫修築窠巢的辛勞，眞正的含義當然是寫周公輔佐幼主、平定禍亂的困難。方玉潤《詩經原始》說：「三、四章以下極言締造、平亂之難。如聞鸜鳥悲鳴，恆有毀巢破卵之懼。其自警者深矣。」旨哉斯言！在此章中，寫修補巢隙的禽鳥，手口並作，備極勤勞。「予手拮据」與「予口卒瘏」相對成文，正是一手一口；「捋荼」與「蓄租」亦相對成文，白茅可以補隙，草料可以爲墊，也同樣都是極寫「綢繆牖戶」、修築室家時的勞苦。就因爲太勞苦了，所以「手拮据」彎曲發僵了，「口卒瘏」酸痛發痲了。雖然如此，卻仍然尙未把室家完全修築成功。末句說的，即是此意。但「曰予未有室家」也可以有另一種讀法：「曰」與上章的「今女下民，或敢侮予」相應，是說自己雖然如此辛苦勞悴，但仍然有人在侮辱攻擊。

末章寫風雨飄搖中的悲鳴，有巢毀卵破之懼。羽毛、尾巴都枯乾憔悴了，失去了應有的光澤，這比手口交病還要更進一步描寫了築巢禽鳥的憂懼。在風雨飄搖之中，巢高而危，面對「侮予」之「下民」，自己卻只有「音嘵嘵」而已。在雙聲如「拮据」、疊韻如「漂搖」，重字如「譙譙」、「嘵嘵」等等的音節美感中，寫出了周公當時的救亂興業之志，眞可謂是一篇形象鮮明生動的佳作。

東山

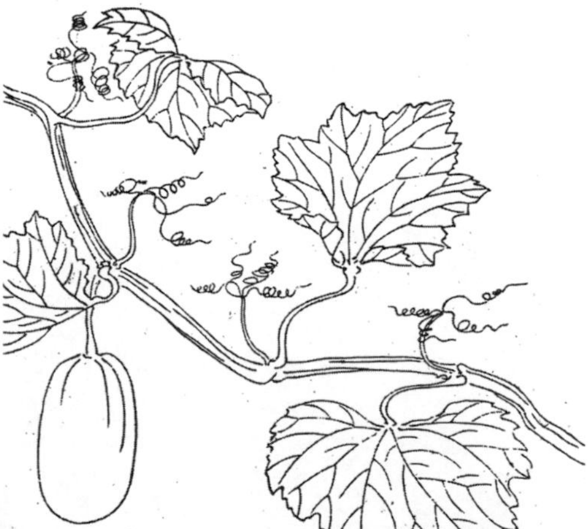

果臝

我徂東山，	我到山東去打仗，
慆慆不歸。	很久沒有回家鄉。
我來自東，	我今回家從山東，
零雨其濛。	飄的雨那樣迷濛。
我東曰歸，	我從山東回故鄉，
我心西悲。	我的心向西悲傷。
制彼裳衣，	縫製那日常服裝，
勿士行枚。	不再排隊去打仗。
蜎蜎者蠋，	一堆堆蠕動的蠶，
烝在桑野。	散布在桑野林間。
敦彼獨宿，	一團團那獨宿者，
亦在車下。	也睡在兵車下面。

我徂東山，	我到山東去打仗，
慆慆不歸。	很久沒有回家鄉。
我來自東，	我今回家從山東，

零雨其濛。
果臝之實，
亦施于宇。
伊威在室，
蠨蛸在戶。
町畽鹿場，
熠燿宵行。
不可畏也，
伊可懷也。

我徂東山，
慆慆不歸。
我來自東，
零雨其濛。
鸛鳴于垤，
婦歎于室。

飄的雨那樣迷濛。
瓜蔞葫蘆的果實，
也延伸到屋簷前。
伊威就在屋子裡，
蛛網就在門戶間。
田地變成野鹿場，
閃閃螢火夜流光。
不用擔心改變呀，
它們值得懷念呀。

我到山東去打仗，
很久沒有回家鄉。
我今回家從山東，
飄的雨那樣迷濛。
鸛鳥鳴叫在土穴，
妻子歎息在臥房。

洒埽穹窒，
我征聿至。
有敦瓜苦，
烝在栗薪。
自我不見，
于今三年。

我徂東山，
慆慆不歸。
我來自東，
零雨其濛。
倉庚于飛，
熠燿其羽。
之子于歸，
皇駁其馬。
親結其縭，

洒水掃地清垃圾，
我的征夫要返鄉。
一團團的瓠瓜苦，
散布在柴堆上面。
自從我們不相見，
到如今已經三年。

我到山東去打仗，
很久沒有回家鄉。
我今回家從山東，
飄的雨那樣迷濛。
黃鶯雙雙正飛翔，
閃亮的是牠翅膀。
這位姑娘出嫁時，
黃紅斑斕她的馬。
母親結好她佩巾，

九十其儀。　　九種十種她儀貌。
其新孔嘉，　　她新婚時眞漂亮，
其舊如之何？　那她久了又怎樣？

〈毛詩序〉解題如下：

〈東山〉，周公東征也。周公東征，三年而歸，勞歸士。大夫美之，故作是詩也。一章言其完也，二章言其思也，三章言其室家之望女也，四章樂男女之得及時也。君子之於人，序其情而閔其勞，所以說也。說以使民，民忘其死，其唯東山乎！

序文如此之長，還說明各章大意，較之他篇，是比較少見的。周公救亂，東征管、蔡，三年而歸，既歸而慰勞出征的士卒，序文說此詩即爲此而作。但作詩的人是誰？據序文說：「大夫美之，故作是詩也。」顯然以爲作者爲當時周朝大夫，是周大夫稱美此事而代歸士述其室家想望之情　。這是最早的說法，也是古代最流行的一種說法。

宋代朱熹開始不同意周大夫稱美周公東征之說，以爲應係周公本人所作。他在《詩序辨說》中說：「此周公勞歸士之辭，非大夫美之而作也。」已經確定詩乃周公勞歸士，非大夫美之而作。在

《詩集傳》中他更作了進一步的說明：「成王既得〈鴟鴞〉之詩，又感雷風之變，始悟而迎周公。於是周公東征已三年矣，既歸，因作此詩以勞歸士。」朱熹的這種說法，後來採信的人不少，還有人為他補充了一些採而信之的理由。例如方玉潤的《詩經原始》就這麼說：「此周公東征凱還以勞歸士之詩。小〈序〉但謂東征，則與詩情不符。大〈序〉又謂士大夫美周公而作，尤謬。詩中所述，皆歸士與其家室互相思念，及歸而得遂其生還之辭，無所謂美也。蓋公與士卒同甘苦者有年，故一旦歸來，作此以慰勞之，因代述其歸思之切如此，不啻出自征人肺腑，使勞者聞之，莫不涕下，則平日之能得士心而致其死力者，蓋可想見。」

如果說大夫美周公東征之說，與詩情不符，那麼朱熹的所謂「周公勞歸士之辭」，也一樣有不少臆測的成分。因此，從清代開始，又有了第三種流行的說法，以為是從征者所自作。崔述的《考信錄・周公相成王》即云：「此篇毫無稱美周公一語，其非大夫所作顯然；然亦非周公勞士之詩也。細玩其詞，乃歸士自敘其離合之情耳。」魏源的《詩古微》更配合詩入〈豳風〉而下結論說：「亦豳民從征者所作。」從經文上「細玩其詞」，這種後起的說法應該最容易被一般人所接受。但是，詩歌緣情而發，不應盡以邏輯理則思考方式規範之，不論古人今人，也都一樣有其豐富的想像能力，因此，關於此詩的寫作背景，認為與周公東征三年而歸有關，此乃從古至今共同接受之史實，像王先謙《詩三家義集疏》就引《尚書大傳》「周公攝政，一年救亂，二年克殷，三年踐奄」等證而明之。至於是大夫美之而作，或周公勞歸士之辭，或從征者所自作，其實讀者在欣賞時，皆可於詩中自己涵泳玩味。站在不同的角度，作不同的體會。所謂「不學博依，不能安詩」，道理即在於此。

此詩共四章，每章十二句。每章的前四句，字句全同，寫軍士久征東山、歸途遇雨之情，這是一組；每章的後八句，是另一組，寫的是軍士回家途中，設想出征前後不同的離合之情與悲歡之感。

第一組前四句所寫，是歸士共同的感受。錢澄之《田間詩學》有云：「凡言我者，皆設為軍士自道之詞。」雖然未必全對，但首句「我徂東山」的「我」，確係歸士自稱。「東山」，有人以為泛指太行山以東，即殷商故都河北之地；也有人以為指魯國的東山，蓋魯即古之奄國。此皆周公當時東征所經之地。「慆慆」指歲月悠悠，極言其久，這與下文的「我心西悲」、「于今三年」等句，前後呼應。士卒離開家鄉年深月久，如今眞的踏上歸途，卻又不免悲喜交集，開始近鄉情怯，擔心故鄉家人起了什麼變化。這種心情本來就有點酸澀了，偏偏天又下了濛濛細雨，助人悽惻。短短四句，情韻動人。朱自清在《中國歌謠》中就說每章的前四句完全相同，「很像是和聲」。

第二組後八句所寫，描寫了歸士踏上歸途時幾種不同的情境。〈毛詩序〉所說的「一章言其完也，二章言其思也，三章言其室家之望女也，四章樂男女之得及時也。」那是古代通行的一種讀法。筆者因篇幅有限，僅就此說略加推衍，供讀者參考。

第一章後八句，寫戰爭結束了，生還的歸士慶幸自己新衣已成，不再像以往那樣銜枚禁聲、行陣作戰；但仍然擔心故鄉變了樣。途中所見桑野上蠕動之蠶，與獨宿兵車下的士卒，是連類引喻，睹物而興情。「我心西悲」一句，涵蓋以下各章所寫情景，不可輕易放過。第二章後八句，寫歸士設想故鄉可能已變荒涼的情況。瓜蔞結實，延伸簷前；伊威(鼈蟲)在室，蛛網在戶，這是寫家居的荒廢；田舍空地有鹿跡，夜裡有螢火蟲飛，這是寫戶外的荒涼。如此設想，正反映了歸士思鄉的沈重心情。不過，不管故鄉如何改變，歸士表示一切都不可怕，只要回到家就好了。眞是思鄉愛家之情，不言而喻。首章寫思鄉，次章由鄉而家，以下由家而妻子。第三章後八句，進一步運用想像力，設想在家鄉的妻子如何想念自己，期待自己回家。胡承珙《毛詩後箋》即云「婦歎于室」以下八句，「皆敍婦人歎辭，兩我字皆代婦人自我。」不直接寫自己想念妻子，反而設想妻子如何想念自己，「洒掃穹窒」是寫掃地以待，「有敦瓜苦」二句，是藉瓜老薪乾，暗示夫妻久別。筆愈曲而情愈深，這是高明的表現技巧。第四章後八句，又更進一步想像自己回家後，與妻子團聚的情景。寫久別的妻子新婚出嫁時的儀節與喜悅，用來形容記憶中的妻子「其新孔嘉」，固然充滿欣喜之感，但用來對照最後一句「其舊如之何」，則其近鄉情怯，深恐春花易老的心情，不問可知矣。

姚際恆《詩經通論》有云：「末章駘蕩之極，直是出人意表」「後人作從軍詩，必描畫閨情，全祖之。」用這種悲喜交集的妙筆，寫離合相思之情，特別感人。唐詩中邊塞與閨怨的題材，常常將二者揉和來寫，眞可謂其來有自。王士禛《漁洋詩話》就說此詩第三四兩章，寫「閨閣之致，遠歸之情，遂爲六朝、唐人之祖。」斯爲的論。

破斧

既破我斧，
又缺我斨。
周公東征，
四國是皇。
哀我人斯，
亦孔之將。

已經破損我斧頭，
又砍壞了我斨鑿。
周公東方去征伐，
四方諸侯都改過。
可憐我們士兵哪，
還算非常的健碩。

既破我斧，
又缺我錡。
周公東征，
四國是吪。
哀我人斯，
亦孔之嘉。

已經破損我斧頭，
又砍壞了我鋤臿。
周公東方去征伐，
四方諸侯都感化。
可憐我們士兵哪，
還算非常的偉大。

既破我斧，
又缺我銶。

已經破損我斧頭，
又砍壞了我鍬柄。

周公東征，	周公東方去征伐，
四國是遒。	四方諸侯都平定。
哀我人斯，	可憐我們士兵哪，
亦孔之休。	還算非常的榮幸。

〈毛詩序〉解題如下：

〈破斧〉，美周公也。周大夫以惡四國焉。

意思是周大夫作此詩，以稱美周公而貶斥四國。稱美周公平定「四國」，話是容易理解的，但「四國」所指爲何，歷來說法卻頗爲紛歧。

《鄭箋》云：「惡四國者，惡其流言毀周公也。」顯然以爲四國即指周公輔佐成王之初，誹謗周公、流言天下的管叔、蔡叔之流，所以《毛傳》注云：「四國，管、蔡、商、奄也。」後來有人說奄已封魯國，應作「管、蔡、商、霍」才對。

事實上，周武王滅殷商之後，固然封商紂之子武庚爲諸侯，但爲了監視武庚，又命自己的兄弟管叔、蔡叔、霍叔各自統領殷商舊地的一部分。武王病死，子成王立，年幼，由武王同母弟周公旦攝政。管叔、蔡叔、霍叔等人不服，商紂之子武庚於是乘機聯合管、蔡、奄、姑蒲以及徐夷、淮夷等等，起兵反周。這些地區都在太行山之東，所謂山東之國。周公帶兵東征，最後殺了主謀武庚和管叔，放逐蔡叔，滅了熊、盈等十七國，不但行黜陟之典，評量諸侯，而且把殷商舊屬頑民遷到洛陽。因此，說「四國」是「管、蔡、商、奄」固然可以，說是「管、蔡、商、霍」也沒錯，這些都是舉其大者而言罷了。胡承珙《毛詩後箋》就說：「當時東方之國畔者尚多，周公所征，不止管、蔡、商、奄，言四國者，舉其重者耳。」

朱熹《詩集傳》則把「四國」解釋為「四方之國也」，雖稍嫌寬泛，但根據王先謙《詩三家義集疏》中所引《公羊傳》說的「周公東征則西國怨，西征則東國怨」，以及《後漢書》說的「周公一舉則三方怨，曰奚為而後己。」可見周公之東征，符合當時天下人民的共同願望。另外，〈曹風・鳲鳩〉篇有云：「正是四國」，〈下泉〉篇有云：「四國有王」，詩中所說的「四國」，也都是泛指四方諸侯各國而言。因此，〈破斧〉此篇所說的「四國」，扣緊「周公東征」來說，是指(太行)山東諸國諸侯；寬泛而言，則說是周公東征，平定叛亂，行黜陟賞罰之禮，而後諸國皆正，天下皆服，也可以講得通。

前人解釋此詩，往往與〈東山〉一篇合讀。〈毛詩序〉的「美周公」、「惡四國」，固然如是，朱熹更是如此。朱熹《詩集傳》不同意這首詩是周大夫所作，而認為作者應是隨周公東征的從軍之士，而且還認為它與〈東山〉一篇是一唱一和的作品。《詩集傳》是這樣說的：

從軍之士以前篇（按，指〈東山〉一詩）周公勞己之勤，故言此以答其意。

這種說法頗爲有趣，後來明代何楷《詩經世本古義》採信之，姚舜牧的《重訂詩經疑問》更將二篇如此相提並論：「讀〈東山〉之詩，見周公體歸士之心；讀〈破斧〉之詩，見歸士識周公之心。」話說得有趣，而且感人，但事實是否如此，就很難查考了。

清人范家相《詩瀋》對以上諸說都不採用，他認爲：「此非周大夫之惡四國，亦非軍士之答周公而慰之也，蓋東人美周公以破敵之詩。」這種說法，和上述三家詩所說的「周公東征則西國怨」等語可相對照，但一核對詩中三言「哀我人斯」的語氣和感情，又覺得有所捍格。就因爲詩旨難以求確解，所以近人多主張就詩句經文本身去理解，也因此，這首前人說是稱美周公的作品，因爲各人的體會不同，有人說是只寫東征士卒喜慶生還而已，對周公有怨刺之意，有人說是詩中有厭戰的思想了。歧解愈多，給初學者的困擾也愈大。筆者對於這樣的問題，一向抱持「不薄今人愛古人」的態度，覺得古人的說法只要講得通，我們就應該尊而重之，不宜過度懷疑。否則戴上有色眼鏡，看的東西都失去了原來色彩，已非原始面目。

以下即先採舊說，嘗試爲此詩進一解，然後再談相關問題。

此詩凡三章，每章六句，形式複疊，而以每二句爲一組。《毛傳》解釋首章前二句云：「斧斨，民之用也；禮義，國家之用也。」後人多不曉斧斨與禮義有何關係。其實斧斤之類，原爲伐木析薪之具，其用在乎取材，而取材之道，在於合乎繩墨。古人取其義，用其形爲刺繡的文采。這跟禮義乃道德的準繩、行爲的規範，其道理是相通的。例如《周禮・春官・司几筵》即云：「凡大朝覲、大饗射，凡封國、命諸侯，王位設黼依。」鄭玄注：「斧謂之黼，其繡黑白采，以絳帛爲質。依，其制如屛風然。」這是說古代國家有重大慶典時，在王位之後，堂上戶牖之間，設有屛風，上面繡有黑白相配的斧形文采，用以示威，即所謂黼依或斧依。國王座位後面有此斧依，是表示他將大公至正，誅罪正法。因此《毛傳》所言，實有深意。《鄭箋》推闡此意，說：「四國流言，既破毀我周公，又損傷我成王，以此二者爲大罪。」說的也很有道理。意思是藉斧斨之破缺，比喻周朝權威受到挑戰。可是，後來卻有不少學者把《鄭箋》的說法硬扣到「斧」「斨」二字去比附，說「斧」專指周公，「斨」專指成王，而大加批評，事實上是誤會了鄭玄的原意了。

第二章的「錡」，第三章的「銶」，《毛傳》都僅注云：「鑿屬」、「木屬」，沒有多加解釋，顯然認爲它們和「斨」一樣，都是斧斤之類的器具，差別在於鑿孔是圓是方、質地是金屬或木屬而已。嚴格說來，斧斨是伐木析薪之用，穿木的鑿孔，前者圓而後者方；錡銶是掘地起土之用，鑿柄的形狀各有不同。在古代農業社會裡，它們是農具，也可以是戰爭時的兵器。

每章的第三四兩句，是一組。「周公東征」，是寫作背景，「四國是皇」的「四國」，上文已有說明，《毛傳》注明爲「管蔡商奄也」，是把作品的著成年代，緊縮在周公攝政之時。「四國是皇」的「皇」，和第二三兩章的「吪」、「遒」，《毛傳》分別解釋爲：「皇，匡也」、「吪，化也」、「遒，固也」。也都是站在稱美周公東征、弔民伐罪的立場，說「四國」諸侯受到周公的匡正、感化和平定。有人把「皇」解作驚惶；把「吪」解作「喧嘩」；把「遒」解作「緊張」；也講得通，但那是另一說了。

各章的第五六兩句，亦爲一組。後來說此詩旨趣者見解之紛歧，多與此有關。「哀我人斯」一句，《毛傳》沒有解釋，或以爲淺近易懂。「斯」爲語尾助辭，沒有什麼爭議，但很多人因爲有此「哀」字，因而認爲此詩與「美周公」的「美」，似有牴觸。其實，恰如馬瑞辰《毛詩傳箋通釋》所言：「哀字古有數義」，「有作悲哀解者」，「有作哀憐解者」，「有當訓愛者」，並且說：「哀憐之意，即與愛近。」我以爲「哀我人斯」的「哀」，即應作此解。至於「我人」，是指我們跟隨周公東征的「從軍之士」，或指我們被「四國」諸侯統治下的人民，也會牽涉到作者的問題。可惜《毛傳》沒有解釋。不過，從《毛傳》注解下句「亦孔之將」、「亦孔之休」，釋「將」爲「大」，釋「休」爲「美」，似乎與三家詩把周公東征解釋爲受到四方諸侯人民的歡迎，更爲接近些。這也就是我爲什麼在上文特別引述范家相《詩瀋》之說的原因。如果照此解釋，那麼每章的最後兩句，都應該譯解爲：周公東征，平定了叛亂，解救了我們受苦的人民，他憐愛我們，他是多麼的偉大完美。「亦孔之將」等句，是用來歌頌周公的。

以上的說法，是根據《毛傳》、《鄭箋》的訓詁注解來立論的，講是講得通，但回來仔細品讀經文原典，卻又覺得不是毫無疑問。各章的開頭二句，斧斨錡銶，固然都是斧斤之屬，但詩中說它們是「既破」「又缺」，究竟是指從軍之士征戰已久呢？或指東國受苦的人民無暇從事農耕呢？是難以確定的。斧斨是伐木析薪之具，錡銶是掘地起土之具，對古人而言，它們在平時可以是農具，在戰時可以是兵器。它們的本身是金屬銅鐵之類，爲了便於操持，都有穿鑿的木柄，詩中所說的「既破」「又缺」，是指器具金屬本身砍壞了，或指鑿柄斷裂了，也一樣難以確定。尤其是每章的最後兩句，依照舊說，是稱美周公功德的，但「哀我人斯」的主詞如果是周公，那麼「亦孔之將」的「亦」，怎麼讀也覺得對周公不甚尊敬。

因此，我認爲舊說有其道理，可以成立，但後來有些學者說此詩乃隨周公東征的從軍之士，經過幾年破斧缺斨的戰爭，獲得最後的勝利，自己慶幸生還的說法，也覺得言之成理。它的好處是：一、全篇行文口氣一致，皆從軍之士的口吻。既贊美周公弔民伐罪，也肯定自己士卒的不辭辛勞，助成功業。二、與前篇〈東山〉可以合觀，雖非一唱一和，但應是同一系列留傳下來的作品。

詩歌本來就是緣情而發，不必只有一種詮釋。

伐柯

伐柯如何，　　要砍木柄怎麼辦，
匪斧不克。　　不用斧頭就不能。
取妻如何，　　要娶妻子怎麼辦，
匪媒不得。　　不靠媒人就不成。

伐柯伐柯，　　砍木柄呀砍木柄，
其則不遠。　　它的榜樣並不遠。
我覯之子，　　我遇見的這個人，
籩豆有踐。　　果盤食器排齊全。

〈毛詩序〉解題如下：

〈伐柯〉，美周公也。周大夫刺朝廷之不知也。

「美周公」的「美」，和「周大夫刺朝廷之不知」的「刺」，是相對立的，詩序的作者卻說此詩體兼美刺，一方面稱美周公，同時在另一方面諷刺朝廷的無知。最適合這種既美且刺的時代，當然是周公攝政之初，相傳周朝君臣爲流言所惑，對他尚有懷疑的時期。所以《鄭箋》如此加以闡釋：

成王既得雷雨大風之變，欲迎周公，而朝廷群臣猶惑於管、蔡之言，不知周公之聖德，疑以王迎之禮，是以刺之。

鄭玄把詩篇的著成年代，推定與〈鴟鴞〉同時，說周公攝政之初，成王年幼無知，起先爲流言所惑，以爲周公有簒奪之志，一直到遭雷雨大風之變，開啓金縢之後，才發現周公欲代武王而死的眞心忠忱，於是捧書涕泣，出郊謝天，迎周公以歸。即使如此，鄭玄說還是有一些臣子惑於管、蔡之流言，而有所懷疑。〈毛詩序〉所說的「刺朝廷之不知也」，指的就是這回事。

不過，鄭玄的這種說法，後人頗有異議。例如歐陽修的《詩本義》就說：

成王已得金縢之書，見周公欲代武王之事，乃捧書涕泣，君臣悔過，出郊謝天，遂迎公以歸。是已知周公矣，群臣復何所惑，而疑於王迎之禮哉！康成區區止說王迎之事，由是失詩之大旨也。

王先謙的《詩三家義集疏》也說：「王欲迎周公，則朝廷無異說矣，而《箋》云群臣有疑惑者，是今古文所無。」他說得很清楚，在今古文經中，都沒有上述鄭玄所謂「群臣有疑惑」的記載。王先謙對於此詩的看法，認爲三家之說已不可見，最合經意的，應是蘇轍《詩集傳》所說的：

伐柯而不用斧，取妻而不用媒，豈可得哉？今成王欲治國，棄周公而不召，亦不可得也。

妙就妙在這裡：宋儒清儒都有人駁斥鄭玄之說，但上述蘇轍話中的「今成王欲治國，棄周公而不召」等等，雖是假設之言，但揆之情理，不是也反映了至少當時仍有一些臣子對周公的忠誠有所疑惑嗎？否則，當時「棄周公而不召」的，只有那年幼的成王一人而已？揆之情理，當時在成王周圍的大夫，對於周公必然有人美之，有人毀之。范處義的《詩補傳》，基本上仍以〈毛詩序〉爲據，而點出周公當時應該身在東國。他在《詩補傳》裡是這樣說的：

此周公居東未歸之時，周大夫美周公之善處，而刺朝廷不知其忠，尙遲遲未迎周公也。

或許由於「此周公居東未歸之時」一語的點醒，時代比范處義稍晚的朱熹，在《詩集傳》中完全以「周公居東之時」的觀點，來解釋此篇旨意。對於一二兩章，分別述其大意如下：

周公居東之時，東人言此，以比平日欲見周公之難。（一章）

東人言此，以比今日得見周公之易，深喜之之辭也。（二章）

朱熹如此立說，與其一向推崇周公之才德有關。像上一篇〈破斧〉，朱熹在《詩集傳》中就大發議論說：

今觀此詩，固足以見周公之心大公至正，天下信其無有一毫自愛之私，抑又以見當是之時，雖披堅執銳之人，亦皆能以周公之心爲心，而不自爲一身一家之計，蓋亦莫非聖人之徒也。學者於此熟玩而有得焉，則其心正大，而天地之情眞可見矣。

因爲對周公一向推崇如此，所以他說〈伐柯〉一詩，係藉伐柯娶妻爲比喻，來說明周公居東之時，如何受到人民的尊重。

這種說法，與〈毛詩序〉之舊說並未牴觸，加上朱熹對後人的影響力，因而在宋元以後，頗爲流行。例如許謙《詩集傳名物鈔》說：「東人喜見周公」，郝懿行《詩問》說：「東人喜周公也」，凡此等等皆是。

近代以來的學者，則頗有些人一空依傍，僅從經文字面去推求詩旨，因而認爲此爲婚姻之詩。

第一章有「娶妻如何」之句，當然可以說與婚姻有關，照這樣的講法，「伐柯如何」之句，可以說是「娶妻如何」的前述句，作比喻之用，伐柯需要斧頭，娶妻需要媒人。而第二章的「我覯之子」二句，也可以把「之子」解作所娶的妻子，像朱熹的《詩集傳》都曾經說：「之子，指其妻而言也。」至於最後一句「籩豆有踐」，那是說一切依照禮俗，籩則籩，豆則豆。籩豆都是用於祭祀宴享的器具，形狀都像「豆」，前者竹編而成，用以盛乾果類的食品，後者用木或陶、銅製成，用以盛肉汁類的食物。「有踐」是說排列成行，什麼器具該擺什麼位置，都照規定，一切悉照古禮。這樣理解的話，那麼前兩句「伐柯伐柯，其則不遠」所要比喻的道理，也就盡在其中了。因此，僅從經文字面上去講，說此詩乃描寫婚姻之作，是言之成理的。更何況連朱熹都曾經把「我覯之子」的「之子」，解作「指其妻而言」呢！

不過，詩歌的創作與欣賞，是不能一概而論的。有的作品用賦筆，直敘其事，滿心而發，肆口而成；有的作品用比興，委曲其言，善用比喻，意在言外。只要寫得感人，都一樣是好作品，不能說用賦筆或用比興，就一定好或壞。同樣的道理，一首傳誦千古的詩，從字面上講是一層意義，但透過這字面上第一層的意義，去核對當時的歷史文獻，去探索當時的社會禮俗，它又可能有其他層面的意義。〈伐柯〉，就是這樣的作品。事實上，《詩經》中的詩篇，特別是〈國風〉的部分，大多如是。

如果把這首詩放回〈豳風〉裡去觀察，那麼它和〈鴟鴞〉、〈東山〉、〈破斧〉等篇一樣，早被認定是周公所自作，或東征之士所作，或周大夫所作，或當時人美周公而作，可謂皆與周公有關，著成年代應在西周初年。《詩經》之成書，在孔子之前，而〈國風〉之采集以至入編，必然經過樂官比其音律、太師總其成的階段，因此孔子才能絃之歌之，施於禮樂，用以教導學生。周公制禮作樂，是孔子所推崇的；周公教化，流行魯國，也是孔子所親身體會的，豳既爲周朝發祥之地，而豳地之聲調，不但是周樂之代表，而且隨周公之東征，亦曾流行於東國，也因此，孔子之於〈豳風〉詩篇之作，必知之有故，他的學生子夏等人，以及後來傳習《詩經》的儒生，也必然承其餘緒，知其故事。換句話說，〈伐柯〉一詩，〈毛詩序〉說是「美周公」，三家詩之說，據王先謙云「不可見」，或亦無異義之意，則「美周公」之說，必有所本，不宜輕言捨棄。

詩凡兩章，每章四句。每章的前兩句都是藉伐柯爲比，後兩句則是詩的重心所在。

第一章藉砍樹來做斧柄，必須靠斧頭，來說明娶人爲妻，必須靠媒婆。「伐柯伐柯」這四句，幾乎同樣的句型也出現在〈齊風．南山〉一詩之中：

析薪如之何？匪斧不克。

取妻如之何？匪媒不得。

這種現象，我們可以像陳子展的《詩三百解題》解釋爲：「大概這是出自當時諸夏通行的謠諺」，也可以解釋爲：收在〈國風〉裡的詩篇，都已經過比其音律、校其文字，已非民歌的原始面目，所以在不同的國別、篇章之中，才會出現同樣的字句。〈南山〉一詩，雖寫齊襄公之淫行，但仍與婚姻有關，這與〈伐柯〉一詩藉伐木須要斧頭來說婚姻須靠媒婆撮合，實有相通之處。不過，〈南山〉的重點在刺齊襄公，刺其兄妹之淫行，即未告父母，未經媒人；而〈伐柯〉的重點在美周公，美周公之大公至正，即周朝匡扶社稷之大任，非他莫屬。以婚姻喻國事，不能沒有他這樣的媒人，否則就不算明媒正娶。上一篇〈破斧〉中曾經說過斧在古禮中有「大公至正」的寓意，它和「明媒正娶」的婚姻在詩中是可以相應的。

第二章的「其則不遠」，是說以斧砍木爲柄，它的榜樣即在眼前。所謂繩墨曲直，取以爲法，此呼應首章前二句。同樣的，「我覯之子」二句，呼應首章後二句。「之子」指的就是「匪媒不得」的媒人。這個媒人懂得禮儀，所以籩則籩，豆則豆，排得整整齊齊，完全合乎禮俗的要求。《鄭箋》說：「之子，是子也。斥周公。」這裡的「斥」，是指稱的意思，即指周公而言。吳闓生《詩義會通》說他父親吳汝綸以爲此詩與下篇〈九罭〉「本一篇而誤分之，當合讀，其義乃見。」蓋二篇皆以禮爲言，皆言禮義爲治國之柄，上篇言周公「籩豆有踐」，是知禮法的人，下篇則言周公尚未得到禮敬。這是值得參考的意見。其他請參閱下篇。

九歌

九罭之魚鱒魴。
我覯之子，
袞衣繡裳。

鴻飛遵渚。
公歸無所，
於女信處。

鴻飛遵陸。
公歸不復，
於女信宿。

是以有袞衣兮。
無以我公歸兮，
無使我心悲兮。

密網的魚是鱒魴。
我遇見的這個人，
穿著龍袍錦繡裳。

鴻鵠飛時沿沙渚。
王公回去無歸處，
啊與您兩晚同住。

鴻鵠飛時沿陸岸。
王公回去不復返，
啊與您多住兩晚。

就是因爲有龍袍啊。
莫讓我王公西歸啊，
莫讓我內心傷悲啊。

〈毛詩序〉解釋此詩，竟然與上篇〈伐柯〉所說的題旨一模一樣：

〈九罭〉，美周公也。周大夫刺朝廷之不知也。

兩首詩的題解一模一樣，說明二者之間，必然有其密切的關係。吳闓生《詩義會通》說：

先大夫曰：〈伐柯〉、〈九罭〉當爲一篇，上言「我覯之子，籩豆有踐」；此言「我覯之子，袞衣繡裳」，文義相應。後人誤分爲二，於是上篇無尾，而此篇無首，其詞皆割裂不完矣。《毛傳》亦本一篇，故通以禮爲言，上言禮義治國之柄，此言周公未得禮，文義亦相聯貫，不以爲兩篇也。〈小序〉二篇同詞，則後人以一〈序〉分冠於二篇耳。

吳闓生的父親即吳汝綸。吳汝綸以桐城義法來詮釋〈伐柯〉與〈九罭〉二詩，以爲文義相應，當爲一篇，這種說法頗有見地。〈伐柯〉是「美周公」，此詩亦「美周公」，但在稱美的同時，〈毛詩序〉卻又說是「周大夫刺朝廷之不知也。」這正如《孔疏》所云：「亦以爲刺成王也」，意思是說成王起初還誤信一些臣子的讒言，懷疑周公的忠誠，後來遭風雷之異，啓金縢之書，才知道宜用厚禮親迎之。《孔疏》於此有言：

周公既攝政而東征，至三年，罪人盡得。但成王惑於流言，不悅周公所為。周公且止東方，以待成王之召。成王未悟，不欲迎之，故周大夫作此詩以刺王。經四章，皆言周公不宜在東，是刺王之事。

《孔疏》的這些話，是從〈毛詩序〉的「周大夫刺朝廷之不知」的觀點來說的，重點在「刺」；事實上，〈毛詩序〉在「刺朝廷之不知」之前，已先說此詩「美周公也」，則經文中多陳述東都之人欲留周公之言，即為「美」周公而作，重點在「美」，說明周公多麼受到東國之人的愛戴。也因此，《孔疏》又說：「序云美周公者，則四章皆是也。其言刺朝廷之不知者，唯首章耳。」從「刺」的觀點說，是刺成王應尊崇有德，宜用厚禮，所謂「袞衣」「籩豆」以迎周公；從「美」的觀點說，周公東征三年，弔民伐罪，受到東國之人的愛戴，因此當周公後來將西歸之時，藉此送行之詩，表達對周公的依戀惜別之情。可以這樣說，越寫東人對周公的依戀惜別，也就越顯出成王君臣不知周公的才德。上引的吳闓生《詩義會通》曾經這樣說過：

詩道東都之人留公之意。東都之人，猶能愛公若此，所以深刺朝廷之不知也。

這段話很能闡釋〈毛詩序〉以來舊說的旨意。

對於〈毛詩序〉的說法，據王先謙的《詩三家義集疏》說，「三家無異義」。朱熹的《詩集傳》大抵也依據舊說來論經文四章的段落大意：

> 此亦周公居東之時，東人喜得見之而言。(首章)
>
> 東人聞成王將迎周公，又自相謂而言。(次章)
>
> 「不復」，言將留相王室，而不復來東也。(三章)
>
> 承上二章，言周公「信處」「信宿」於此，是以東方有此服衮衣之人，又願其且留於此，無遽迎公以歸。歸則將不復來而使我心悲也。(四章)

可以看出來，朱熹的這些話，和上述《孔疏》所說的：「〈序〉云美周公者，則四章皆是也。其言刺朝廷之不知者，唯首章耳。」是前後相應的。第一章寫的是成王尚未禮迎之前的事，後面三章則寫往迎周公之後，東國之人的依戀惜別之情。

詩凡四章，每章三句。首章「九罭之魚鱒魴」一句，有人斷而分成「九罭之魚」，「鱒魴」兩句。吳闓生《詩義會通》曾引其父吳汝綸之言，以爲此詩與上篇〈伐柯〉文義相應，余培林《詩經正詁》更據此而另作發揮：

此詩之首章，似是由前篇〈伐柯〉之末章分割而來。此可由形式與內容兩方面觀之！就形式言，此篇後三章每章皆三句，獨此章爲四句，而與前篇兩章之句數吻合。此章之第三句「我覯之子」，亦與前篇末章第三句相同。

就內容言，此詩二三四章寫周公將「歸」，當是此篇主旨；而此章則寫初見周公之情形，與此篇之主旨不合，然與前篇詩義則相近。又此章末句「袞衣繡裳」寫「之子」之衣，前篇末章末句「籩豆有踐」寫「之子」之食，皆所以表現周公之儀度異於常人。若將此章還置前篇之末，則兩篇每篇各三章，前篇每章四句，此篇每章三句；前篇寫初見周公，此篇寫惜別周公。每篇形式既劃一，詩義亦完整無缺。

此一推論，說得頭頭是道，値得讀者參考，但問題是從未有任何實據可以證明此詩首章是由前篇〈伐柯〉末章分割而來，而首句「九罭之魚鱒魴」也非必斷成兩句不可。假使首句只作一句看，那麼此詩每章都是三字句，第二三兩章形式複疊，錯落之中兼具整齊之美。

第一至第三章，首句都各借魚、鴻來起興。首章的「九罭之魚鱒魴」，是說細密的魚網裡有鱒、魴這樣的大魚。罭，音域，捕小魚蝦用的網罟。九，是虛數，言其網眼之多。有人以爲這一句是比喻「鱒、魴是大魚，處九罭之小網，非其宜；以興周公是聖人，處東方之小邑，亦非其宜」。

也有人以爲這一句是比喻「取物各有其器」，「設九罭之網，得鱒魴之魚」，網眼細密，不是說網身小；鱒、魴說大，也不得說眞的大於其他的魚，不過是用來起興，「以喻用尊重之大禮，迎周公之大人」。所謂「尊重之大禮」，即指下文的「袞衣繡裳」。「我覯之子，袞衣繡裳」，「之子」自指周公，而「袞衣繡裳」即周公之所服。此即所謂上公之服。「袞衣」，《毛傳》云：「卷龍也」，是說王公所穿的衣上，畫有卷龍的圖案。它和「繡裳」配在一起，在周朝是代表一種尊崇的身分。古人有所謂冕服九章，共九種圖案，前五種：一龍、二山、三華蟲、四火、五宗彝，都繪於上衣；後四種：六藻，七粉米，八黼，九黻，都繡於裳。由此可見，「袞衣繡裳」指王公所穿的禮服。《毛傳》特別注明「卷龍」，那是表示它和代表天子冕服十二章（九章之外，再加上日、月、星辰三種圖案）所畫的「升龍」，雖然一升一降，有所不同，但那已是王公冕服中最高貴的一種了。「我覯之子」二句，正寫東國之人，看見東征有功的周公，穿上袞衣繡裳時的驚喜之感。

第二、三兩章，同樣借物起興，說鴻鵠本應高飛，翺翔長空，如今卻沿著水渚、平地飛行，比喻周公這樣偉大的人物，卻來到東國這小地方，因此東國之人在欣喜之餘，也擔心周公即將回到朝廷上去，可能不會再回來東土了，因此盼望即使留不住，也要周公多留一兩晚。明人朱朝瑛《讀詩略記》云：「東人見周公之歸，且喜而且悲也。喜者喜朝廷之得公，悲者悲東人之失公也。」清人傅恆等《詩義折中》云：「東方非公久居之處也，東人非不知之而又心悲者，則其情有所不能已也。」說的都是東人這種依依不捨的惜別之情。

第四章不再借物為喻，而是直接用賦筆，來描寫東人對周公的依戀惜別之情。三句的語尾「兮」字，語氣迫切而哀傷，表現了對周公的愛戴，也表現了東人挽留的懇摯。這當然是「美周公也」，稱美周公的才德，但它同時也突顯了另一個主題，「刺朝廷之不知也」，諷刺朝廷起先對周公不夠禮敬。

狼跋

狼

狼跋其胡，	狼踩到自己下巴，
載疐其尾。	又絆住自己尾巴。
公孫碩膚，	公孫壯健又肥大，
赤舄几几。	赤金禮鞋頂呱呱。
狼疐其尾，	狼絆住自己尾巴，
載跋其胡。	又踩到自己下巴。
公孫碩膚，	公孫壯健又肥大，
德音不瑕。	品德聲望眞不差。

〈毛詩序〉解題如下：

〈狼跋〉，美周公也。周公攝政，遠則四國流言，近則王不知。周大夫美其不失其聖也。

對周公「不失其聖」這句話，《鄭箋》特別加以詮釋，說周公「聞流言，不惑；王不知，不怨」，而且在「復成王之位」後，「又爲之大師，終始無愆」，因而「聖德著焉」。這是從先秦以來就代代相承的一種說法。

王先謙在《詩三家義集疏》中，對上述說法，先說是：「三家無異義」，後面則引用胡承珙《毛詩後箋》的一段文字：

此詩當指周公攝政，四國流言時事。蓋其時疑謗忽起，王室傾危，二叔不咸，沖人未悟，周公欲進不能，欲退不得，正跋前疐後之狀。

然後加按語說：

胡說是也。周公惟攝政，故致流言，必不如《箋》作〈鴟鴞〉詩時始欲攝政也。當流言之起，成王疑公，蓋有二公所不能匡救者。公此時既已攝政，進而負扆，無以解於鬻子；退而弗治，無以告我先王。請命東行，內則遠嫌，外仍扞難，實處危疑恐懼之地。及四國果叛，連兵二年，罪人斯得，然後心跡大顯。袞衣既錫，旋亦召歸。豳人於公之歸，追紀德音，故以是詩美之耳。

這是結合〈鴟鴞〉及《尚書·金縢》等資料，來說明此詩的創作背景。當時管叔、蔡叔流言於國，誹謗周公將不利於「孺子」成王，召公、太公或者畢公，處此骨肉兄弟之間，也不知如何匡救才好。周公「內則遠嫌，外仍扞難」，在危疑恐懼的環境中，眞的進退兩難。「欲進不能，欲退不得」，這種跋前疐後的情形，用現代的話說，眞是「狼狽不堪」。

說到「狼狽不堪」，應該提一提段玉裁對〈狼跋〉的看法。段玉裁在《詩經小學》中云：

李善〈西征賦〉注：「《文字集略》曰：『狼狽，猶狼跋也。』《孔叢子》曰：『吾於〈狼狽〉，見聖人之志。』按、《孔叢子》『狼狽』，謂〈狼跋〉之詩也。『狽』即『跋』字。『跋』、『䟺』古通用。《說文》：『跋，蹎也。』『䟺，步行獵跋也。』無『狽』字。

又說：

〈蕩〉(宏一按、〈大雅〉篇名)詩「顚沛」，即「蹎跋」之假借。《傳》：「顚，仆也。沛，跋也。」沛、跋、䟺同在第十五部。今「沛」、「䟺」讀去聲，古與「跋」同入聲，是以通用假借。自去入歧分，罕知「顚沛」即「蹎跋」之假借，且罕知「狽」即「䟺」之譌，「䟺」即「跋」之通用字矣。

段玉裁從文字聲韻方面來訓解「狼跋」一詞，當然言之成理，但如把「狼跋」作一詞語看，則下文「其胡」以及「狼疐」、「載跋」等等，不知該又作何解？因此後來的學者仍然多採舊說。

上述王先謙所引胡承珙之言，以為「此詩當指周公攝政，四國流言時事。」其實這僅就周公當時進退兩難的進之一端言之而已。《毛傳》解釋首章前二句有云：

老狼有胡，進則躐其胡，退則跆其尾，進退有難，然而不失其猛。

意思是說：老狼頷部(下巴)有下垂的肉，身後又有長尾巴，當牠行動時，前進會踩到自己的下巴，後退又會絆住自己的尾巴。雖然進退都不方便，但牠仍然兇猛生威。詩藉此來描寫周公雖然年紀老大，身體肥胖，但他仍然是周朝的股肱砥柱。

對於《毛傳》所說的「進退有難」一句話，《孔疏》闡釋得很好。他把周公的「進退」和時間的「遠近」放在一起說明，解釋得更清楚：

毛以為：周公攝政之時，其遠則四國流言，謗毀周公，言「將不利於孺子」；其近則成王不知其心，謂周公實欲篡奪己位。周公進退有難如此。

同樣是詮釋這首詩，同樣是解說這件事，《鄭箋》與《毛傳》的說法稍有不同。《鄭箋》是這樣說的：

> 周公進則躐其胡，猶始欲攝政，四國流言，辟之而居東都也。退則跲其尾，謂後復成王之位而老，成王又留之。
>
> 周公攝政七年，致太平，復成王之位。……欲老，成王又留之，以爲大師。

同樣的，《孔疏》也就周公之「進退」與時間之「遠近」二者加以統合分析：

> 鄭以周公將攝政時，遠則四國流言，而周公不惑，不息攝政之心；近則成王不知，而周公不怨，不生忿懟之意，卒得遂其心志，成就周道，是進有難也。
>
> 及致政成王之後，欲老而自退，成王又留爲大師，令輔弼左右，是退有難也。
>
> 〈序〉稱「流言」與「王不知」，唯說進有難也。
>
> 不言退有難者，「不失其聖」之中，可以兼之矣。

比較之下，可以發現：《毛傳》與《鄭箋》都以爲周公「進退有難」的「進」「退」，與時間的「遠」「近」大有關係。就「遠」者言，他們都以爲是指周公攝政，「四國流言」之時，此亦即所謂「進有難」之時；就「近」者言，《毛傳》以爲是指「成王不知其心，謂周公實欲簒奪己位」之時，而《鄭箋》則以爲是指周公「後退成王之位而老，成王又留之」，以爲太師之時。顯然《鄭箋》把「退有難」的時間拉後了。但他們在闡釋〈毛詩序〉的「不失其聖」時，卻又都提到周公誅除四國，攝政成功，不失其爲聖，顯然認爲此時之作，必在周公西歸勞士之後。換言之，這符合了陳奐《詩毛氏傳疏》的結論：「既歸朝廷而作，在攝政四年後。」或許這些也可說明此詩爲什麼會放在〈鴟鴞〉等篇之後，所謂「〈豳風〉終以〈狼跋〉」的原因。

此詩共二章，每章四句。章法複疊，前二句都以老狼起興，後二句則稱美周公。前二句以老狼興周公，歷來頗多學者以爲比擬不倫。老狼前進時會踩到自己頷下的垂肉，後退時會絆住自己的尾巴，用來比擬周公，究竟合不合適呢？有人說周公心廣體胖，走起路來，前搖後擺，有些像老狼之跋前疐後，但老狼生性貪欲兇殘，而周公則從容自得，公而無私，遭大變而不失常。也有人說，前二句寫老狼的跋前疐後，進退兩難，是用來比喻周公在「四國流言」、「成王不知其心」乃至「成王又留爲大師」的過程中，所遭遇的困窘的情況。這就是所謂「反興正承」。

後二句的「赤舃几几」、「德音不瑕」，是贊美其人的身分高貴，德性完美。几几，是盛的樣子，形容服飾之美；不瑕，即無瑕，形容聲譽之隆。赤舃，《毛傳》說是「人君之盛屨也」，所以他把第三句的「公孫」，解作「成王」。因爲成王是豳公的後裔。事實上，赤舃是配合冕服所穿的複底的鞋子，以金爲飾，上公即可穿用。因此，《鄭箋》說「公孫」的「公」指周公，而「孫」讀爲「遜」，即避讓之意。《鄭箋》的說法較爲後人接受，但頗有些人認爲「孫」不必讀爲「遜」、「公孫」仍可指周公而言，因爲周公也是豳公的後裔。「碩膚」二字，應指體型的肥壯而言。這說明了周公雖處危疑恐懼之地，仍然行所當行，安肆自得。朱熹《詩集傳》說的好：「狼跋其胡則疐其尾矣，公遭流言之變，而其安肆自得乃如此！蓋其道隆德盛，而安土樂天，有不足言者，所以遭大變而不失常也。」又說：「舜受堯之天下，不以爲泰；孔子阨於陳、蔡，而不以爲戚。周公遠則四國流言，近則王不知，而赤舄几几，德音不瑕，其致一也。」周公在朱熹心目中的地位，於此可見。

校後記

《白話詩經》第一、二冊，先是逐篇在《中央日報》副刊連載，後來由聯經出版事業公司結集出版，承讀者不棄，再版多次。按原訂計劃，第三冊自〈唐風〉以迄〈豳風〉，本當打鐵趁熱，繼續寫下去，奈何眼疾復發，手術後需要療養，加以應香港中文大學等校之聘，橫海南下，講學多年，工作頗爲繁忙，此事乃不得不暫時擱下。只是想不到一擱下，一晃眼就這麼多年。

去年七月，年屆六十五，該當退休，唯以專題研究計劃尚未完成，故延後一年離港返台。工作減輕，空暇日多。亦因此故，自去年開始抽暇續筆，逐篇譯解。以前爲了在報刊連載，適應一般讀者，所以解析文字力求淺白，不多引經據典，這一次，應一些讀者的建議，引述評論的資料多了一些，不過，力求淺近易懂，仍是一貫的原則。原稿一定，未曾發表，即交聯經出版，以免曠費時日，有負讀者的雅愛。

感謝聯經公司劉國瑞先生、林載爵先生多年來的鼓勵與支持，讓我常有機會把自己一些粗淺的讀書心得，可以呈獻給讀者，向大家請教。這一次也要特別感謝中央研究院文哲所的楊晉龍教授，義務爲第三冊校稿，並訂正若干引文的出處。當然，聯經編輯部的熱心與努力，也是我所衷心感謝的。

希望不久的將來，我能順利完成《詩經》的雅頌部分。

時爲二〇〇九年七月七日，剛從香港退休歸來數日

白話詩經（三）

2009年10月初版　　定價：新臺幣320元

著　　者　吳宏一
發 行 人　林載爵

出　版　者　聯經出版事業股份有限公司
地　　　址　台北市忠孝東路四段555號
編輯部地址　台北市忠孝東路四段561號4樓
叢書主編電話　(02)27634300轉5226
總　經　銷　聯合發行股份有限公司
發　行　所：台北縣新店市寶橋路235巷6弄6號2樓
電話：(02)29178022
台北忠孝門市：台北市忠孝東路四段561號1樓
電話：(02)27683708
台北新生門市：台北市新生南路三段94號
電話：(02)23620308
台中分公司：台中市健行路321號
暨門市電話：(04)22371234ext.5
高雄辦事處：高雄市成功一路363號2樓
電話：(07)2211234ext.5
郵政劃撥帳戶第0100559-3號
郵撥電話：27683708
印刷者　世和印製企業有限公司

叢書主編　沙淑芬
校　　對　蔡耀緯
封面設計　蔡婕岑

行政院新聞局出版事業登記證局版臺業字第0130號

本書如有缺頁，破損，倒裝請寄回聯經忠孝門市更換。　ISBN 978-957-08-3479-6（平裝）
聯經網址：www.linkingbooks.com.tw
電子信箱：linking@udngroup.com

國家圖書館出版品預行編目資料

白話詩經（三）/吳宏一著．初版．臺北市．
聯經，2009年（民98）416面；14.8×21公分．
ISBN 978-957-08-3479-6（平裝）

1.詩經 2.注釋

831.12 98018047

聯經出版事業公司

信用卡訂購單

信　用　卡　號：□VISA CARD □MASTER CARD □聯合信用卡
訂購人姓名：＿＿＿＿＿＿＿＿＿＿＿＿＿＿＿＿＿＿＿＿
訂　購　日　期:＿＿＿＿＿＿年＿＿＿＿＿月＿＿＿＿＿＿日　(卡片後三碼)
信　用　卡　號：＿＿＿＿＿　＿＿＿＿＿　＿＿＿＿＿　＿＿＿＿＿　＿＿＿＿
信用卡簽名：＿＿＿＿＿＿＿＿＿＿＿＿(與信用卡上簽名同)
信用卡有效期限：＿＿＿＿＿年＿＿＿＿＿月
聯　絡　電　話：日(O)：＿＿＿＿＿＿＿＿夜(H)：＿＿＿＿＿＿＿＿
聯　絡　地　址：□□□ ＿＿＿＿＿＿＿＿＿＿＿＿＿＿＿＿＿＿＿＿

＿＿＿＿＿＿＿＿＿＿＿＿＿＿＿＿＿＿＿＿＿＿＿＿

訂　購　金　額：新台幣＿＿＿＿＿＿＿＿＿＿＿＿＿＿＿＿＿元整
（訂購金額 500 元以下,請加付掛號郵資 50 元）
資　訊　來　源：□網路　□報紙　□電台　□DM　□朋友介紹
□其他＿＿＿＿＿＿＿＿＿＿＿＿＿＿＿＿＿＿＿＿
發　　　票：□二聯式　□三聯式
發　票　抬　頭：＿＿＿＿＿＿＿＿＿＿＿＿＿＿＿＿＿＿＿＿
統　一　編　號：＿＿＿＿＿＿＿＿＿＿＿＿＿＿＿＿＿＿＿
※ 如收件人或收件地址不同時，請填：
收件人姓名：＿＿＿＿＿＿＿＿＿＿＿＿＿＿＿□先生　□小姐
收件人地址：＿＿＿＿＿＿＿＿＿＿＿＿＿＿＿＿＿＿＿＿＿＿＿＿
收件人電話：日(O)＿＿＿＿＿＿＿＿＿＿夜(H)＿＿＿＿＿＿＿＿＿＿
※茲訂購下列書種,帳款由本人信用卡帳戶支付

書　　　　　名	數量	單價	合　　計
		總　　計	

訂購辦法填妥後

1. 直接傳真 FAX(02)27493734
2. 寄台北市忠孝東路四段 561 號 1 樓
3. 本人親筆簽名並附上卡片後三碼(95 年 8 月 1 日正式實施)

電　話：(02)27683708
聯絡人:王淑蕙小姐(約需 7 個工作天)